KB202035

한국어역 만엽집 7

- 만엽집 권 제9 -

한국어역 만엽집 7

- 만엽집 권제9 -

이연숙

도서
출판 박이정

대장정의 출발
이연숙 박사의 『한국어역 만엽집』 간행을 축하하며

이연숙 박사는 이제 그 거대한 『만엽집』의 작품들에 주를 붙이고 해석하여 한국어로 본문을 번역한다. 더구나 해설까지 덧붙임으로써 연구도 겸한다고 한다.

일본이 자랑하는 대표적인 고전문학이 한국에서 재탄생하게 된 것이다. 다만 총 20권 전 작품을 번역하여 간행하기 위해서는 오랜 세월을 기다리지 않으면 안 된다. 현재 권 제4까지 번역이 되어 3권으로 출판이 된다고 한다.

『만엽집』 전체 작품을 번역하는데 오랜 세월이 걸리는 것은 틀림없다. 그러나 대완성을 향하여 이제 막 출발을 한 것이다. 마치 일대 대장정의 첫발을 내디딘 것과 같다.

이 출발은 한국, 일본뿐만이 아니라 전 세계적으로도 대단한 일이라고 할 수 있다.

사실 『만엽집』은 천년도 더 된 오래된 책이며 방대한 분량일 뿐만 아니라 단어도 일본 현대어와 다르다. 그러므로 『만엽집』의 완전한 번역은 아직 세계에서 몇 되지 않는다.

영어, 프랑스어, 체코어 그리고 중국어로 번역되어 있는 정도이다.

한국어의 번역에는 김사엽 박사의 번역이 있지만 유감스럽게도 전체 작품의 번역은 아니다. 그 부분을 보완하여 이연숙 박사가 전체 작품을 번역하게 된다면 세계에서 외국어로는 다섯 번째로 한국어역 『만엽집』이 탄생하게 되는 것이다. 중국어 번역은 두 사람에 의해 이루어졌으므로 이연숙 박사는 세계의 영광스러운 6명 중의 한 사람이 되는 것이다.

『만엽집』의 번역이 이렇게 적은 이유로 몇 가지를 들 수 있다.

첫째, 이미 말하였듯이 작품의 방대함이다. 4500여 수를 번역하는 것은 긴 세월이 필요하므로 젊었을 때부터 시작하지 않으면 안 되는 것이다.

둘째로, 『만엽집』은 시이기 때문이다. 산문과 달라서 독특한 언어 사용법이 있으며 내용을 생략하여 압축된 부분도 많다. 그러므로 마찬가지로 방대한 분량인 『源氏物語』 이상으로 번역하기가 어려울 것이다.

셋째로, 고대어이므로 정확한 의미를 파악하기가 힘이 든다는 것이다. 더구나 천년 이상 필사가 계속되어 왔으므로 오자도 있다. 그래서 일본의 『만엽집』 전문 연구자들도 이해할 수 없는 단어들이 있다. 외국인이라면 일본어가 웬만큼 숙달되어 있지 않으면 단어의 의미를 찾아내기가 불가능한 것이다.

넷째로, 『만엽집』의 작품은 당시의 관습, 사회, 민속 등 일반적으로 문학에서 다루는 이상으로 광범위한 분야에 대한 지식이 없으면 이해하기 어려운 것이다. 번역자로서도 광범위한 학문적 토대와 종합적인 지식이 요구되는 것이다. 그러므로 어지간해서는 『만엽집』에 손을 댈 수 없는 것이다.

간략하게 말해도 이러한 어려움이 있는 것이다. 과연 영광의 6인에 들어가기가 그리 쉬운 일이 아님을 누구나 알 수 있을 것이다.

그러나 이연숙 박사는 이것이 가능하다고 생각된다. 아직 젊을 뿐만 아니라 오랜 세월 동안 『만엽집』의 대표적인 연구자로서 자타가 공인하는 업적을 쌓아왔으므로 그 성과를 토대로 하여 지금 출발을 하면 그렇게 오랜 세월이 걸리지 않을 것이라 생각된다. 고대 일본어의 시적인 표현도 이해할 수 있으므로 번역이 가능하리라 확신을 한다.

특히 이연숙 박사는 향가를 깊이 연구한 실적도 평가받고 있는데, 향가야말로 일본의 『만엽집』에 필적할 만한 한국의 고대문학이므로 『만엽집』을 이해하기 위한 소양이 충분히 갖추어졌다고 생각되기 때문이다.

이러한 여러 점을 생각하면 지금 이연숙 박사의『한국어역 만엽집』의 출판 의의는 충분히 잘 알 수 있는 것이다.

김사엽 박사도『만엽집』한국어역의 적임자의 한 사람이었다고 생각되며 사실 김사엽 박사의 책은 일본에서도 높이 평가되고 있고 山片蟠桃상을 받은 바 있다. 그러나 이 번역집은 완역이 아니다. 김사엽 박사는 완역을 하지 못하고 유명을 달리하였다.

그러므로 그 뒤를 이어서 이연숙 박사는『만엽집』을 완역하여서 위대한 업적을 이루기를 바란다. 그런 의미에서도 이 책의 출판의 의의가 큰 것을 알 수 있다.

이러한 대장정의 출발로 나는 이연숙 박사의『한국어역 만엽집』의 출판을 진심으로 기뻐하며 깊은 감동과 찬사를 금할 길이 없다. 전체 작품의 완역 출판을 기다리는 마음 간절하다.

2012년 6월

中西 進

책머리에

『萬葉集』은 629년경부터 759년경까지 약 130년간의 작품 4516수를 모은, 일본의 가장 오래된 가집으로 총 20권으로 이루어져 있다. 『만엽집』은, 많은(萬) 작품(葉)을 모은 책(集)이라는 뜻, 萬代까지 전해지기를 바라는 작품집이라는 뜻 등으로 해석되고 있다. 이 책에는 이름이 확실한 작자가 530여명이며 전체 작품의 반 정도는 작자를 알 수 없다.

일본의 『만엽집』을 접한 지 벌써 30년이 지났다. 『만엽집』을 처음 접하고 공부를 하는 동안 언젠가는 번역을 해보아야겠다는 꿈을 가지게 되었다. 그러나 작품이 워낙 방대한데다 자수율에 맞추고 작품마다 한편의 논문에 필적할 만한 작업을 하고 싶었던 지나친 의욕으로 엄두를 내지 못하여 그 꿈을 잊고 있었는데 몇 년 전에 마치 일생의 빚인 것처럼, 거의 잊다시피 하고 있던 번역에 대한 부담감이 다시 되살아났다. 그것은 생각해보니 다음과 같은 이유에서였던 것 같다.

먼저 자신이 오래도록 관심을 가지고 연구한 분야가 개인의 연구단계에 머물고만 있을 것이 아니라, 보다 많은 사람들에게 실질적인 도움을 줄 수 있었으면 하는 바람 때문이었던 것 같다. 『만엽집』을 번역하고 해설하여 토대를 마련해 놓으면 전문 연구자들이 연구 대상 작품을 번역해야 하는 부담을 덜고 시간을 절약할 수 있을 것이며, 국문학 연구자들도 번역을 통하여 한일 문학 비교연구가 가능하게 되어 연구의 지평을 넓힐 수 있을 것이기 때문이었다.

다음으로 일본에서의 향가연구회 영향도 있었던 것 같다.

1999년 9월 한일문화교류기금으로 일본에 1년간 연구하러 갔을 때, 향가에 관심이 많은 일본 『만엽집』연구자와 중국의 고대문학 연구자들이 향가를 연구하자는데 뜻이 모아져, 산토리 문화재단의 지원으로 향가 연구를 하게 되었으므로 그 연구회에 참여하게 되었다. 7명의 연구자들이 정기적으로 모여 신라 향가 14수를 열심히 읽고 토론하였다. 외국 연구자들과의 향가연구는 뜻 깊은 것이었다. 한국·중국·일본 동아시아 삼국의 고대 문학 연구자들이 한자리에 모여 각국의 문헌자료와 관련하여 향가 작품에 대한 생각들을 나누며 연구를 하는 동안, 향가가 그야말로 이상적으로 연구되고 있다는 생각이 들었다.

연구 결과물이 『향가-주해와 연구-』라는 제목으로 2008년에 일본 新典社에서 출판되었다. 이 책이 일본의 연구자들뿐만 아니라 일반인들도 한국의 문화와 정신을 잘 이해할 수 있는 계기가 될 수 있듯이, 마찬가지로 『만엽집』이 한국어로 번역된다면 우리 한국인들도 일본의 문화와 정신을 이해하는데 도움이 될 수 있을 것이라 생각되었다. 그래서 講談社에서 출판된 中西 進 교수의 『만엽집』1(1985)을 텍스트로 하여 권제1부터 권제4까지 작업을 끝내어 2012년에 3권으로 펴내었다. 그리고 2013년 12월에 『만엽집』 권제 5, 6, 7을 2권으로 출판하였다. 그리고 中西 進 교수의 『만엽집』2(2011)를 텍스트로 하여 이번에 권제8을 출판하게 되었다.

『만엽집』 권제9는 1664번가부터 1811번가까지 총 218수가 실려 있다. 권제9는 『만엽집』의 전통적인 구성인 雜歌, 相聞, 挽歌로 나누어 작품을 기본적으로 연대순으로 싣고 있다. 그리고 작품들의 대부분은 柿本人麿, 高橋蟲麿, 田邊福麿 등과 같은 대표적인 작자들의 개인 歌集의 작품들이라는 것이 특징이다. 高橋蟲麿는 전설을 소재로 한 長歌를 많이 지었다.

『만엽집』의 최초의 한국어 번역은 1984년부터 1991년까지 일본 成甲書房에서 출판된 김사엽 교수의 『한역 만엽집』(1~4)이다. 이 번역서가 출판된 지 30년 가까이 되었지만 그동안 보지 않았다. 왜냐하면 스스로 번역을 시도해 보지도 않고 다른 사람의 번역을 접하게 되면 자연히 그 번역에 치우치게 되어 자신이 번역을 할 때 오히려 지장이 있을 수 있다고 생각되었기 때문이다. 2012년에 권제4까지 번역을 하고 나서 처음으로 살펴보았다.

김사엽 교수의 번역집은 『만엽집』의 최초의 한글 번역이라는 점에서 그 의의는 매우 크다고 할 수 있다. 그러나 살펴보니 몇 가지 아쉬운 점도 있었다.

『만엽집』 권제16, 3889번가까지 번역이 된 상태여서 완역이 이루어지지 않았다는 점, 텍스트를 밝히지 않고 있는데 내용을 보면 岩波書店의 일본고전문학대계 『만엽집』을 사용하다가 중간에는 中西 進 교수의 『만엽집』으로 텍스트를 바꾼 점, 음수율을 고려하지 않은 점, 고어를 많이 사용하였다는 점, 세로쓰기라는 점 등을 들 수 있다.

그러나 당시로서는 어쩔 수 없는 상황도 있었을 것이라 생각된다. 또 이런 선학들의 노고가 있었기에 한국에서 『만엽집』에 대한 관심도 지속되어 온 것이라 생각되므로 감사드린다.

책이 출판될 때마다 여러분들께서 깊은 관심을 보이고 많은 격려를 하여주셨으므로 용기를 얻었다. 완결하여야 한다는 부담감이 있지만 지금까지 힘든 고개들을 잘 넘을 수 있도록 인도해주신 하나님께 영광을 돌려 드린다.

講談社의 『만엽집』을 번역할 수 있도록 허락하여 주시고 추천의 글까지 써주신 中西 進 교수님, 많은 격려를 하여 주신 辰巳正明 교수님께 깊이 감사를 드린다.

이번에도 『만엽집』 노래를 소재로 한 작품들을 표지에 사용할 수 있도록 허락하여 주신 일본 奈良縣立萬葉文化館의 稻村 和子 관장님과 자료를 보내어 주신 西田彩乃 학예원께 감사드린다.

그리고 이 책이 출판될 수 있도록 도와주신 박이정의 박찬익 사장님과 편집부에 감사드린다.

2014. 11. 3.
四告向靜室에서
이 연 숙

일러두기

1. 왼쪽 페이지에 萬葉假名, 일본어 훈독, 가나문, 左注(작품 왼쪽에 붙어 있는 주 : 있는 작품의 경우에 해당함) 순으로 원문을 싣고 주를 그 아래에 첨부하였다.

2. 오른쪽 페이지에는 원문과 바로 대조하면서 볼 수 있도록 작품의 번역을 하였다.
   그 아래에 해설을 덧붙여서 노래를 알기 쉽게 설명하면서 차이가 나는 해석은 다른 주석서를 참고하여 여러 학설을 제시함으로써 이해를 돕고자 하였다.

3. 萬葉假名 원문의 경우는 원문의 한자에 충실하려고 하였지만 훈독이나 주의 경우는 한국의 상용한자로 바꾸었다.

4. 텍스트에는 가나문이 따로 있지 않고 필요한 경우에 한자 위에 가나를 적은 상태인데, 번역서에서 가나문을 첨부한 이유는, 훈독만으로는 읽기 힘든 경우가 있으므로 작품을 정확하게 읽을 수 있도록 돕기 위함과 동시에 번역의 자수율과 원문의 자수율을 대조해 볼 수 있도록 하기 위함이었다. 권제5부터 가나문은 中西 進의『校訂 萬葉集』(1995, 초판)을 사용하였다. 간혹『校訂 萬葉集』과 텍스트의 읽기가 다른 경우가 있었는데 그럴 경우는 텍스트를 따랐다.

5. 제목에서 인명에 '천황, 황태자, 황자, 황녀' 등이 붙은 경우는 일본식 읽기를 그대로 적었으나 해설에서는 위 호칭들을 한글로 바꾸어서 표기를 하는 방식을 택하였다. 한글로 바꾸면 전체적인 읽기가 좀 어색한 경우는 예외적으로 호칭까지 일본식 읽기를 그대로 표기한 경우도 가끔 있다.

6. 인명이나 지명과 같은 고유명사는 현대어 발음과 다르고 학자들에 따라서도 읽기가 다르므로 텍스트인 中西 進의『萬葉集』발음을 따랐다.

7. 고유명사를 일본어 읽기로 표기하면 무척 길어져서 잘못 띄어 읽을 수 있기 때문에 가능하면 성과 이름 등은 띄어쓰기를 하였다.

8.『만엽집』에는 특정한 단어를 상투적으로 수식하는 수식어인 마쿠라 코토바(枕詞)라는 것이 있다. 어원을 알 수 있는 것도 있지만 알 수 없는 것도 많다. 中西 進 교수는 가능한 한 해석을 하려고 시도를 하였는데 대부분의 주석서에서는 괄호로 묶어 해석을 하지 않고 있다. 이 역해서에서도 괄호 속에 일본어 발음을 그대로 표기를 하고, 어원이 설명 가능한 것은 해설에서 풀어서 설명하는 방향으로 하였다. 그러므로 번역문을 읽을 때에는 괄호 속의 枕詞를 생략하고 읽으면 내용이 연결이 될 수 있다.

9.『만엽집』은 시가집이므로 반드시 처음부터 읽어 나가지 않아도 되며 필요한 작품을 택하여 읽을 수 있다. 그런 경우를 위하여 필요한 사항은 가능한 한 작품마다 설명을 하려고 하였다. 그러므로 작자나 枕詞 등의 경우, 같은 설명이 여러 작품에 보이기도 하는 것은 이런 이유 때문이다.

10. 번역 부분에서 극존칭을 사용하기도 하였는데 이것은 음수율에 맞추기 힘든 경우, 음수율에 맞추기 위함이었다.

11. 권제5의, 제목이 없이 바로 한문으로 시작되는 작품은, 中西 進의 『萬葉集』의 제목을 따라서 《 》속에 표기하였다.

12. 권제7은 텍스트에 작품번호 순서대로 배열되지 않은 부분들이 있는데, 이런 경우는 번호 순서대로 배열을 하였다. 그러나 목록은 텍스트의 목록 순서를 따랐다.

13. 해설에서 사용한 大系, 私注, 注釋, 全集, 全注 등은 주로 참고한 주석서들인데 다음 책들을 요약하여 표기한 것이다.

大系 : 日本古典文學大系 『萬葉集』 1~4 [高木市之助 五味智英 大野晋 校注, 岩波書店, 1981]
全集 : 日本古典文學全集 『萬葉集』 1~4 [小島憲之 木下正俊 佐竹昭廣 校注, 小學館, 1981~1982]
私注 : 『萬葉集私注』 1~10 [土屋文明, 筑摩書房, 1982~1983]
注釋 : 『萬葉集注釋』 1~20 [澤瀉久孝, 中央公論社, 1982~1984]
全注 : 『萬葉集全注』 1~20 [伊藤 博 外, 有斐閣, 1983~1994]

차례

작품 목록

만엽집 권 제9 목록

- 츠쿠하(筑波)산에 올라 달을 노래한 1수 (1712)
- 요시노(吉野) 離宮에 행행하였을 때의 노래 2수 (1713~1714)
- 츠키모토(槐本)의 노래 1수 (1715)
- 야마노 우헤(山上)의 노래 1수 (1716)
- 카스가(春日)의 노래 1수 (1717)
- 타케치(高市)의 노래 1수 (1718)
- 카스가노 쿠라(春日藏)의 노래 1수 (1719)
- 관닌(元仁)의 노래 3수 (1720~1722)
- 키누(絹)의 노래 1수 (1723)
- 시마타리(嶋足)의 노래 1수 (1724)
- 마로(麻呂)의 노래 1수 (1725)
- 타지히노 마히토(丹比眞人)의 노래 1수 (1726)
- 답한 노래 1수 (1727)
- 이시카하(石川)卿의 노래 1수 (1828)
- 우마카히(宇合)卿의 노래 3수 (1729~1731)
- 고시(碁師)의 노래 2수 (1732~1733)
- 세우벤(少辨)의 노래 1수 (1734)
- 이호마로(伊保麻呂)의 노래 1수 (1735)
- 式部의 야마토(大倭) 노래 1수 (1736)
- 兵部의 카하라(川原)의 노래 1수 (1737)
- 카미츠후사(上總)의 스에(末)의 타마나노 오토메(珠名娘子)를 노래한 1수와 短歌 (1738~1739)
- 미즈노에(水江)의 우라시마(浦嶋) 사람을 노래한 1수와 短歌 (1740~1741)
- 카후치(河內)의 큰 다리를 혼자 가는 娘子를 본 노래 1수와 短歌 (1742~1743)
- 무자시(武藏)의 오사키(小埼) 늪의 오리를 보고 지은 노래 1수 (1744)

- 나카(那賀)郡의 사라시이(曝井) 노래 1수 (1745)
- 타즈나(手綱) 물가의 노래 1수 (1746)
- 봄 3월에 여러 卿大夫들이 나니하(難波)에 내려갈 때의 노래 2수와 短歌 (1747~1750)
- 나니하(難波)에서 하룻밤 자고 다음날 돌아올 때의 노래 1수와 短歌 (1751~1752)
- 檢稅使 오호토모(大伴)卿이 츠쿠하(筑波)산에 올랐을 때의 노래 1수와 短歌 (1753~1754)
- 두견새를 노래한 1수 (1755~1756)
- 츠쿠하(筑波)산에 오르는 노래 1수와 短歌 (1757~1758)
- 츠쿠하(筑波)산에 올라가 카가히(嬥歌會)를 한 날에 지은 노래 1수와 短歌 (1759~1760)
- 우는 사슴을 노래한 1수와 短歌 (1761~1762)
- 사미노 오오키미(沙彌女王)의 노래 1수 (1763)
- 칠석 노래 1수와 短歌 (1764~1765)

相聞

- 후루노 타무케노 스쿠네(振田向宿禰)가 츠쿠시(筑紫)國으로 부임할 때의 노래 1수 (1766)
- 누키노케타노 오비토(拔氣大首)가 츠쿠시(筑紫)에 임명되었을 때, 토요노 미치노쿠치(豊前)國의 娘子 히모노코(紐兒)를 아내로 맞이하여 지은 노래 3수 (1767~1769)
- 오호미와(大神)大夫가 나가토(長門)守에 임명되었을 때, 미와(三輪) 강변에 모여 연회하는 노래 2수 (1770~1771)
- 오호미와(大神)大夫가 츠쿠시(筑紫)國에 임명되었을 때, 아베(阿倍)大夫가 지은 노래 1수 (1772)
- 유게노 미코(弓削황자)에게 바치는 노래 1수 (1773)
- 토네리노 미코(舍人황자)에게 바치는 노래 2수 (1774~1775)
- 이시카하(石川)大夫가 전임되어 상경할 때, 하리마노 오토메(播磨娘子)가 보낸 노래 2수 (1776~1777)

- 후지이노 므라지(藤井連)가 전임되어 상경할 때 娘子가 보낸 노래 1수 (1778)
- 후지이노 므라지(藤井連)가 답한 노래 1수 (1779)
- 카시마(鹿嶋)郡 카루노(苅野)의 다리에서 오호토모(大伴)卿과 헤어지는 노래 1수와 短歌 (1780~1781)
- 아내에게 주는 노래 1수 (1782)
- 아내가 답한 노래 1수 (1783)
- 唐나라로 가는 사신에게 주는 노래 1수 (1784)
- 神龜 5년(728) 戊辰 가을 8월의 노래 1수와 短歌 (1785~1786)
- 天平 원년(729) 己巳 겨울 12월의 노래 1수와 短歌 (1787~1789)
- 天平 5년(733) 癸酉, 遣唐使의 배가 나니하(難波)를 출발하여 바다로 나아갈 때에, 親母가 아들에게 주는 노래 1수와 短歌 (1790~1791)
- 娘子를 생각하여 지은 노래 1수와 短歌 (1792~1794)

挽歌
- 우지노 와키이라츠코(宇治若郎子)의 宮所 노래 1수 (1795)
- 키노쿠니(紀伊國)에서 지은 노래 4수 (1796~1799)
- 아시가라(足柄) 고개를 지나 죽은 사람을 보고 지은 노래 1수 (1800)
- 아시야노 오토메(葦屋처녀)의 무덤을 지날 때 지은 노래 1수와 短歌 (1801~1803)
- 남동생이 사망한 것을 슬퍼하여 지은 노래 1수와 短歌 (1804~1806)
- 카즈시카(勝鹿)의 마마노 오토메(眞間娘子)를 노래한 1수와 短歌 (1807~1808)
- 우하라노 오토메(菟原처녀)의 무덤을 본 노래 1수와 短歌 (1809~1811)

만엽집

권제9

雜謌

泊瀬朝倉宮¹御宇大泊瀬幼武天皇御製謌一首

1664　暮去者　小椋山尓　臥鹿之　今夜者不鳴　寐家良霜

夕されば²　小倉の山³に　臥す⁴鹿の　今夜は鳴かず　寝ねにけらしも⁵

ゆふされば　をぐらのやまに　ふすしかの　こよひはなかず　いねにけらしも

左注　右, 或本⁶云, 崗本天皇⁷御製. 不審正指. 因以累載.

---

1 泊瀬朝倉宮 : 奈良縣 櫻井市.
2 夕されば : 'さる'는 이동한다는 뜻이다.
3 小倉の山 : 忍坂 부근인가.
4 臥す : 몸을 눕힌다는 뜻이다.
5 寝ねにけらしも : 'いぬ'는 자는 것이다. 'に'는 완료를 나타내며, 'け'는 'ける'의 축약형이다.
6 或本 : 편찬할 당시에 존재했던 자료를 말한다.
7 崗本天皇 : 舒明천황 또는 齊明천황이라고 한다.

雜歌

· · · · · · · · · · · · · · · · · · · ·

하츠세노 아사쿠라노 미야(泊瀨朝倉宮)에서 통치하였던 오호하츠세 와카타케노 수메라미코토(大泊瀨幼武天皇 : 雄略천황)가 지은 노래 1수

1664　　저녁이 되면/ 오구라(小倉)의 산에서/ 자는 사슴은/ 오늘은 울지 않네/ 잠이 들었나보다

🌸 **해설**

　　저녁이 되면 오구라(小倉)의 산에서 자는 사슴은 오늘은 울지 않네. 아마도 잠이 들었나보다라는 내용
이다.
　　이 작품은 1511번가와 거의 같다. 1511번가에서는 제3구가 '鳴く鹿ば'로 되어 있다. 1511번가는 左注에서
설명하고 있듯이 崗本천황의 작품으로 되어 있다. 私注에서는 작자를 알 수 없는 민요였던 것이라고 보았
다[『萬葉集私注』 5, p.4]. 全集에서도 원래 작자를 알 수 없는 전승가이었던 것이라고 보았다[『萬葉集』 2,
p.385].

　　좌주　위는, 어떤 책에는 '崗本천황이 지은 것이다'고 하였다. 어느 쪽이 맞는지 알 수 없다. 그러므
로 중복해서 싣는다.

崗本宮¹御宇天皇²幸紀伊國時³謌二首

1665　爲妹　吾玉拾　奧邊有　玉緣持來　奧津白波

　　　妹⁴がため　われ玉拾ふ⁵　沖邊なる　玉⁶寄せ持ち來⁷　沖つ白波

　　　いもがため　われたまひりふ　おきへなる　たまよせもちこ　おきつしらなみ

1666　朝霧尓　沾尓之衣　不干而　一哉君之　山道將越

　　　朝霧に　濡れにし衣　干さずして⁸　獨りか君が　山道越ゆらむ⁹

　　　あさぎりに　ぬれにしころも　ほさずして　ひとりかきみが　やまぢこゆらむ

> **左注**　右二首, 作者未詳.

1　崗本宮：明日香 안에 있는데 소재가 정확하지 않다.
2　御宇天皇：舒明천황 또는 齊明천황이라고 한다.
3　幸紀伊國時：舒明천황이 紀伊에 행행한 기록은 없고, 齊明천황 4년(658) 10월 15일부터 이듬해 정월 3일까지의 기록이 『일본서기』에 있다.
4　妹：도읍에 남겨 둔 아내를 말한다.
5　玉拾ふ：후에 'ひろふ'로 되었다.
6　玉：예쁜 돌이나 조가비를 말한다.
7　寄せ持ち來：명령형이다.
8　干さずして：옷을 말려주는 사람이라고 하는 표현의 유형이 있다. 1688·1698번가 등.
9　山道越ゆらむ：유형적 표현이다. 3193번가 등. 'らむ'는 현재추량이다.

오카모토노 미야(岡本宮)에서 통치하였던 천황(舒明천황 또는 齊明천황)이 키노쿠니(紀伊國)에 행행하였을 때의 노래 2수

1665   그녀를 위해/ 나는 예쁜 돌 줍네/ 바다에 있는/ 예쁜 돌 가져 오게/ 먼 바다 흰 파도여

해설

도읍에 남겨 둔 아내에게 선물로 가져다주기 위해서 나는 예쁜 돌과 조가비를 줍네. 먼 바다에 있는 예쁜 돌과 조가비를 가져다주렴. 먼 바다에서 밀려오는 흰 파도여라는 내용이다.

제목에서 천황이 紀伊國에 행행했을 때의 노래라고 하였으므로 천황의 행행에 從駕했던 사람이 大和에 있는 아내를 생각하며 지은 작품인 것을 알 수 있다.

1666   아침 안개에/ 젖어버린 옷을요/ 말리지 않고/ 혼자서 그 사람은/ 산길 넘고 있을까

해설

아침 안개에 젖어버린 옷을 말리지 않고 혼자서 그 사람은 산길을 넘고 있을까라는 내용이다.

齊明천황이 紀伊國에 행행했을 때 함께 따라갔던 사람의 아내가 지은 것이므로 '獨り'는 아무도 없이 단지 혼자서라는 뜻이 아니고 '아내인 자신이 곁에 없는데 남편 혼자서만'이라는 뜻이다. 여행을 떠난 남편이 여러 가지로 불편할 것을 염려하면서 또한 남편을 그리워하는 내용이다.

中西 進은 이 작품을, '도읍에 남아 있는 아내(또는 그 입장)의 노래로, 1665번가와 함께 傳誦되었다'고 하였다.

좌주   위의 2수는 작자를 알 수 없다.

大寶元年辛丑冬十月, 太上天皇[1]大行天皇[2]幸紀伊國時[3]謌十三首

1667 爲妹　我玉求　於伎邊有　白玉依來　於伎都白浪

妹がため　われ玉求む　沖邊なる　白玉寄せ來　沖つ白波

いもがため　われたまもとむ　おきへなる　しらたまよせこ　おきつしらなみ

> **左注** 右一首, 上見[4]既畢. 但, 謌辭小換, 年代相違. 因以累載.

---

1 太上天皇 : 持統천황. 선대천황이라는 뜻이다.
2 大行天皇 : 文武천황이다. 사망 후 아직 시호를 받지 않은 천황을 말한다.
3 幸紀伊國時 : 9월 18일에 도읍을 떠나 10월 8일에 無漏(무로, 白濱의 湯崎)온천에 도착하였다. 19일에 귀경하였다.
4 上見 : 1665번가를 가리킨다.

大寶 원년(701) 辛丑 겨울 10월에, 太上天皇(持統천황)
大行天皇(文武천황)이 키노쿠니(紀伊國)에 행행하였을 때의 노래 13수

1667　그녀를 위해/ 나는 진주 원하네/ 깊은 바다의/ 진주를 가져오게/ 먼 바다 흰 파도여

❀ 해설

　　도읍에 남아 있는 그녀에게 선물로 가져다주기 위해서 나는 진주를 원하네. 그러니 깊은 바다의 진주를 가져다주렴. 먼 바다에서 밀려오는 흰 파도여라는 내용이다.
　　1665번가와 거의 같은 내용이다. 제목에서 천황이 紀伊國에 행행했을 때의 노래라고 하였으므로 천황의 행행에 從駕했던 사람이 大和에 있는 아내를 생각하며 지은 작품인 것을 알 수 있다.
　　中西 進은 이 작품을, '앞의 행행 때의 노래 1665번가를 이번에도 傳誦한 것이다'고 하였다.
　　私注에서는, '1665번가와 같은 노래라고 보아야만 할 것이다. 'たまひりふ'를 'たまもとむ'로 한 것은 민요적 통속화이다. 앞의 노래를 알고 있던 사람이 같은 紀伊 행행 때 다시 사용한 것일 것이다'고 하였대『萬葉集私注』 5, p.61. 全集에서는 大行天皇을, 『萬葉集』에서는 오로지 文武천황에만 사용하였다'고 하였대『萬葉集』 2, p.386.

　　좌주　위의 1수는 이미 앞에서 보였다. 가사는 조금 바뀌었고 연대도 서로 다르다. 그러므로 중복해서 싣는다.

1668 　白埼者　幸在待　大船尓　眞梶繁貫　又将顧

　　　　白崎は¹　幸く在り²待て　大船に　眞楫³繁貫き　またかへり見む

　　　　しらさきは　さきくありまて　おほふねに　まかぢしじぬき　またかへりみむ

1669 　三名部乃浦　塩莫滿　鹿嶋在　釣爲海人乎　見變來六

　　　　三名部の浦⁴　潮な滿ちそね⁵　鹿島⁶なる　釣する海人を⁷　見て歸り來む

　　　　みなべのうら　しほなみちそね　かしまなる　つりするあまを　みてかへりこむ

1　白崎は：由良灣의 끝. 석회암으로 되어 희게 돌출하여 있어 아름답다.
2　幸く在り：'在り…'는 '계속…하다'는 뜻이다.
3　眞楫：좌우 양쪽에 모두 갖추어진 것을 '眞(ま)'이라고 하였다. 좌우 뱃전에 단 노를 말한다.
4　三名部の浦：和歌山縣 日高郡 南部町의 해변이다.
5　潮な滿ちそね：'な'는 금지를 나타낸다.
6　鹿島：南部灣 안에 있는 섬이다.
7　釣する海人を：어민을 말한다. 大和 사람에게는 고기 잡는 모습이 신기했다.

1668   시라사키(白崎)는/ 계속 기다리게나/ 큰 배에다가/ 노를 많이 달고서/ 또다시 와서 보자

🌸 **해설**

시라사키(白崎)는 변함없이 그대로 계속 나를 기다리고 있어주게나. 큰 배의 양현에다가 멋진 노를 많이 달고 또다시 와서 보자라는 내용이다.

白崎를 大系에서는, '和歌山縣 由良町 大引'에 있는 석회암으로 된 흰 곳이라고 하였다[『萬葉集』 2, p.365].

1669   미나베(三名部) 포구에/ 조수 밀려오지 마/ 카시마(鹿島)에서/ 낚시하는 어부를/ 보고 돌아
        올 테니

🌸 **해설**

미나베(三名部)의 포구에 조수여, 밀려오지 말게나. 카시마(鹿島)에서 낚시하는 어부를 보고 돌아오고 싶으니라는 내용이다.

'潮な滿ちそね'를 私注에서는, '물이 빠진 것을 이용해서 건너가려는 것이 아니고 물이 빠질 때가 낚시하기에 좋기 때문일 것이다'라고 하였고, '見て歸り來む'도 '실제 행동보다도 아름다운 경치를 애석해하는 마음을 이렇게 표현한 것이라는 것은, 다음 노래에도 반복되어 있으므로 알 수 있다'고 하였다[『萬葉集私注』 5, p.7]. 大系·注釋·全注에서는 '見て歸り來む'를 '보고 돌아올 테니'로 해석을 하였다[(『萬葉集』 2, p.366), (『萬葉集注釋』 9, p.20), (『萬葉集全注』 9, p.33)]. 원문에도 '見變來六'이므로, 낚시하기가 좋아서라기보다도 건너가서 보고 오고 싶다는 뜻이라 생각된다.

1670 朝開　溚出而我者　湯羅前　釣爲海人乎　見反將來

朝びらき[1]　漕ぎ出でてわれは　由良の崎　釣する海人を　見て歸り來む

あさびらき　こぎいでてわれは　ゆらのさき　つりするあまを　みてかへりこむ

1671 湯羅乃前　塩乾尒祁良志　白神之　礒浦箕乎　敢而溚動

由良の崎　潮干にけらし　白神の　礒の浦廻を　敢へて[2]漕ぐなり[3]

ゆらのさき　しほひにけらし　しらかみの　いそのうらみを　あへてこぐなり

---

1 朝びらき : 아침에 항구를 출발하는 것을 말한다.
2 敢へて : 보통은 배를 대기 힘든 곳이라고 하지만, 물이 빠져서 파도가 멀어졌는가, 감히.
3 漕ぐなり : 'なり'는 단정을 나타내는 조동사이다.

1670   아침 항구를/ 저어 출발해서 나는/ 유라(由良)곶에서/ 낚시하는 어부를/ 보고서 돌아오자

✿ 해설

　　나는 아침에 배를 저어서 항구를 출발하여, 유라(由良)곶에서 낚시를 하는 어부를 보고 돌아오자는 내용이다.

1671   유라(由良)의 곶은/ 물이 빠진 듯하네/ 시라카미(白神)의/ 거친 바위 포구를/ 감히 노 젓고 있네

✿ 해설

　　유라(由良)곶은 물이 빠진 듯하네. 시라카미(白神)의 거친 바위가 많은 포구를, 어부가 낚시하는 배는 감히 노를 저어서 가고 있네라는 내용이다.

1672   黒牛方　塩干乃浦乎　紅　玉裙須蘇延　徃者誰妻

黒牛潟[1]　潮干の浦を　紅の　玉裳裾ひき[2]　行くは誰が妻[3]

くろうしがた　しほひのうらを　くれなゐの　たまもすそひき　ゆくはたがつま

1673   風莫乃　濱之白浪　徒　於斯依久流　見人無 [一云, 於斯依來藻]

風莫の[4]　濱の白波　いたづらに　此處に寄せ來る　見る人無しに[5] [一は云はく, ここに寄せ來も]

かぜなしの　はまのしらなみ　いたづらに　ここによせくる　みるひとなしに[あるはいはく, ここによせくも]

左注　右一首, 山上臣憶良類聚謌林曰, 長忌寸意吉麿, 応詔作此謌.

---

1 黒牛潟：和歌山縣 海南市.
2 玉裳裾ひき：‘玉’은 美稱이다. ‘裳裾’는 치맛자락이다.
3 行くは誰が妻：연인이 있는 것인가.
4 風莫の：어디 있는지 소재를 알 수 없다. 바람이 없다는 뜻을 이름으로 한 해변인데, 흰 파도를 친다는 것에 흥을 느낀 것이다.
5 見る人無しに：제3구와 같은 내용을 반복한 것이다.

1672 쿠로우시(黑牛) 갯벌/ 물이 빠진 포구를/ 붉은 색깔의/ 치맛자락 끌면서/ 가는 것 누구 아내

🌸 해설

쿠로우시(黑牛) 갯벌의 물이 빠진 포구를, 붉은 색의 아름다운 치맛자락을 끌면서 걸어가는 사람은 누구의 아내인가라는 내용이다.

私注에서는, '행행을 보고 있는 그 지역 사람의 작품으로도 보이지만, 역시 從駕者 중의 한 사람의 작품일 것이다. 太上천황(持統천황)은 여성이므로 여성 관료들이 따라갔을 것이다. 그 여성들이 사람들의 눈을 끄는 모습을 노래 부른 것이겠다'고 하였다(『萬葉集私注』 5, p.9].

1673 카제나시(風莫)의/ 해변의 흰 파도는/ 공연하게도/ 이곳에 밀려오네/ 보는 사람 없는데
[혹은 말하기를, 여기 밀려오네요]

🌸 해설

바람이 없다는 뜻을 이름으로 한 카제나시(風莫) 해변의 흰 파도는 속절없이도 이곳에 밀려오네. 보는 사람이 없는데도라는 내용이다.

카제나시(風莫)는 바람이 없다는 뜻이다. 바람이 없으면 파도도 없어야 되는데 흰 파도가 계속 밀려오는 것을 보고, 지명과 맞지 않은 데서 흥미를 느껴 지은 작품이다.

'風莫'을 大系·私注·注釋·全注에서는 中西 進과 마찬가지로 지명으로 보았다. 그러나 全集에서는 '원문에 '風莫'으로 되어 있으나 '莫'은 '草'의 오자로 보아 고친다. 『名義抄』에 '草, はやし'라고 하였으므로 '草'는 '早와 같다'고 하여, '風早(바람이 빠르다)'로 보았다(『萬葉集』 2, p.388]. 그렇게 보면 제2구와는 뜻이 잘 통할지 모르지만 지명을 이용한 노래의 재미는 없어진다. 제2구에 'なみ', 제5구에 'なし'가 있으므로 '風莫'으로 보면 소리도 'かぜなし'가 되어 소리의 반복적 효과도 있게 된다.

좌주 위의 1수는 , 야마노우헤노 오미 오쿠라(山上臣憶良)의 『類聚謌林』에 말하기를 '나가노 이미키 오키마로(長忌寸意吉麿)가 천황의 명령에 응하여 이 노래를 지었다'고 하였다.

1674 我背兒我　使將來歟跡　出立之　此松原乎　今日香過南

わが背子が　使來むかと　出立の¹　この松原を²　今日か過ぎなむ

わがせこが　つかひこむかと　いでたちの　このまつばらを　けふかすぎなむ

1675 藤白之　三坂乎越跡　白栲之　我衣手者　所沾香裳

藤白の　み坂を³越ゆと　白栲の⁴　わが衣手は　濡れに⁵けるかも

ふぢしろの　みさかをこゆと　しろたへの　わがころもでは　ぬれにけるかも

---

1 出立の : 여성의 자태를 상상했다. 出立 해변은 和歌山縣 田邊市.
2 この松原を : 나가서 서서 기다린다(松과 待의 발음이 '마츠'로 같다)는 뜻을 포함한다.
3 み坂を : 有間황자가 絞殺된 곳이다. 이곳을 애도한 노래는 磐代에 많다(143번가 이하).
4 白栲の : 흰 천이다. 여기서는 옷의 枕詞이다.
5 濡れに : 이슬에 젖었다는 설도 있지만 소매는 눈물에 젖는 것이 일반적이다.

1674 나의 남편이/ 보낸 사람 올까고/ 나가 선다는/ 이곳 마츠바라(松原)를/ 오늘은 지날 건가

🌸 **해설**

　나의 남편이 심부름으로 보낸 사람이 올 것인가 하고 문밖에 나가서 선다는 뜻을 이름으로 한 이데타치 (出立) 해변의 이 마츠바라(松原)를 오늘은 지나서 갈 것인가라는 내용이다.

1675 후지시로(藤白)의/ 고개를 넘느라고/ 아주 새하얀/ 나의 옷소매는요/ 젖어버린 것이네

🌸 **해설**

　후지시로(藤白)의 고개를 넘느라고 아주 새하얀 나의 옷소매는 다 젖어버린 것이네라는 내용이다.
　中西 進은 왜 작자가 눈물을 흘렸는지에 대해서는 구체적으로 설명하지 않았지만, 주를 보면 有間황자 를 슬퍼해서 흘린 눈물임을 알 수 있다. 大系에서도 그곳에서 絞首된 有間황자의 일을 생각하고 눈물을 흘렸다고 보았다『萬葉集』 2, p.367]. 全注에서도, '藤白의 고개를 넘느라고, 아침 이슬에 젖었다고 하는 실제 체험을 표현할 필요는 전연 없다. 오히려 이 장소에서 有間황자를 느끼지 않는 것이 부자연스럽고 무신경한 것이다'고 하여 눈물로 보았다『萬葉集全注』 9, p.40].
　그러나 私注에서는, '從駕者의 작품일 것이다. 藤白坂은 上下18町이라고 하는 작은 고개이지만, 일부는 매우 급경사를 이루고 있다. 아침 일찍 안개가 끼어 있을 때인가, 아니면 이슬이 마르기 전에 넘어가는 기분일 것이다. 물론 어느 정도의 시적인 강조는 더해졌을 것이라고 보아도 좋다. 『代匠記』이래 有間황자 를 슬퍼하여 눈물로 소매를 적신다고 하는 설이 있지만 저속한 이해법이다. 有間황자를 슬퍼할 것이라면 이러한 간접적인 표현법을 택할 리가 없다'고 하였다『萬葉集私注』 5, p.11]. 注釋에서도 눈물이 아니라 나무에서 떨어지는 이슬에 소매가 젖은 것으로 보았다『萬葉集注釋』 9, p.26].

1676　勢能山尓　黄葉常敷　神岳之　山黄葉者　今日散濫

背の山に　黄葉常[1]敷く　神岳[2]の　山の黄葉は　今日か散るらむ

せのやまに　もみちつねしく　かむをかの　やまのもみちは　けふかちるらむ

1677　山跡庭　聞徃歟　大我野之　竹葉苅敷　廬爲有跡者

倭には[3]　聞えゆかぬか[4]　大我野[5]の　竹葉苅り敷き[6]　廬せりとは

やまとには　きこえゆかぬか　おほがのの　たかはかりしき　いほりせりとは

1　黄葉常：‘常’은 背の山을 넘어가는 동안 계속이라는 뜻이다.
2　神岳：고향의 雷岳을 가리키는가. 당시의 도읍은 이미 藤原京이었다.
3　倭には：大和에 있는 아내에게라는 뜻이다.
4　聞えゆかぬか：‘ぬか’는 願望을 나타낸다.
5　大我野：和歌山縣 橋本市인가.
6　敷き：겹친다는 뜻이다.

1676 세(背)산에는요/ 단풍이 계속 지네/ 카무오카(神岳)의/ 산의 단풍잎들도/ 오늘 지고 있을까

🌸 **해설**

이 세(背)산에는, 산을 지나가고 있는 동안 내내 단풍잎이 져서 땅에 깔리고 있네. 카무오카(神岳)의 산의 단풍잎들도 오늘쯤 지고 있을까라는 내용이다.

세(背)산은 大和와 紀伊의 경계 부분 가까이에 있는 산이며, 이름이 '남편산'이라는 뜻이다. 神岳을 大系에서는 '明日香의 神名火山, 즉 雷岡일 것이다'고 하였대『萬葉集』 2, p.367].

'常敷'를 大系·注釋·全集·全注에서는 中西 進과 마찬가지로 'つねしく'로 읽고 '지고 있다'는 뜻으로 해석을 하였다. 그런데 私注에서는 'とこしく'로 읽고, '단풍이 계절과 상관없이 여전히 아름답게 있다는 뜻이며, 떨어져서 땅에 깔려 있다는 뜻은 아니다'고 보았고, '이 행행이 돌아오는 것은 10월 19일, 양력 11월 27일이므로 돌아올 때의 노래인 것을 알 수 있다. 背山까지 와서 보니, 그곳의 단풍은 시절을 알지 못하는 것처럼 아직도 남아 있는데, 그렇다면 明日香 쪽은 오늘쯤은 벌써 졌을 것인가. 내가 돌아갈 때까지는 그대로 있지는 않을 것이라는 마음을 나타낸 것이다. 明日香과 背山에서는 계절상 어느 정도의 느리고 빠름이 있다고 생각되지만, 그것은 이 노래를 받아들이는 데는 아무런 문제가 되지 않는다. 작자가 이렇게 느낀 것뿐이다. 雷岡의 단풍이 明日香에서 보는 것이었음은 권제2의 195번가의 持統천황의 작품에도 보인다'고 하였대『萬葉集私注』 5, p.12]. 全集에서는, '南紀로의 행행은 항상 늦가을부터 초겨울에 걸쳐 행해졌다. (중략) 勢能山에서 藤原京까지는 40킬로미터 거리이며, 이 노래는 10월 18일 무렵에 불린 것일 것이다. 이 무렵 大和의 단풍도 지는 시기였다고 생각된다'고 하였대『萬葉集』 2, pp.388~389].

원문에 '黃葉常敷'로 되어 있으므로, 낙엽이 나무에 달려 있는 것이 아니라 떨어져서 땅에 계속 깔리고 있는 상태를 말하는 것으로 보아야 할 것이다.

1677 야마토(大和)까지/ 전해지면 좋겠네/ 오호가(大我)들의/ 댓잎을 베어 깔고/ 한댓잠을 잔다고

🌸 **해설**

야마토(大和)에 있는 아내에게까지 전해졌으면 좋겠네. 오호가(大我)들의 대나무 잎을 베어서 깔고는 임시로 만든 거처에서 내가 외롭게 선잠을 자고 있다고 하는 것을이라는 내용이다.

'聞件敷'를 大系·注釋·全集에서는 中西 進과 마찬가지로 'きこえゆかぬか'로 읽었다. 私注·全注에서는, 'きこえもゆくか(전해질 것인가)'로 읽고, '이 노래도 돌아갈 때의 작품일 것이다. 大和가 가까워지고, 오늘은 大我野에 숙소를 마련했지만, 이 모습이 빨리 고향에 전해져서, 가족들이 내가 돌아오기를 기다리겠지라는 정도의 마음을 나타낸 것으로 보인다. 제2구를 'きこえゆかぬか'로 읽고 願望을 나타낸 것으로 볼 수도 있겠지만, 'きこえもゆくか'로 읽는 것이 담백하고 느낌이 살아나는 것이다'고 하였다(『萬葉集私注』 5, p.13), (『萬葉集全注』 9, p.41)]. 'きこえもゆくか(전해질 것인가)'보다는 'きこえゆかぬか'로 읽어 '전해졌으면 좋겠네'라고 해석하는 쪽이 훨씬 더 간절한 마음이 잘 나타나는 것 같다.

1678　木國之　昔弓雄之　響矢用　鹿取靡　坂上尓曾安留

紀の國の　昔弓雄^{1}の　響矢^{2}用ち　鹿とり^{3}靡けし^4　坂の上にそある

きのくにの　むかしさつをの　なりやもち　かとりなびけし　さかのへにそある

---

1 **昔弓雄**：활을 잡는 남자로 사냥꾼이지만 동시에 용맹스러운 사람이라는 뜻이다.
2 **響矢**：호쾌하게 우는 살.
3 **鹿とり**：'とり'는 죽인다는 뜻이다.
4 **靡けし**：倭建(야마토타케루)과 같은, 鹿神을 평정한 이야기가 여기에도 이야기되고 있은 것인가.

1678　키노쿠니(紀の國)의/ 옛날의 사냥꾼이/ 우는살로써/ 사슴을 죽였다는/ 언덕 위인 것이라네

해설

　　이곳은, 옛날에 키노쿠니(紀の國)의 사냥꾼이 우는 화살로 사슴을 죽여서 평정한 언덕 위인 것이네라는 내용이다.

　　'響矢'를 全集에서는, 날아갈 때 높은 소리를 내도록 화살 끝에 속이 빈 깍지를 붙인 화살이다'고 하였다 [『萬葉集』 2, p.389]. 나무 또는 사슴뿔로 만든 순무 모양의 빈 깍지를 붙여서 만든 우는살로 적을 위협하거 나 주의를 환기시킬 때 쏘는 화살이라고 한다. 大系에서는 권제3의 364번가의 '振り起せ'를 설명하면서 '이런 산을 넘어갈 때 산 속의 神木에 대해서 화살을 쏘는 풍속이 있었다. 각 지역의 神木의 큰 나무(삼목 등) 가운데에서 화살촉이 발견된 기록이 있다. 또 矢立峠·矢立杉이라고 하는 명칭이 각지에 남아 있는 것도 이 풍속과 관계가 있다'고 하였다[『萬葉集』 1, p.354]. 이 작품도 그러한 화살촉을 보고 노래한 것인가' 라고 하였다[『萬葉集』 2, p.367].

　　'鹿とり靡けし'를 全集에서는, '사슴을 대량으로 죽였다. (중략) 이곳은 근처에 있는 사슴을 모두 잡은 것을 말하는가. 옛날에는 죽인 사슴의 양쪽 귀를 잘라서 산신에게 제사지냈다고 한다. 이곳도 그러한 풍속이 있었던 것일까'라고 하였다[『萬葉集』 2, p.389].

　　그리고 '坂の上にそある'에 대해서 全集에서는, '언덕 위는, 산 밑에서 몰아오는 사슴을 활을 가진 사람이 기다리고 있다가 쏘는 장소로, 이른바 위로 몰아가는 사냥법이 행해졌을 것이다'고 하였다[『萬葉集』 2, p.389].

　　'坂上尓曾安留'를 注釋·全集에서는 中西 進과 마찬가지로 '이곳이… 그 언덕 위라네'로 해석을 하였다. 그런데 私注에서는, "이 곳이 그 언덕 위라고 보는 것이 통설이지만, 그렇게 보면 너무 설명으로 끝나서 1수의 감동은 적어진다고 말할 수밖에 없다. 작자가 그러한 전설이 있는 언덕 위에 지금 현재 서 있다고 말하는 느낌이라고 볼 때 비로소 1수의 중심이 살아난다. 이상 4수는 성씨를 알 수 없는, 從駕者의 작품으로 보인다'고 하였다[『萬葉集私注』 5, p.14]. 大系에서는 私注와 마찬가지로 '그 언덕에 지금 내가 서 있는 것이 다'로 해석을 하였다[『萬葉集』 2, p.367]. '그 언덕에 지금 내가 서 있는 것이다'로 해석을 하는 것이 오히려 설명적인 것 같다. '언덕 위인 것이라네'로 해석을 하는 것이 전설 자체에 집중하는 느낌이 살아나고, 또 당연히 작자가 그 언덕 위에 서 있다는 뜻이 들어 있으므로 오히려 함축적인 해석이라 생각된다.

1679　城國尒　不止將徃　妻社　妻依來西尒　妻常言長柄 [一云, 嬬賜尒毛 嬬云長良]

紀の國に　止まず通はむ　妻の杜¹　妻寄しこせね²　妻と言ひながら³ [一は云はく⁴,　妻賜は
にも　妻と言ひながら]

きのくにに　やまずかよはむ　つまのもり　つまよしこせね　つまといひながら[あるはいはく,
つまたまはにも　つまといひながら]

左注　右一首, 或云, 坂上忌寸人長作.

---

1 妻の杜：和歌山縣 橋本市인가. 지명을 이용한 장난이다.
2 妻寄しこせね：'こせ'는 希求를 나타내는 보조동사이며, 'ね'는 希求를 나타내는 조사이다. 一云의 'にも'도
　마찬가지이다.
3 言ひながら：'ながら'는 '~대로'라는 뜻이다.
4 一は云はく：애송되었으므로 생겨난 다른 전승이다.

1679   키노쿠니(紀の國)에/ 끊임없이 다니자/ 츠마(妻) 신사여/ 아내 보내주게나/ 아내라는 이름
　　　　대로 [혹은 말하기를, 아내를 내려다오/ 아내라는 이름대로]

✿ 해설

츠마(妻) 신사가 있는 키노쿠니(紀の國)에 끊임없이 항상 다니자. 아내를 이름으로 한 츠마(妻) 神祉여. 아내를 나에게 보내주게나. 아내라는 이름이 붙어 있으니 그 이름대로[또는, 아내를 주면 좋겠네. 아내라는 이름대로]라는 내용이다.

신사 이름이 '妻'인 것에 흥미를 느껴서 장난스럽게 아내를 달라고 노래한 것이다.

'杜'는 신이 있는 곳, 즉 신사를 말한다. '妻の杜'를 私注에서는, '橋本市의 字妻에 있는 神의 森이라고 하는 설도 있지만, 延喜神名帳의 名草郡(지금의 海草郡) 都麻都比賣神祉라고 보아야 할 것이다. 지금의 和歌山市 平尾의 都麻神祉라고 한다'고 하였다『萬葉集私注』 5, p.14].

　　좌주   위의 1수는, 혹은 말하기를 사카노우헤노 이미키 히토오사(坂上忌寸人長)의 작품이라고 한다.

사카노우헤노 이미키 히토오사(坂上忌寸人長)는 어떤 사람인지 알 수 없다. 私注에서는 '坂上忌寸은 후에 宿禰로 된 田村麻等族의 漢種이다'고 하였다『萬葉集私注』 5, p.15].

後人¹謌二首

1680　朝裳吉　木方徃君我　信土山　越濫今日曾　雨莫零根

　　　　麻裳よし²　紀へ行く君が　信土山³　越ゆらむ今日そ　雨な降りそね⁴

　　　　あさもよし　きへゆくきみが　まつちやま　こゆらむけふそ　あめなふりそね

1681　後居而　吾戀居者　白雲　棚引山乎　今日香越濫

　　　　後れ居て　わが戀ひ居れば　白雲⁵の　棚引く山を　今日か越ゆらむ

　　　　おくれゐて　わがこひをれば　しらくもの　たなびくやまを　けふかこゆらむ

1　後人 : 도읍에 남아 있는 사람. 작자의 아내이다.
2　麻裳よし : 키노쿠니(紀の國)는 품질이 좋은 마를 생산하였다.
3　信土山 : 지역의 경계가 되는 산이다. 이 산을 넘으면 남편은 다른 지역으로 들어가는 것이다.
4　雨な降りそね : 산을 넘기 힘들므로 비가 오지 말라는 것이다.
5　白雲 : 거리가 멀다는 것을 상징한 것이다.

뒤에 남아 있는 사람의 노래 2수

1680 (아사모요시)/ 키(紀)로 가는 그대가/ 마츠치(信土)산을/ 넘을 것인 오늘은/ 비여 내리지
　　　말게

✿ 해설

　　좋은 품질의 삼베 치마로 유명한 키노쿠니(紀の國)로 여행을 하는 그대가, 마츠치(信土)산을 넘어 갈
것인 오늘은, 비여 제발 내리지 말아달라고 부탁하는 내용이다.
　　남편이 힘든 산길을 넘는데 비까지 오면 더욱 힘들 것이니까 비에게 제발 내리지 말라고 부탁한 것으로,
남편의 여행길이 힘든 것을 걱정한 작품이다. '麻裳よし'를 全集에서는, '紀의 枕詞. 특산품 麻裳으로 유명하
다는 뜻이다. 紀伊가 마 생산지로 알려졌는데 그 裳이 특히 유명하였으므로 말한 것이다'고 하였다『萬葉集』
2, p.235]. '信土山'을 全注에서는 '眞土山'이라고 하고, '大和國과 紀伊國의 경계에 있다'고 하였다『萬葉集全注』
9, p.45].

1681 뒤에 남아서/ 나는 그리워하네/ 흰 구름이요/ 걸리어 있는 산을/ 오늘은 넘을 건가

✿ 해설

　　집에 남아서 나는 그리워하고 있네. 그대는 흰 구름이 걸리어 있는 먼 곳의 산을 오늘쯤은 넘을 것인가
라는 내용이다.
　　全集에서는 'わが戀ひ居れば'의 'ば'를 '서로 무관계한 사실이 동시에 존재하는 것을 나타내는 용법'이라
고 하였다『萬葉集』 2, p.390].
　　私注에서는 이 작품이 1680번가보다 일반적이고 힘이 약하므로 동일인의 작품이 아닐 것이라고 하였다
[『萬葉集私注』 5, p.16].
　　全注에서는, '이상으로 大寶 원년의 紀伊國 행행 관계의 노래가 끝났다. 〈後人謌二首〉는 도읍에 남아
있는 아내의 입장에서 부른 것이므로, 그 앞의 13수의 행행 供奉의 노래에 답한 형식으로 덧붙여진 것이라
생각된다. 앞의 13수 중에서 1675번가까지는 갈 때의 노래라 생각되며, 그 뒤의 4수는 돌아오는 길의
노래라고 생각된다'고 하였다『萬葉集全注』 9, p.46].

獻忍壁皇子謌一首[1]　詠仙人形[2]

1682　常之倍尓　夏冬徃哉　裘　扇不放　山住人

とこしへに[3]　夏冬行けや　裘　扇[4]放たぬ　山に住む人[5]

とこしへに　なつふゆゆけや　かはごろも　あふぎはなたぬ　やまにすむひと

---

1 獻忍壁皇子謌一首 : 이하 1709번가까지 人麿의 歌集이라고 하는 견해가 있다.
2 詠仙人形 : 그림인데 중국에서 들어온 것이다.
3 とこしへに : 시간을 정하지 않고라는 뜻이다.
4 裘扇 : 겨울의 갓옷과 여름의 부채.
5 山に住む人 : 仙人을 번역한 것이다.

오사카베노 미코(忍壁황자)에게 바치는 노래 1수   신선의 모습을 노래하였다.

1682   언제까지나/ 여름 겨울 가니까/ 가죽 옷이랑/ 부채 놓지 않는가/ 산에 사는 사람아

해설

　　언제까지나 여름과 겨울이 지나 가니까 가죽 옷이랑 부채를 놓지 않고 있는 것인가. 산에 사는 사람인
신선은이라는 내용이다.

　　이렇게 해석하면 여름과 겨울이 계속 순환한다는 뜻인지, 여름과 겨울이 동시에 같이 지나간다는 뜻인
지 해석이 다소 불분명한 부분이 있다.

　　大系에서는, '언제까지나 여름과 겨울이 동시에 지나간다고 생각한 것일까. (그런 일이 없는데도) 몸에
는 겨울에 입는 가죽 옷을 입고, 손에는 여름에 사용하는 부채를 들고 있는 뭔가 가락이 맞지 않는 이상한
신선은'으로 해석하였다[『萬葉集』 2, p.368]. 注釋・全注에서도 이렇게 해석하였다[『萬葉集注釋』 9, p.33),
(『萬葉集全注』 9, p.47)]. 그런데 꼭 동시에 같이 지나간다고 하는 뜻이라기보다는 여름이 지나면 겨울이
오고, 다시 곧 여름이 오는 순환이 계속되므로라고 해석해도 무방할 것 같다.

　　私注에서는, '忍壁황자에게 바치는 노래라고 되어 있지만, 작자는 기록되어 있지 않다. 1709번가의
左注에 '右 柿本朝臣人麿之歌集所出'로 되어 있는 것이 이 작품까지 해당된다고도 볼 수 있지만, 그렇다고
해도 人麿의 작품이라고 하기에는 노래의 격조가 걸맞지 않는다. 신선의 모습을 노래한 것이므로, 후세라
면 선인의 그림에 제목을 붙인 노래가 될 것이다. 가죽옷을 입고 부채를 든 것을, 겨울과 여름이 동시에
간다고 해석한 것도 통속적이며, 天平 무렵의 노래 모습이다. 忍壁황자는 慶雲 2년(705)에 사망하였으므로,
제목에 의하면 그보다 앞의 작품이 되겠지만, 노래 풍은 어쨌든 후세의 풍이다'고 하였다[『萬葉集私注』
5, pp.16~17]. 全集에서는, '忍壁황자의 집에 있던 신선을 그린 병풍 등의 그림을 보고 지은 즉흥가인가.
李八百은 촉나라 사람으로 夏・殷・周를 걸쳐 800세를 살았고, 한번 가면 800리를 갔으므로 800이라고
불렸다. 나뭇잎을 어깨에 걸치고, 가죽 옷을 무릎에 덮고 부채를 손에 들고 있다'고 하였다[『萬葉集』 2,
p.390].

獻舍人皇子謌二首

1683   妹手   取而引与治   捄手折   吾刺可   花開鴨

        妹が手を   取りて[1]引き攀ぢ   ふさ[2]手折り   わが挿頭すべく   花[3]咲けるかも

        いもがてを   とりてひきよぢ   ふさたをり   わがかざすべく   はなさけるかも

1684   春山者   散過去鞆   三和山者   未含   君持勝尓

        春山[4]は   散り過ぎぬとも[5]   三輪山は   いまだ含めり[6]   君待ちかてに[7]

        はるやまは   ちりすぎぬとも   みわやまは   いまだふふめり   きみまちかてに

---

1 取りて : '引き攀ぢ'의 동작에서 연상한 것이다.
2 ふさ : 'ふさふさ(많이, 주렁주렁)'의 'ふさ'이다.
3 花 : 벚꽃인가.
4 春山 : 널리 산들마다라는 뜻이다.
5 散り過ぎぬとも : 하나하나 알 수 있는 것이 아니므로 가정의 'とも'를 사용하였다.
6 いまだ含めり : 봉오리인 채로 피는 것을 조심하고 있다는 뜻이다.
7 君待ちかてに : 'かてに'는 할 수 없다는 뜻이다. 맞이할 수 없어서라는 뜻이다.

토네리노 미코(舍人황자)에게 바치는 노래 2수

1683 아내의 손을/ 잡듯이 끌어당겨/ 듬뿍 꺾어서/ 머리장식 할 정도/ 꽃이 핀 것이네요

❋ 해설

아내의 손을 잡듯이 그렇게 끌어당겨서 듬뿍 꺾어서는, 내 머리를 장식할 수 있을 정도로 꽃이 활짝 많이 핀 것이네라는 내용이다.

1684 봄 산 대부분/ 졌다고 하더라도/ 미와(三輪)산은요/ 아직 봉오리지요/ 그대를 못 기다려

❋ 해설

봄이 된 산들에 핀 대부분의 꽃은 이미 다 졌다고 하더라도 미와(三輪)산의 꽃은 아직 봉오리 그대로 있지요. 그대가 아직 오지 않아서라는 내용이다.

다른 산들의 꽃들은 다 졌지만 미와(三輪)산의 꽃은 그대가 오면 피려고 아직 봉오리인 채로 기다리고 있는데 오지는 않고라는 뜻이다.

私注에서는, '寓意가 있는 것같이 보이는 노래이지만 그것도 확실하지 않다. (중략) 이 노래도 전체의 느낌은 후세의 작품 같다'고 하였다『萬葉集私注』 5, p.19l. 全注에서는, '앞의 1682번가의 忍壁황자에게 바치는 노래가 신선의 모습을 노래 불러서 바친 것이라면, 이 작품도 마찬가지로 어떤 그림을 보고 부른 것이라고 생각할 수 없을까. (중략) 그림은 두 폭 짜리로, 한쪽은 가까운 곳의 봄 산과 나무 아래의 미인, 다른 쪽은 三輪山이라고 생각되는 먼 풍경이 있다고 하는 것 같은 것이다. 人麻呂는 이러한 그림을 황자의 저택에서 보고 2수의 노래를 지었다고 생각된다. (중략) 人麻呂는 가까운 경치인 산의 벚꽃 그림을 보고 찬미하고, 먼 풍경의 산을 三輪山이라고 보고 황자에 대한 호의, 충성을 나타낸 것이겠다. 이러한 황족, 상류 귀족의 화려한 이국풍 문화를 찬미하는 것도 人麻呂 같은 전문 歌人의 역할의 하나였을지도 모른다고 하였다『萬葉集全注』 9, pp.51~52l.

泉河邊間人宿祢[1]作謌二首

1685 河瀬　激乎見者　玉鴨　散亂而在　川常鴨

　　　川の瀬の　激を[2]見れば　玉をかも　散り亂りたる　川の常かも

　　　かはのせの　たぎちをみれば　たまもかも　ちりみだりたる　かはのつねかも

1686 孫星　頭刺玉之　嬬戀　亂祁良志　此川瀬介

　　　彦星の　挿頭の玉の　嬬戀に　亂れにけらし　この川の瀬に

　　　ひこぼしの　かざしのたまの　つまごひに　みだれにけらし　このかはのせに

---

1 泉河邊間人宿祢：大浦인가.
2 激を：급한 흐름을 말한다.

이즈미(泉)강변에서 하시히토노 스쿠네(間人宿禰)가 지은 노래 2수

1685 강의 여울의/ 급한 흐름을 보면/ 구슬이라도/ 흩어놓은 것일까/ 강이 항상 그런가

🌸 **해설**

강의 여울의 급한 흐름을 보면, 누군가가 구슬이라도 흩어놓은 것일까. 그렇지 않으면 이것은 강이 항상 그런 것인가라는 내용이다.

이즈미(泉)강의 급류가, 마치 구슬이 흩어진 것이라고 생각될 정도로 흰 물보라를 일으키며 흐르고 있는 것을 보고 지은 것이다.

私注에서는, '泉川은 木津川이다. 大和 山城의 교통로는 그 泉橋, 즉 지금의 木津 부근으로, 이 강을 건너므로 그러한 경우의 작품일 것이다. 1709번가의 '右 柿本朝臣人麿之歌集所出'이 1682번가까지 관계되는 것이라면 이 노래도 당연히 그 속에 포함하여 생각하지 않으면 안 되지만, 여기에는 間人宿禰라고 작자를 기록하고 있으므로 人麿 歌集의 성질도 그것에 의해 생각하지 않으면 안 된다. 間人宿禰는 앞에서 老가 있었으며(권제1, 3번가의 제목), 또 大浦(권제3, 289~290번가)가 있었지만, 여기에서는 이름을 기록하지 않고 있으므로 누구인지 알 수 없다. 大浦라면 天平 무렵의 작자이며 이 노래의 작품과는 시대적으로 어긋나지 않을 것이다'고 하였다[『萬葉集私注』5, p.20].

1686 견우별이요/ 머리 장식한 구슬/ 아내 생각에/ 흩어진 것 같으네/ 이 강의 여울에요

🌸 **해설**

견우가 장식한 구슬이 아내를 그리워하는 고통 때문에 흩어져서 쏟아진 것 같네. 이 강의 여울에라는 내용이다.

私注에서는, "かざしのたま'는 머리를 장식한 구슬이라 생각된다. 'かざし'는 대부분 초목의 꽃이며 또 그러한 형태를 본뜬 조화를 말하지만, 이 작품에서는 꽃 대신에 구슬을 장식으로 부착하였다고 보아야만 할 것이다'고 하였다[『萬葉集私注』5, p.21].

中西 進은, '이 작품은 1685번가에서 누가 구슬을 흩은 것일까 의문을 제기한 데 대해 彦星이 흩은 것이라고 생각한 작품이다. 이때의 泉川은 은하수의 의미가 된다'고 하였다.

鷺坂作謌一首

1687 白鳥　鷺坂[1]山　松影　宿而往奈　夜毛深徃乎

白鳥の　鷺[2]坂山の　松蔭に　宿りて行かな[3]　夜も深け行くを[4]

しらとりの　さぎさかやまの　まつかげに　やどりてゆかな　よもふけゆくを

名木河[5]作謌二首

1688 焱干　人母在八方　沾衣乎　家者夜良奈　羈印

焱り[6]干す　人もあれやも[7]　濡衣を　家には遣らな[8]　旅のしるしに[9]

あぶりほす　ひともあれやも　ぬれぎぬを　いへにはやらな　たびのしるしに

---

1 鷺坂 : 지금의 京都府 久世郡의 久津川村 鷺坂(1707번가).
2 鷺 : 흰 새인 해오라기.
3 行かな : 願望을 나타낸다.
4 深け行くを : 역접의 영탄을 나타낸다.
5 名木河 : 久世의 강이다.
6 焱り : 원문 '焱'은 '炎'이다.
7 人もあれやも : 1698번가도 비슷한 내용이다. 'やも'는 강한 부정을 동반한 의문이다.
8 家には遣らな : 願望을 나타낸다.
9 旅のしるしに : 고통의 표시로라는 뜻이다.

사기사카(鷺坂)에서 지은 노래 1수

1687　(시라토리노)/ 사기사카(鷺坂)의 산의/ 솔 그늘에서/ 잠을 자고 가야지/ 밤도 깊어 가는 걸

✿ 해설

　흰 새인 해오라기(鷺)를 이름으로 한 사기사카(鷺坂)산의 소나무 그늘에서 잠을 자고 가야지. 밤도 깊어 가네라는 내용이다.
　해오라기(鷺)와 지명 鷺坂의 이름이 같은 것을 이용한 노래이다.

나기(名木)강에서 지은 노래 2수

1688　불에 말리는/ 사람도 있을 건가/ 젖은 옷은요/ 집에 보내어야지/ 여행하는 표시로

✿ 해설

　불에 쬐어서 옷을 말리는 사람이 어떻게 여행 중에 있을 것인가. 비에 젖은 옷을 집에 보내자. 여행하는 표시로라는 내용이다.

1689 在衣邊　着而榜尼　杏人　濱過者　戀布在奈利

荒磯邊に　着きて漕がさね[1]　杏人の　濱[2]を過ぐれば　戀しくありなり[3]

ありそへに　つきてこがさね　からひとの　はまをすぐれば　こほしくありなり

高島作謌二首

1690 高嶋之　阿渡川波者　驟輙　吾者家思　宿加奈之弥

高島[4]の　阿渡川波は　騒くとも[5]　われは家思ふ　宿悲しみ

たかしまの　あどかはなみは　さわくとも　われはいへおもふ　やどりかなしみ

---

1 **漕がさね**：'さ'는 뱃머리에 대한 경어. 다만 경어가 있는 것이 다소 의문이다. 'つきてはこがね'라고도 읽는 것인가.
2 **杏人の 濱**：도래인들이 거주한 곳인가. 狛 등과 같다.
3 **戀しくありなり**：'なリ'는 傳聞 추정을 나타낸다.
4 **高島**：琵琶湖 서쪽이다.
5 **騒くとも**：시끄러운 소리 속에서 그리워한다.

1689　거친 강변에/ 가까이 저어가죠/ 도래인들의/ 해변을 지나치면/ 그립다고 말하네요

✿ 해설

　　거친 바위들이 많아서 위험하지만 강변 가까이로 접근해서 배를 저어가 주세요. 도래인들이 사는 해변을 그대로 지나치면 나중에 아쉬워하게 된다고 사람들이 말하네요라는 내용이다.
　　'杏人의 濱'에 대해 大系에서는, 예로부터 난해한 어구이다. 지명이겠는데 명확하지 않다. 杏人을 카라히토·모모히토·카라모모·모모사네 등으로 읽는다. 또 吉人(요키히토)·京人(미야코히토)의 잘못 표기한 것이라고도 한다'고 하였다[『萬葉集』 2, p.370].

타카시마(高島)에서 지은 노래 2수

1690　타카시마(高島)의/ 아도(阿渡)의 강물결은/ 시끄럽지만/ 나는 집을 생각하네/ 잠자리 서글퍼서

✿ 해설

　　타카시마(高島) 아도(阿渡)의 강물결은 시끄럽지만 나는 집을 생각하네. 잠자리가 불편하고 서글프다 보니라는 내용이다.
　　大系에서는 '高島의 阿戶'는 滋賀縣 高島郡 安曇川町으로, 安曇川은 거의 동서로 관류하여 琵琶湖로 흘러 들어가는 것이라고 하였다[『萬葉集』 2, p.231].
　　권제7의 1238번가 '高島の 阿戶白波は さわけども われは家思ふ 廬悲しみ'는 제5구의 '廬'를 제외하면 이 작품과 같은 내용임을 알 수 있다. 中西 進은 '1238번가는 이 작품의 다른 전승이다'고 하였다.
　　'家'는 아내 또는 가족을 말하는 것이다. '宿'은 잠을 자는 것, 또는 숙소를 말한다.

1691　客在者　三更刺而　照月　高嶋山　隱惜毛

　　旅なれば¹　夜中²を指して　照る³月の　高島山に　隱らく惜しも

　　たびなれば　よなかをさして　てるつきの　たかしまやまに　かくらくをしも

---

1 **旅なれば** : 마지막 구에 연결된다.
2 **夜中** : 지명이다.
3 **指して 照る** : '指し'는 달이 이동하는 방향을 말한다. 달이 한 곳을 비추는 일은 없다.

1691 여행 중이니/ 요나카(夜中)를 향해서/ 비추는 달이/ 타카시마(高島)의 산에/ 숨는 것이
　　　아쉽네

❀ 해설

　　여행하고 있는 중이므로, 요나카(夜中)를 향해서 비추는 달이 타카시마(高島)산에 숨는 것이 아쉽네라는
내용이다.
　　'三更刺而'를 私注에서는, "更은 밤을 5등분한 시간이며 '三更'은 그 중앙이 되는 것이므로 '요나카'의
훈독이 있는 것이다. 지명으로 보는 것은 잘못이다. 'をさして'는 그것을 향하여로 해석되고 있지만, 'さす'
는 공간적, 즉 어떤 곳을 향하여라고는 하지만 시간적으로 밤을 향하여, 아침을 향하여라고 하는 용례는
없다고들 말한다. 요나카 지명설은 그런 이유에서 성립한 것이다. 'よなかをさして てる'를 밤중을 향하여
비춘다고 해석해서는 부자연스럽다는 것은 확실하다. 이 작품에서의 'さして'는 'てる'에 연결되므로, 달빛
이 '射して' 비춘다고 보아야만 할 것이다. 'よなかを'의 'を'는 ~에의 뜻으로 보아야만 한다. 글자로 한다면
'よなかに'로 읽어도 좋지만 'に'로는 너무 가볍게 되어 버리므로 옛날부터 'よなかを'로 읽어온 훈독은 존중
하지 않으면 안 되지만 의미는 앞에서 말한 것처럼 보아야 한다'고 하였다『萬葉集私注』 5, p.25]. 결국
요점은 '三更'을 시간으로 보고, '한밤중에 射して 照る'로 해석한 것이다. '夜中'을 大系에서는, '지명으로
보는 설은 그 장소가 명확하지 않지만, '夜中をさして 照る月'을, 夜中 땅을 향하여 비추는 달로 해석하고,
권제7의 1225번가와 통일된 설명을 하려고 한다. 夜中이라고 하는 시각을 향하여라고 하는 표현 방식은
이 외에 다른 예가 없다. 따라서 지명으로 보는 것이 좋을 것 같다. 원문의 '刺'를 '判'의 오기로 보고 '밤중에
특히'라고 읽으려고 한 佐竹昭廣氏의 설도 버리기 힘들다'고 하였다『萬葉集』 2, pp.466~467]. '三更刺而'를
全集에서는 'よなかにわきて'로 읽고, 'よなか는 원문의 三更를 표기한 것이며, わきて는 구별한다는 뜻에서
파생한 부사로 '특히'라고 하였다. 원문에 '刺而'라고 하였지만 '判而'의 오기로 본다'고 하였으며, 또 '달이
밝은 것을 이용하여 작자는 호수 연안을 따라서 高島 평야를 북쪽에서 남쪽으로, 배를 타고 있는 것이라면
호수 쪽에서 해안 쪽으로 여행하고 있는 것이겠'고 하였다『萬葉集』 2, p.393].
　　이처럼 '三更刺而'의 '三更'을 장소로 보는 설과 시간으로 보는 설로 나뉘고 있다. 장소로 본다면 원문에서
왜 '三更'으로 표기하였을까 하는 것도 의문이며, 夜中이라는 곳도 어디인지 알 수 없을 뿐만 아니라 달이
특정한 곳을 향해서 비춘다고 한 것도 어색하다. 시간 개념으로 보면 원문의 한자표기에 충실한 해석이
된다. 그러나 '刺而'를 '指して'로 해석했을 때 해석이 역시 어색하게 된다. 佐竹昭廣의 설을 따른 全集의
해석을 따르고 싶다. 그렇게 보면, 한밤중에 달이 더욱 밝아 여수를 달래며 즐기고 있는데 달이 타카시마
(高島)산에 가려서 보이지 않게 되자 아쉬움을 표현한 것이라고 볼 수 있다.

紀伊國作謌二首

1692　吾戀　妹相佐受　玉浦丹　衣片敷　一鴨將寐

わが戀ふる　妹[1]は逢はさず[2]　玉の浦に　衣片敷き[3]　獨りかも寢む

わがこふる　いもはあはさず　たまのうらに　ころもかたしき　ひとりかもねむ

1693　玉遟　開卷惜　恡夜矣　袖可礼而　一鴨將寐

玉匣[4]　明けまく惜しき　あたら[5]夜を　袖離れて　獨りかも寢む

たまくしげ　あけまくをしき　あたらよを　ころもでかれて　ひとりかもねむ

---

1 **わが戀ふる 妹**：여행길에 만난 여성이다.
2 **逢はさず**：'さ'는 경어이다.
3 **衣片敷き**：혼자 잔다는 뜻의 관용적 표현이다.
4 **玉匣**：아름다운 빗을 넣는 상자를 여는 것처럼, '여는(밝아오는)' 새벽으로 이어진다.
5 **あたら**：원문의 '恡'은 吝. 바란다, 아쉽다는 뜻이다.

키노쿠니(紀伊國)에서 지은 노래 2수

1692 내 사모하는/ 여인 만나주잖고/ 타마(玉)의 포구에/ 옷을 한쪽만 깔고/ 혼자서 자는 걸까

🌸 **해설**

내가 그립게 생각하는 여인은 나를 만나주지 않고, 그래서 나는 타마(玉)포구에서 옷을 한쪽만 깔고 혼자서 외롭게 자는 것일까라는 내용이다.

1693 (타마쿠시게)/ 날 밝는 것 아쉬워/ 유감인 밤을/ 소매를 따로 하여/ 혼자서 자는 걸까

🌸 **해설**

빗 상자를 여는 것처럼 날이 밝는 것이 아쉬워서 유감인 밤을, 옷소매를 그녀와 서로 함께 하여 동침하지 못하고 옷소매를 따로 하고는 혼자서 자는 것일까라는 내용이다.

中西 進은 '앞의 작품과 마지막 구를 같이 하면서 연작을 이루었다'고 하였다.

'玉匣げ'는 'あげ'를 상투적으로 수식하는 枕詞이다. '玉匣げ'는 빗을 넣어둔 상자인데 그것을 여는(開ける) 것처럼 날이 새는(明ける) 것으로 연결되는 것이다. 이렇게 연결되는 것은 '開ける'와 '明ける'가 일본어로 소리가 '아케루'로 같기 때문이다.

鷺坂作謌一首

1694　細比礼乃　鷺坂山　白管自　吾尓尓保波尓　妹尓示

　　　細領巾の[1]　鷺坂山の　白躑躅　われににほはね[2]　妹に示さむ

　　　たくひれの　さぎさかやまの　しらつつじ　われににほはね　いもにしめさむ

---

1 細領巾の : 'たく'는 천을 말한다. 흰 천의 느낌이다. '領巾'은 목에 거는 긴 천이다. 이하 2구 모두 흰색
　이미지이다.
2 われににほはね : 물들었으면 좋겠다는 뜻이다. 흰색이 빛나는 모양을 찬양한 것이다.

사기사카(鷺坂)에서 지은 노래 1수

1694 (타쿠히레노)/ 사기사카(鷺坂)의 산의/ 흰 철쭉꽃아/ 내게 물들여주럼/ 아내에게 보이게

❀ 해설

　아름다운 흰 너울 같은 흰 해오라기를 이름으로 한 사기사카(鷺坂)산의 흰 철쭉꽃아. 그 아름다운 흰 빛을 내 옷에 물들여 주려무나. 그러면 집에 있는 아내에게 보여줄 수 있을 텐데라는 내용이다.
　사기사카(鷺坂)산에 눈부시도록 아름답게 피어 있는 흰 철쭉꽃을 보고, 그 흰색을 자신의 옷에 물들여 가서 아내에게 보여주고 싶은 마음을 노래한 것이다.
　'たくひれの'는 '鷺'를 상투적으로 수식하는 枕詞이다. 大系에서는, '白栲'를 '白細'라고도 쓰므로 '栲(타쿠)'는 '細와 통한다. 따라서 '細'를 '타쿠'라고 읽는다'고 하였다『萬葉集』 2, p.371].
　私注에서는, '鷺坂에서 지은 작품은, 앞에 1687번가가 있었고 또 뒤에 1707번가가 있다. 그렇게 보면 泉河에서의 작품, 名木河에서의 작품도 세 번 나오고 있다. 어쩌면 세 종류의 자료에서 적출한 것을, 그 자료대로 세 단계로 실은 것일까. 여러 가지 문제가 있다고 생각되지만 확실한 것은 알 수 없다. 민요풍으로 볼 수 있는 점이 없는 것은 아니다'고 하였다『萬葉集私注』 5, p.28].

泉河作謌一首

1695　妹門　入出見川乃　床奈馬尓　三雪遺　未冬鴨

　　　妹が門　入り¹泉川の　常滑に²　み雪³殘れり　いまだ冬かも

　　　いもがかど　いりいづみがはの　とこなめに　みゆきのこれり　いまだふゆかも

이즈미(泉)강에서 지은 노래 1수

1695 아내 집 문에/ 들고 나는 이즈미(泉河)의/ 맑은 바위에/ 눈이 남아 있네요/ 아직 겨울인가
봐

 해설

　　아내의 집 문에 들어갔다가 나간다는 뜻을 이름으로 한 이즈미(泉河)강의 맑고 깨끗한 바위에 눈이
남아 있네요. 아직 겨울인가 봅니다라는 내용이다.

　　이즈미(泉河)강의 맑고 깨끗한 바위에 부서지는 흰 물보라를 눈으로 비유한 노래이다.

　　'妹門 入出'은 '아내의 집 문에 들어갔다가 나간다(出づ)'는 뜻인데, '出づ'는 발음이 '이즈'이며, '泉川(이즈
미가와)'의 '이즈'와 같으므로 수식하면서 연결된 것이다.

　　私注에서는, '泉川은 동서로 흐르므로, 그 남쪽 기슭은 응달이 되어서 늦게까지 눈이 남아 있다는 것도
아마 실제 풍경일 것이다. '아직 겨울인가봐'라고 의문스러워하는 것은, 겨울의 마지막 내지 봄의 시작이라
는 기분일 것이다. 그 주변은 이른 봄의 찬 기운이 비교적 심한 지방이므로 이러한 느낌도 역시 자연스러울
것이다. (중략) 'とこなめ'의 뜻을 항상 매끄러운 바위라고 보면, 이 노래가 지어진 지점은 후의 久邇京
부근으로 추정되지만, 羈旅歌로 보면, 泉橋 부근의 屬目으로 해야만 한다고 생각된다. 泉川의 지형과 'とこ
なめ'의 뜻과 관련하여 다시 고찰해야 할 여지가 있을 것이다'고 하였다『萬葉集私注』 5, p.29]. 결국 私注에
서는 실제로 눈이 남아 있는 것이라고 본 것이다. 大系·注釋·全集·全注에서도 표면적 의미 그대로 눈으
로 해석하였다. 실제 풍경으로 볼 수도 있지만 물보라를 눈에 비유한 것으로 보는 것이 어떨까 한다.
'아직 겨울인가봐'를 보더라도 초봄이라든가 하는 계절이기보다는 겨울과는 거리가 먼 계절을 말하는
것이라 생각된다.

名木河作謌三首

1696 衣手乃　名木之川邊乎　春雨　吾立沾等　家念良武可

　　　衣手の[1]　名木の川邊を[2]　春雨に　われ立ち[3]濡ると　家[4]思ふらむか

　　　ころもでの　なぎのかはへを　はるさめに　われたちぬると　いへおもふらむか

1697 家人　使在之　春雨乃　与久列杼吾等乎　沾念者

　　　家人の　使にあるらし[5]　春雨の　避く[6]れどわれを　濡らす思へば

　　　いへびとの　つかひにあるらし　はるさめの　よくれどわれを　ぬらすおもへば

1698 焱干　人母在八方　家人　春雨須良乎　間使尓為

　　　焱り干す　人もあれやも[7]　家人の　春雨すらを　間使にする[8]

　　　あぶりほす　ひともあれやも　いへびとの　はるさめすらを　まつかひにする

---

1 衣手の：소매가.
2 名木の川邊を：'を(을/를)'는 'で(에서)'. 장소와 시간을 나타내는 조사이다.
3 われ立ち：'立ち'는 비를 피하지 않고 있는 상태를 말한다.
4 家：아내, 가족을 말한다.
5 使にあるらし：여러 작품에서 보듯이 젖은 옷을 말려줄 집을 나그네는 찾고 있는 것이다. 1666번가 등에 보인다. 봄비가 옷을 적시고 돌아가라고 하는 것 같다.
6 避く：피해도라는 뜻이다.
7 人もあれやも：1688번가에도 보인다. 'やも'는 강한 부정을 동반한 의문이다.
8 間使にする：비를 심부름꾼으로 하는 마음은 이해할 수 있지만, 그렇다고 해서 불에 쬐어 말리는 사람은 없으므로 곤란하다.

나기(名木)강에서 지은 노래 3수

1696   (코로모데노)/ 나기(名木)강 근처에서/ 봄비를 맞아/ 내가 젖어 있다고/ 집에서는 생각할까

🌸 해설

　옷소매가 부드러워진다고 하는 뜻을 이름으로 한 나기(名木)강 근처에서 내가 봄비에 젖어 있다고 가족
은 지금쯤 생각하고 있을까라는 내용이다.
　'衣手の'는 '名木'을 상투적으로 수식하는 枕詞이다. 왜 수식하게 되었는지에 대해서는 잘 알 수 없다고
한다.
　비를 맞고 있다 보니 집 생각이 나는데, 가족들도 자신이 비를 맞고 있다는 것을 생각할까라는 뜻이다.

1697   집의 아내가/ 보낸 사람 같네요/ 내리는 봄비/ 피하여도 나를요/ 적시는 것을 보면

🌸 해설

　봄비는 아마도 집에 있는 아내가 보낸 심부름꾼 같네. 피하여도 봄비가 나를 적시는 것을 생각하면이
라는 내용이다.

1698   쬐어 말리는/ 사람도 있을 건가/ 집의 아내는/ 심지어 봄비조차/ 심부름꾼을 삼네

🌸 해설

　어떻게 불에 쬐어서 말리는 사람도 있을 것인가. 그런데 집의 아내는 봄비조차도 심부름꾼으로 해서
나를 젖게 하네라는 내용이다.
　젖은 옷을 말려 줄 사람도 없는데, 아내는 비를 보내어서 옷을 젖게 한다는 뜻이다. 비가 와서 옷이
젖으니, 옷을 말려주는 아내가 생각이 난다는 뜻이겠다.

宇治河作謌二首

1699 巨椋乃　入江響奈理　射目人乃　伏見何田井尒　鴈渡良之

巨椋の　入江^{1}響むなり^2　射目人^{3}の　伏見が田井に^4　雁渡るらし

おほくらの　いりえとよむなり　いめひとの　ふしみがたゐに　かりわたるらし

1700 金風　山吹瀬乃　響苗　天雲翔　鴈相鴨

秋風に　山吹^{5}の瀬の　響るなへに^6　天雲翔ける　雁に逢へるかも^7

あきかぜに　やまぶきのせの　なるなへに　あまくもかける　かりにあへるかも

---

1 入江：巨椋 못의, 宇治川의 유입구.
2 響むなり：추량을 나타낸다.
3 射目人：'射目'은 사냥에서 활을 쏘는 사람이 몸을 숨기는 설비를 말한다. 그 사람이 엎드리면 하고 다음으로
　연결된다.
4 田井に：밭과 같다.
5 山吹：지명이다. 宇治川의 일부인가.
6 響るなへに：1088번가. 다음 구와는 달리 지상의 풍경으로 청각에 의한 것이다.
7 雁に逢へるかも：우는 소리를 들었다는 뜻이다.

우지(宇治)강에서 지은 노래 2수

1699 오호쿠라(巨椋) 못/ 강어귀에 울리네요/ (이메히토노)/ 후시미(伏見)의 밭에는/ 기러기 온
     듯하네

🌸 해설

　　오호쿠라(巨椋) 못의 강어귀에 우는 소리가 울리고 있는 듯하네. 활을 쏘는 사람이 엎드린다고 하는
뜻을 이름으로 한 후시미(伏見)의 밭에는 기러기가 건너와 있는 듯하네라는 내용이다.
　　'巨椋'을 大系에서는, '京都府 宇治市에서 久世郡에 걸쳐 있던 넓은 못으로 점점 좁게 되어 宇治市 小倉町
부근에 남아 있던 沼澤地도 최근 간척되었다'고 하였다『萬葉集』 2, p.372]. 注釋에서는, '巨椋の 入江은 원래
宇治川의 入江으로, 지금의 宇治市 槇島, 小倉 등이 서쪽에 있었는데 豊臣 시대에 제방을 쌓아 宇治川과
분리하여 못이 되었다. 그것이 1930년경 모두 매립되어 밭이 되었다. 奈良 전차로 小倉驛 근처를 지나면
'小椋池干拓地約七百町步'라는 표지가 있으며, 또 옛날 연못의 제방도 여기저기에 남아 있는 것을 볼 수
있다. 이 부근의 집이 높아 보이는 것은 제방 위에 세워졌기 때문'이라고 하였다『萬葉集注釋』 9, p.55].
　　'射目人'에 대해서 大系에서는, '枕詞. '伏見'을 수식한다. 射目은 쫓는 동물을 쏘기 위하여 섶 등으로
만들어, 활을 쏘는 사람이 숨는 설비. 그곳에서 기다리고 있는 사람을 射目人이라고 하므로 엎드려서
본다(伏見)를 수식하게 된 것이다. 射部人이라고 하는 설은 잘못된 것이다. 射部라고 하는 部는 없다. 伏見
은 京都市 伏見區'라고 하였다『萬葉集』 2, p.372].

1700 가을바람에/ 야마부키(山吹) 여울이/ 울리는 때에/ 하늘 구름을 나는/ 기러기를 보게 되네

🌸 해설

　　가을바람에 야마부키(山吹)의 여울의 물소리가 크게 울리는 소리를 들음과 동시에 한편 하늘에서는
구름을 나는 기러기를 보게 되었네라는 내용이다.
　　'秋風'을 원문에서 '金風'으로 쓴 것에 대해 大系에서는, '사계절을 목화토금수의 오행에 맞추면 가을은
금에 해당한다. 그래서 金風이라고 쓴다'고 하였다『萬葉集』 2, p.373].
　　'山吹の 瀨'는 지명으로 추정되지만 대체로 어디인지 잘 알 수 없다고 보는데 全集에서는, '京都府 宇治市
平等院의 宇治川을 끼고 對岸 부근의 여울인가'라고 하였다『萬葉集』 2, p.395].
　　中西 進은 이 작품을, '『萬葉集』 작품 중에서 뛰어난 작품이다'고 하였다.

獻弓削皇子謌三首

1701　佐宵中等　夜者深去良斯　鴈音　所聞空　月渡見

　　　　さ夜中と　夜は深けぬらし　雁が音の　聞ゆる空に　月渡る見ゆ

　　　　さよなかと　よはふけぬらし　かりがねの　きこゆるそらに　つきわたるみゆ

1702　妹當　茂苅音　夕霧　來鳴而過去　及乏

　　　　妹があたり　茂き雁が音　夕霧に　來鳴きて過ぎぬ　すべなきまでに[1]

　　　　いもがあたり　しげきかりがね　ゆふぎりに　きなきてすぎぬ　すべなきまでに

---

1 **すべなきまでに** : 원문은 'ともしきまでに(아주 어렴풋하게)'로도 읽을 수 있고, 'すべなきまでに'의 다른
　작품(1960번가)이 모두 구체적으로 무엇이 방도 없는가를 노래하고 있는데 비해 이 작품에서는 밝히지
　않고 있는 점에서, 'ともし'의 훈독도 버리기 힘들다.

유게노 미코(弓削황자)에게 바치는 노래 3수

1701 한밤중인 듯/ 밤도 깊어버렸네/ 기러기 소리/ 들리는 하늘에는/ 달 가는 것 보이네

해설

이미 한밤중이라고 밤도 깊어버렸네. 기러기가 우는 소리가 들리는 하늘에는 달이 떠가는 것이 보이네라는 내용이다.

中西 進은 이 작품을, '기러기 소리를 듣고 하늘을 올려다보고, 달의 위치로 보아 한밤중이라는 것을 알았다는 느낌을 노래한 것이다'고 하였다. 私注에서는, '弓削황자에게 바친다고 한 것은, 어떤 경우인지 확실하지 않다. 연회석에서 바친 것인가. 노래에는 황자와 직접 관계있는 것은 없는 것처럼 보인다. (중략) 弓削황자에게 바쳤다고 하면 당연히 사망한 文武천황 3년 이전의 작품이 되는 것인데, 이 노래가『古今集』권제4 가을 上에 작자 미상으로 실려 있는 것을 보면, 작자를 알 수 없는 민요로 전승되고 있었다고 하는 것도 생각할 수 있다.『고금집』의 작품은『만엽집』에서 취한 것이 아니라, 다른 자료에서 취한 것이『만엽집』과 일치하였으므로, 그것은 '만엽집에 들어가지 않은 오래된 노래를 싣는다'고 한 서문에서 밝힌 편집 방침으로 보면 하나의 잘못이라고 보지 않을 수 없다.『고금집』작품 중에서,『만엽집』작품과 중복되는 몇 수가 거의 모두 작자 미상인 것을 보면, 그 작품들은 전승되던 민요 중에서 채집된 것이라고 보아도 좋을 것이다. 이상과 같이 생각해보면 人麿 가집에 수록되었던 것은 어찌되었든, 弓削황자에게 바친 것이 이미 와전에 의한 것이라고 하는 추측도 불가능하지는 않을 것이다'고 하였다『萬葉集私注』9, pp.33~34).
  이 작품은『고금집』의 192번가와 같다.
  '弓削황자'에 대해 全注에서는, '天武천황의 제6 황자. 母는 天智천황의 황녀인 大江황녀. (중략) 생년은 미상. 사망한 해는 文武천황 3년(699) 7월'이라고 하였다『萬葉集全注』9, p.74).

1702 아내 집 근처에/ 계속 우는 기러기/ 저녁 안개에/ 와서 울고는 갔네/ 방법 없을 정도로

해설

아내의 집 근처에서 계속 우는 기러기가 저녁 안개 속에 와서 울고는 갔네. 그리워하는 마음을 어찌할 바가 없을 정도로라는 내용이다.
  기러기 소리에 그리운 마음이 걷잡을 수 없을 정도로 일어났다는 것을 표현한 것이다.

1703　雲隱　鴈鳴時　秋山　黃葉片待　時者雖過

　　　雲隱り　雁鳴く時¹は　秋山の　黃葉片待つ²　時は過ぐれど

　　　くもがくり　かりなくときは　あきやまの　もみちかたまつ　ときはすぐれど

獻舍人皇子謌二首

1704　捄手折　多武山霧　茂鴨　細川瀨　波驟祁留

　　　ふさ手折り³　多武の山霧　しげみかも　細川の瀨に　波の騷ける⁴

　　　ふさたをり　たむのやまぎり　しげみかも　ほそかはのせに　なみのさわける

---

1 雁鳴く時 : 겨울과 봄, 단풍 계절이 아닌 때의 기러기.
2 黃葉片待つ : 片은 전체의 반대이다. 반쯤 기다린다는 뜻이다.
3 ふさ手折り : 多武를 수식하는 것. 'ふさ'는 'ふさふさ(많이, 주렁주렁)'의 'ふさ'이다.
4 波の騷ける : 빗기를 머금고 흐름이 격렬함을 뜻한다.

1703 구름에 숨어/ 기러기가 울 때는/ 가을 산의요/ 단풍을 기다리네/ 때는 지났지만은

🌸 해설

　　구름에 숨어서 기러기가 울 때에는 가을 산에 단풍이 있었으면 좋겠다고 생각하네. 비록 단풍의 계절은 지났지만이라는 내용이다.

　　'片待'를, 中西 進은 반쯤 기다린다로 보았다. 그러나 大系・私注・注釋・全集・全注에서는 '오로지(한결같이) 기다리네'로 해석하였다.

　　제5구의 원문을 大系・私注・全集・全注에서는 中西 進과 마찬가지로 '時者雖過'를 취하고 '비록 단풍의 계절은 지났지만'으로 해석하였지만, 注釋에서는 '時者雖不過'를 취하고 '아직 때가 되지 않았지만'으로 해석하였다『萬葉集注釋』9, p.62].

토네리노 미코(舍人황자)에게 바치는 노래 2수

1704 (후사타오리)/ 타무(多武)산에 안개가/ 끼어서인가/ 호소카하(細川) 여울에/ 물소리가 세차네

🌸 해설

　　손으로 가득 꺾고 가지도 휜다고 하는 뜻을 이름으로 한 타무(多武)산에 안개가 끼어 있기 때문인가. 호소카하(細川) 강여울에 흐르는 물소리가 세차네라는 내용이다.

　　'ふさ手折り'는 지명 '타무(多武)'를 상투적으로 수식하는 枕詞이다. '휘어지게 하다, 굽히다'의 일본어가 'たむ'인데 이것이 지명 '타무(多武)'와 소리가 같으므로 수식하게 된 것이다.

　　大系에서는 '多武の山'을 '櫻井市 남쪽에 있는 多武峯. 619미터'라고 하였고, '細川'은 '多武峯에서 발원하여 高市郡 明日香村을 서쪽으로 흘러 稻淵川으로 들어간다'고 하였다『萬葉集』2, p.373].

1705　冬木成　春部戀而　殖木　實成時　片待吾等敍

　　　冬ごもり¹　春べを²戀ひて　植ゑし木の　實になる時³を　片待つわれぞ

　　　ふゆごもり　はるべをこひて　うゑしきの　みになるときを　かたまつわれぞ

舍人皇子御謌一首

1706　黑玉　夜霧立　衣手　高屋於　霏霰疏天尒

　　　ぬばたまの⁴　夜霧は立ちぬ　衣手の⁵　高屋の上に　棚引く⁶までに

　　　ぬばたまの　よぎりはたちぬ　ころもでの　たかやのうへに　たなびくまでに

1　冬ごもり : 'こもる'는 완전히 덮인다는 뜻이다.
2　春べを : 'に'를 덧붙여서 읽는 것도 하나의 방법이다.
3　實になる時 : 가을이다. 봄에 꽃이 피는 것을 원했으므로, 꽃이 핀 지금은 이미 원하는 바가 이루어졌지만 한편으로는 다시 열매를 기다린다는 뜻이다.
4　ぬばたまの : 烏扇(범부채). 열매의 검은 색으로 인해 검은 것을 수식한다. 칠흑같은 상태를 인상 깊게 하는 표현이다.
5　衣手の : 소매를 재단한다[裁(た)つ]는 뜻으로 연결된다.
6　棚引く : 'た靡く'의 뜻이다.

1705   (후유고모리)/ 봄을 그리워하며/ 심은 나문데/ 열매를 맺을 때를/ 기다리는 나지요

🌸 **해설**

　　겨울이 완전히 끝나고 봄이 되면 꽃이 필 것을 생각하며 심은 나무가 꽃이 피었으므로, 이제는 열매
맺을 때를 한편으로는 기다리는 나입니다라는 내용이다.

　　'冬ごもり'는 봄을 상투적으로 수식하는 枕詞이다. 私注에서는, '비유가에 속해야 할 노래로 보인다. 심을
때는 꽃이 피는 봄을 생각하며 심은 것이지만, 꽃이 피는 것을 보면 다시 그 열매가 열리는 것을 기다린다
고 하는 것에 연애 성취의 의미를 담은 것이겠다'고 하였다『萬葉集私注』 5, p.36]. 大系에서는, '寓意가
있는 것일까'라고 하였다『萬葉集』 2, p.373]. 全註釋에서는, '舍人황자가 드디어 그 시대에 받아들여지는
것을 기다리고 있다는 것으로도 해석될 수 있다'고 하였다『萬葉集注釋』 9, p.65 재인용]. 全集에서는, '사랑
의 성취를 원하는 비유가인가'라고 하였다『萬葉集』 2, p.396].

　　황자에게 바친 노래이므로 단순하게 사랑의 성취를 원한 것으로 보기보다는 全註釋에서처럼 황자의
뜻이 이루어지는 것으로 보는 것이 좋을 듯하다.

토네리노 미코(舍人황자)의 노래 1수

1706   (누바타마노)/ 밤안개는 끼었네/ (코로모데노)/ 높은 집의 위를요/ 덮어 쏠릴 정도로

🌸 **해설**

　　칠흑같이 깜깜한 밤에 안개는 잔뜩 끼어 있네. 옷소매를 재단한다는 뜻을 이름으로 한 타카야(高屋)의
위를 덮어 쏠릴 정도로라는 내용이다.

　　'衣手の'는 '高屋'을 상투적으로 수식하는 枕詞이다. 연결 이유에 대해서 大系에서는 'た(手)에 연결되는
것'으로 보았다『萬葉集』 2, p.374]. 私注에서는, '소매를 높이(たかく) 올린다는 뜻에서 'たかや'를 수식한다'
고 하였다『萬葉集私注』 5, p.37]. '高屋'을 大系에서는, '높은 집으로 보는 설과 지명으로 보는 설이 있다.
지명으로 보는 설에는 河內國 古市郡 高屋村(지금의 大阪府 南河內郡 南大阪町), 大和國 城上郡 高屋安倍신사
가 있는 곳(지금의 櫻井市谷), 阿倍村 高家(지금의 櫻井市 高家) 등이 있다'고 하였다『萬葉集』 2, p.374].
私注・全集에서는 지명으로 보았다. 注釋・全注에서는 櫻井市의 高家로 보았다(『萬葉集注釋』 9, p.66), (『萬
葉集全注』 9, p.81)]. '高屋の上に'라고 하였으므로 지명이 아니라 높은 집으로 해석하는 것이 좋을 듯하다.

鷺坂作謌一首

1707　山代　久世乃鷺坂　自神代　春者張乍　秋者散來

山城の　久世の鷺坂　神代より　春ははり[1]つつ　秋は散りけり

やましろの　くせのさぎさか　かみよより　はるははりつつ　あきはちりけり

泉河邊作謌一首

1708　春草　馬咋山自　越來奈流　鴈使者　宿過奈利

春草を　馬咋山ゆ　越え來なる[2]　雁の使[3]は　宿過ぐなり

はるくさを　うまくひやまゆ　こえくなる　かりのつかひは　やどりすぐなり

---

1 **春ははり**：싹을 틔우는 것이다. 봄의 어원이다.
2 **越え來なる**：'なる'는 傳聞 추정을 나타낸다.
3 **雁の使**：기러기를 전달 수단으로 사용했다는 중국고사에 의한 것이다. 1614번가 참조.

사기사카(鷺坂)에서 지은 노래 1수

1707 야마시로(山城)의/ 구세(久世)의 사기사카(鷺坂)/ 神代로부터/ 봄은 싹을 티우고/ 가을은
지게 했네

🌸 해설

　야마시로(山城)의 구세(久世)의 사기사카(鷺坂)여. 神代의 옛날부터 오랫동안 봄은 계속 싹을 티우고
가을은 잎을 지게 하여 온 것이다는 내용이다.

　私注에서는, '鷺坂은 수목이 우거진 곳이었을 것이다. 그 수목이 봄가을에 싹이 트고 잎이 지는 것을
노래하고 있는 것이지만 봄의 'はる'를 나무 싹이 트는 'はる'로 말한 것이 창작 동기로 보인다. 봄의 어원이,
초목의 싹이 트는 것에 있다고 하는 설이 맞다고 해도, 노래에 나타나 있는 것은 이미 흥미에 의한 언어
표현이라고밖에 볼 수 없다'고 하였다[『萬葉集私注』 5, p.38].

　中西 進은, '가까이에 久世社가 있으며 풀을 신성시 한다(1286번가). 이 작품도 그곳의 민요를 短歌로
한 것으로 본래 집단적인 久世 찬가인가'라고 하였다.

이즈미(泉) 강변에서 지은 노래 1수

1708 봄풀을 말이/ 먹는 우마쿠히(馬咋)산/ 넘어 온다는/ 기러기 심부름꾼/ 숙소 지나는 듯해

🌸 해설

　봄풀을 말이 먹는다고 하는 뜻을 이름으로 한 우마쿠히(馬咋)산을 넘어 오는 듯한 기러기, 그 심부름꾼
은 아무런 소식도 전해주지 않고, 내가 여행하면서 머물고 있는 이곳을 지나가는 듯하네라는 내용이다.

　기러기는 소식을 전해주는 심부름꾼으로 여겨져 왔는데 그 기러기가 자신에게는 아무런 소식도 전해주
지 않고 지나간다고 함으로써 여행지에서의 외로움을 노래한 것으로 볼 수 있다. 임시거처인 '宿'에 머무는
것 자체가 이미 여행의 불편함, 쓸쓸함을 나타내고 있다.

　'馬咋山'을 大系에서는, '京都府 綴喜郡 田邊町 字飯の岡(이노오카)에 있는 飯岡(이이오카). 木津郡의 西岸
이다'고 하였다[『萬葉集』 2, p.374].

獻弓削皇子謌一首

1709 御食向　南渕山之　巖者　落波太列可　削遺有

御食向ふ[1]　南淵山の　巖には　落りしはだれ[2]か　消え殘りたる[3]

みけむかふ　みなふちやまの　いはほには　ふりしはだれか　きえのこりたる

[左注]　右[4], 柿本朝臣人麻呂之謌集所出.

---

1 **御食向ふ** : '蜷(みな)'은 우렁이 종류다. '御食'은 신에게 바치는 음식으로 보통 우렁이를 구워서 바쳤던 것인 가.
2 **落りしはだれ** : 'はだれ'는 'まだら', 'ほどろ'와 같은 것이다. 반점이 될 정도로 군데군데라는 뜻이다.
3 **消え殘りたる** : 明日香에서 본, 먼 곳의 풍경이다.
4 **右** : 이 1수를 가리키며, 1708번가 이전의 여러 작품은 人麻呂 가집의 노래가 아니라고 하는 견해도 있다.

유게노 미코(弓削황자)에게 바치는 노래 1수

1709 (미케무카후)/ 미나후치(南淵)의 산의/ 바위에는요/ 내린 눈이 군데군데/ 남아 있는 것일까

🌸 해설

 신에게 공물로 바치는 음식인 우렁이, 그 우렁이(미나)를 이름으로 한 미나후치(南淵)산의 바위에는, 내린 눈이 군데군데 녹다가 남아 있는 것일까라는 내용이다.
 '미나후치(南淵)산'을 私注에서는, '明日香의 남쪽, 明日香川의 상류의 계곡, 지금의 稻淵이라고 불리는 미나부치를 둘러싼 산이다'고 하였다『萬葉集私注』 5, p.39].
 私注에서는, '人麿 가집에 실려 있는 작품이다. 明日香에서 南淵山을 보고 지은 노래라고 추측된다. 南淵은 일찍이 귀화인이 개척한 토지로, 지금 보아도 골짜기 깊숙한 안쪽까지 논이 있는 골짜기이므로 이곳에 가까이 갈 기회도 있었을 것이다. 그러나 明日香에서의 거리는 직경으로 하면 2킬로미터 정도이지만, 'ふれるはだれか'라고 하는 표현은, 역시 어느 정도 거리를 느낀 기분일 것이다. 현재의 南淵의 丘陵은 바위가 노출되어 있는 그런 정도는 아니지만, 『일본서기』 天武천황 5년 5월조에 '勅南禁淵山 細川山 竝莫舞薪'이라고 한 것처럼 이 시대에는 마구잡이로 벌목되어 'いはほにば'라는 느낌도 그대로였던 것을 상상할 수 있다. (중략) 明日香 근처에는 많은 눈이 내리는 경우도 드물며, 내리는 것은 대체로 군데군데 쌓일 정도였겠지만, 눈이 내리고 난 뒤 며칠간은 산 쪽은 특히 눈이 녹다가 남아 있으므로 그러한 때에 지은 것일 것이다. (중략) 이 정도라면 人麿의 작품으로, 人麿와의 관련성도 수긍할 수 있는 작품이다'고 하였다『萬葉集私注』 5, pp.40~41]. 全注에서는, '人麻呂는 弓削황자의 궁을 찾아 인사로 이 노래를 불렀다고 생각된다. (중략) 人麻呂는 황자의 궁을 찾아가서, 가끔 일상의 풍경과 다른 신선한 풍관을 어느 정도의 축복의 뜻을 담아서 불렀다고 추측된다'고 하였다『萬葉集全注』 9, p.87].
 유게노 미코(弓削皇子)는 天武천황의 제6 황자로 母는 大江황녀이다. 持統 7년(693)에 淨廣貳의 위를 받고 文武 3년(699) 7월 21일에 사망하였다[大系 『萬葉集』 2, p.296].

좌주 위는, 카키노모토노 히토마로(柿本朝臣人麻呂)의 가집에 나온다.
大系에서는, '가리키는 범위에 대해서, 1682번가 이후, 1667번가 이후, 1709번가만이라고 하는 설 등이 있다'고 하였다『萬葉集』 2, p.375].
 私注에서는, '이 左注가 1682번가까지 적용되는가 어떤가에 대해서는 그때그때 말하였지만 1682번가에서 1708번가까지의 여러 작품에는, 어떤 면에서 人麿와 관련시켜 생각할 수 있는 것도 있고, 전연 관련성을 생각할 수 없는 것도 있었다. (중략) 이 左注는 1709번가 1수에만 관련된다고 보는 것이 가장 타당하다고 생각된다. 만약 1682번가까지 관련된다고 본다면 柿本朝臣人麿 가집이 얼마나 무질서한 것이었는지, 이 가집이 얼마나 말기적인 작품을 수록한 것이었는가 하는 것의 증명밖에 되지 않는다. 人麿 가집은 人麿 자신의 작품이 아니라고 생각되는 경우에도 역시, 이 가집으로서는 일반적으로 뛰어난 소질을 가진 것처럼 보인다'고 하였다『萬葉集私注』 5, p.41].

1710　吾妹兒之　赤裳埿塗而　殖之田乎　苅將藏　倉無之濱

　　　　吾妹子が　赤裳¹ひづちて²　植ゑし田を　苅りて藏めむ³　倉無の濱

　　　　わぎもこが　あかもひづちて　うゑしたを　かりてをさめむ　くらなしのはま

1711　百傳　八十之嶋廻乎　榜雖來　粟小嶋者　雖見不足可聞

　　　　百づたふ⁴　八十の⁵島廻を⁶　漕ぎ來れど　粟の小島は　見れど飽かぬかも⁷

　　　　ももづたふ　やそのしまみを　こぎくれど　あはのこしまは　みれどあかぬかも

　　　左注　右二首, 或云, 柿本朝臣人麻呂作.

1　赤裳: 여성의 하의, 치마 같은 것이다.
2　ひづちて: 'ひづつ'는 고생하는 것이다.
3　苅りて藏めむ: 여기까지는 倉을 수식하는 것이며, '倉無'에 직접 연결되지 않는다. 다만, 결과로서 고생에 대한 '倉無し'를 흥미로워한 것이다.
4　百づたふ: 백까지 세어갈 때 50…80으로 세어 가므로 50, 80을 상투적으로 수식하는 枕詞이다.
5　八十の: 많은 수를 가리킨다.
6　島廻を: 'み'는 彎曲을 의미한다.
7　見れど飽かぬかも: 人麻呂가 많이 사용하는 표현이다. 따라서 左注의 전승이 생겨난 것인가.

1710 나의 아내가/ 붉은 옷 끝 더럽혀/ 심은 밭을요/ 베어 거두려 해도/ 쿠라나시의 해변

🌸 **해설**

　　사랑스러운 나의 아내가 붉은 치맛자락을 흙을 묻혀 더럽혀가며 고생해서 밭에 심은 곡식을 베어 거두어들이려고 해도 창고가 없다는 뜻을 이름으로 한 쿠라나시(倉無)의 해변이여라는 내용이다.

　　곡식을 거두어들이는 창고(倉:쿠라)가, 지명 '倉無'에도 들어 있으므로 그 유사성에 흥미를 느껴서 지은 작품이다.

　　'ひづち'를 大系에서는, '흙을 묻힌다. ひづち는 ひぢ와 うち의 복합어. 옷 끝으로 흙길을 쓴다는 뜻이라고 하였다『萬葉集』 2, p.375]. '倉無の濱'을 大系에서는, '미상. 大分縣 中津市 龍王町의 해안(闇無濱 또는 龍王濱)이라고 하는 설이 있지만 불확실하다'고 하였다『萬葉集』 2, p.375].

　　全集에서는 'かりてをさめむ'까지를, '창고에 다 들여놓지 못할 정도의 풍작을 염두에 두고 말한 것. 혹은 倉無の濱이 있는 豊國의 '豊(とよ)'에 풍작의 뜻을 담아 부른 노래인가'라고 하였다『萬葉集』 2, p.398]. 全注에서는 실제 풍경을 노래한 것이 아니라고 보고, '여행하는 사람이 지명에 흥미를 느껴서 지은 것이라고 보아야 할 것이다. '赤裳ひづちて'라는 표현도 그 지방 농촌 여성이라기보다 도회지의, 혹은 연회석의 여성인 것이 더 어울리며, 아마 작자(人麿呂)에게는 도읍에서 밭에 심는 행사 때의 여성의 모습이 머릿속에 떠올랐을 것이다. 혹은 여행지의 연회석에서 시중드는 여성, 遊行女婦에게 '吾妹子'라고 부른 작품일지도 모른다'고 하였다『萬葉集全注』 9, p.88].

　　私注에서는, '이 작품과 다음 작품 2수는 제목이 없는데, 제목이 없는 노래는 권제9에서는 이 외에는 보이지 않는다. 목록에 柿本朝臣人麿呂歌集二首라고 한 것은, 左注에 의해 목록을 만드는 사람이 보충한 것일까. 그렇다면 或云柿本朝臣人麿呂作歌二首라고 하지 않은 것이 이상하다. 앞의 獻弓削皇子歌一首가 三首의 잘못이며, 이 2수에도 관계되는 제목일 것이라고 하는 의문도 제기되어 있다. (중략) 人麿 자신의 작품이라고 생각되는 곳도 없다'고 하였다『萬葉集私注』 5, p.42].

1711 (모모즈타후)/ 많은 섬들 주위를/ 저어 왔지만/ 아하(粟)의 작은 섬은/ 봐도 싫증나지 않네

🌸 **해설**

　　세어서 백에 이르는 80의, 그처럼 많은 섬들 주위를 노를 저어서 왔지만, 이 아하(粟)의 작은 섬이야말로 아무리 보아도 싫증이 나지 않네라는 내용이다.

　　私注에서는, '人麿의 작품이라고 하는 것에 의하면, 筑紫에서 上京할 때의 작품으로 보아야만 할까. (중략) 적어도 人麿의 原作이라고는 생각되지 않는 곳이 있다'고 하였다『萬葉集私注』 5, p.43].

　　좌주 위의 2수는, 혹은 말하기를 카키노모토노 아소미 히토마로(柿本朝臣人麿呂)가 지은 것이라고 한다.

登筑波山詠月一首

1712　天原　雲無夕尓　烏玉乃　宵度月乃　入卷恡毛

　　　天の原　雲なき宵に¹　ぬばたまの²　夜渡る月の　入らまく³惜しも

　　　あまのはら　くもなきよひに　ぬばたまの　よわたるつきの　いらまくをしも

幸芳野離宮時謌二首

1713　瀧上乃　三船山從　秋津邊　來鳴度者　誰喚兒鳥

　　　瀧⁴の上の　三船の山ゆ⁵　秋津邊⁶に　來鳴きわたるは　誰呼兒鳥⁷

　　　たぎのうへの　みふねのやまゆ　あきつへに　きなきわたるは　たれよぶこどり

---

1 雲なき宵に：모처럼 달을 가리는 것이 없는 밤이라는 뜻이다.
2 ぬばたまの：달빛과 어두움을 대비시켰다.
3 入らまく：'まく'는 'む'의 명사형이다.
4 瀧：宮瀧이 있는 곳이다.
5 三船の山ゆ：'ゆ'는 경과를 나타낸다.
6 秋津邊：宮瀧 근처의 들판이다.
7 誰呼兒鳥：뻐꾸기이다.

츠쿠하(筑波)산에 올라 달을 노래한 1수

1712 하늘 위 넓게/ 구름이 없는 밤에/ (누바타마노)/ 밤에 떠가는 달이/ 지는 것이 아쉽네

🌸 해설

　　하늘 위에 넓게 모처럼 구름이 없는 밤에, 밤하늘을 떠가는 달이 점점 서쪽으로 지는 것이 아쉽네라는 내용이다.

　　私注에서는, '1714번가의 左注에 右二首라고 한 것은, 이본에 따라 3수라고 한 것도 있지만 이 작품까지 관련시키지 않는 것이 좋다고 생각한다. 어느쪽이라고 해도 작자 미상의 작품이다. 登筑波山이라고 하는 특수한 경우의 작품이면서 노래에는 특수한 점이 조금도 표현되어 있지 않다'고 하였다『萬葉集私注』 5, p.42].

　　全集에서는, '筑波山은 봄가을에 남녀가 올라가 모이는 산으로 유명하다. 마찬가지로 권제9에서 燿歌(카가히)를 부른 노래(1759)가 있으며, 이 노래도 그러한 풍속과 관계가 있는 내용인가'라고 하였다『萬葉集』 2, p.399].

요시노(吉野) 離宮에 행행하였을 때의 노래 2수

1713 격류의 근처의/ 미후네(三船)산을 넘어/ 아키츠(秋津) 부근/ 와서 울며 가는 것/ 뉘 부르는 뻐꾸기

🌸 해설

　　격류 근처에 있는 미후네(三船)산을 넘어서 아키츠(秋津)들의 근처에 와서 울며 건너가는 것은, 누구를 부르는 뻐꾸기인 것인가라는 내용이다.

　　大系에서는, 三船山을 吉野町 採摘의 동남쪽의 산으로 宮瀧 옆이라고 하였고, 秋津은 吉野 離宮 근처에 있던 지명이라고 하였다『萬葉集』 2, p.375].

　　'よぶこどり'를 全集에서는, '뻐꾸기라고 하는 설이 있지만 확실하지 않다. 『만엽집』에서는 단 한 곳(1941번가)만 제외하고는 다른 여섯 용례는 모두 봄에 우는 새로 되어 있다. 뻐꾸기는 초여름에 날아온다'고 하였다『萬葉集』 2, p.399].

　　私注에서는, '左注에 의하면 작자 미상이다. 芳野離宮行幸은 각 천황마다 많으므로 시대도 알기 어렵다. (중략) 노래 풍으로 보면 天平 이후의 것이라고 추정될 수 있다'고 하였다『萬葉集私注』 5, p.44].

1714　落多藝知　流水之　磐觸　与杼賣類与杼尒　月影所見

落ち激ち　流るる水の　磐に觸れ　淀める¹淀に　月の影見ゆ

おちたぎち　ながるるみづの　いはにふれ　よどめるよどに　つきのかげみゆ

[左注]　右三首, 作者未詳.

槐本²謌一首

1715　樂浪之　平山風之　海吹者　釣爲海人之　袂變所見

樂浪³の　比良山風の　海吹けば　釣する海人の　袖かへる見ゆ

ささなみの　ひらやまかぜの　うみふけば　つりするあまの　そでかへるみゆ

---

1 淀める：흐름이 멈춘 것이다.
2 槐本：槐는 槻와 통용. 槻本公(키미)某. 이하 氏만 기록한 경우가 많다.
3 樂浪：近江國 樂浪郡.

1714 세게 떨어져/ 흘러가는 물이요/ 바위에 막혀/ 멈춘 웅덩이에요/ 달그림자 비치네

🌸 해설

　세차게 떨어져 흘러가는 물이 바위에 가로막혀서 흐름을 멈추고 있는 웅덩이에 달그림자가 비추고 있는 것이 보이네라는 내용이다.

　　좌주　위의 3수는 작자를 알 수 없다.
私注에서는, '右三首'를 '右二首'로 보고, '吉野의 작품 2수만을 말하는 것'으로 보았다[『萬葉集私注』5, p.45].

츠키모토(槐本)의 노래 1수

1715 사사나미(樂浪)의/ 히라(比良)산의 바람이/ 바다에 불면/ 고기 잡는 어부의/ 소매가 뒤집히네

🌸 해설

　사사나미(樂浪)의 히라(比良)산의 바람이 바다에 불면 고기를 잡는 어부의 옷소매가 바람에 뒤집히는 것이 보이네라는 내용이다.
　大系에서는 樂浪을, '琵琶湖 중남부 연안 지방의 옛 이름. 樂을 '사사'로 읽는 것은, 樂은 神樂을 말하는 것으로 神樂은 '사사'라고 하는 말을 걸어 공연하기 때문이라고 한다'고 하였으며, '比良山은 滋賀縣 滋賀郡 北半을 남북으로 뻗은 산이라고 하였다[『萬葉集』 2, p.376].
　'槐本'에 대해 大系에서는, '에니스노모토·에노모토·츠키모토 등으로 읽는다. 柿本의 잘못된 표기라는 설도 있다. 어느 쪽이든 氏인 것이다. 槻本氏는 姓氏錄에 보인다'고 하였다[『萬葉集』 2, p.376]. 私注에서는, '작자 槐本이라고 하는 것은 氏일 것인데 다른 곳에는 보이지 않는다. 柿木이 있었으므로 柿本이라고 한 것처럼, 槐를 심은 집이므로 槐本으로 부른 것이겠다. 槐는 '에니스'로 불리고 있다. 槐를 심은 것은 寶龜 2년 十市布施屋의 기록에도 보인다. 槐는 중국에서는 귀중히 여겨졌던 나무이므로 槐를 심은 것은 귀화인일지도 모른다. 비천한 氏로 끝났으므로 역사상에 나타나지 않은 것일까. 다만, 일본에서 本草의 글자는 실물과의 부합이 반드시 정확한 것은 아니므로, 이 '槐'자도 (중략) '槻'와 통용된 것인지도 모른다'고 하였다[『萬葉集私注』 5, pp.45~46].

山上[1]謌一首

1716　白那弥乃　濱松之木乃　手酬草　幾世左右二箇　年薄経濫

　　　白波の　濱松の木の　手向草[2]　幾代までにか　年は經ぬらむ

　　　しらなみの　はままつのきの　たむけぐさ　いくよまでにか　としはへぬらむ

　　　左注　右一首, 或云, 川嶋皇子御作謌.

春日[3]謌一首

1717　三川之　渕瀬物不落　左提刺尓　衣手潮　干兒波無尓

　　　三川[4]の　淵瀬もおちず[5]　小網[6]さすに　衣手濡れぬ　干す兒[7]は無しに

　　　みつかはの　ふちせもおちず　さでさすに　ころもでぬれぬ　ほすこはなしに

1　山上：山上憶良이다.
2　手向草：여행이 무사하기를 빌기 위해 길의 신에게 바치는 공물. 목면 등이다.
3　春日：春日藏首老.
4　三川：滋賀縣 大津市를 흐르는 御津川인가.
5　淵瀬もおちず：빠짐없이라는 뜻이다.
6　小網：손에 가지고 잡는 작은(사데) 그물이다.
7　干す兒：여성을 가리킨다.

야마노 우혜(山上)의 노래 1수

1716　흰 파도치는/ 해변의 소나무에/ 바친 공물은/ 어느 정도로까지/ 세월이 흘렀는가

❀ 해설

　흰 파도가 밀려오는 해변의 소나무에 묶여 있는 공물은, 어느 정도로 세월이 흐르고 있는 것일까라는 내용이다.

　大系에서는, '이 작품은 권제1의 34번가에 거의 같은 형태로 나와 있다. 거기에서는 작자는 川島황자로 되어 있고, 山上憶良이 지었다고 하는 설도 덧붙여져 있다'고 하였다『萬葉集』2, p.376].

　　좌주　위의 1수는, 혹은 말하기를 카하시마(川嶋)황자가 지은 노래라고 한다.

카스가(春日)의 노래 1수

1717　미츠카하(三川)의/ 못에도 여울에도/ 작은 그물 쳐/ 소매 젖어 버렸네/ 말려줄 애 없는데

❀ 해설

　미츠카하(三川)의 못에도 여울에도 작은 그물을 쳐서 고기를 잡느라고 옷소매가 젖어 버렸네. 옷을 말려줄 사람도 없는데라는 내용이다.

　私注에서는, '이 노래는, 자신이 작은 그물을 치는 것으로도 볼 수 있지만, 그물을 치는 어부를 보고 이렇게 노래를 부르는 것도 시적 인식의 위에서는 있을 수 있는 것이다. 이 노래의 경우는 오히려 후자일 것이다. 깊은 느낌이 없는 것도, 자신의 체험을 노래하고 있지 않기 때문이라고 생각된다'고 하였다『萬葉集私注』5, p.48].

高市¹謌一首

1718   足利思代 榜行舟薄 高嶋之 足速之水門尓 極尓監鴨

       率ひて² 漕ぎ行く船は 高島の 阿渡の水門³に 泊てにけむかも

       あともひて こぎゆくふねは たかしまの あとのみなとに はてにけむかも

春日藏⁴謌一首

1719   照月遠 雲莫隱 嶋陰尓 吾船將極 留不知毛

       照る月を 雲な隱しそ 島かげ⁵に わが船泊てむ 泊知らずも

       てるつきを くもなかくしそ しまかげに わがふねはてむ とまりしらずも

> 左注 右一首, 或本云, 小辨⁶作也. 或記姓氏⁷無記名字, 或俻名号⁸不俻姓氏. 然依古記便以次載.
> 凡如此類, 下皆放焉⁹.

---

1 高市：高市連黑人이다.
2 率ひて：인솔하다.
3 阿渡の水門：琵琶湖 서쪽 해안이다. 安曇川의 하구이다.
4 春日藏：春日藏首老.
5 島かげ：섬의 만입부 등, 들어간 장소를 말한다.
6 小辨：태정관의 官名. 좌우가 있다. 통칭으로 이렇게 불린 사람이 있었던 것이겠다. 305번가의 黑人의
   近江歌의 다른 전승에도 보인다. 전승에 능한 후대의 제상자인가.
7 姓氏：성과 씨. 성도 씨의 일종이다.
8 名号：칭호. 小辨을 가리킨다.
9 下皆放焉：放은 倣.

타케치(高市)의 노래 1수

1718 서로 이끌고/ 저어서 간 배는요/ 타카시마(高島)의/ 아토(阿渡)의 항구에서/ 정박하고 있
      을까

🌸 해설

　어부들이 서로 소리를 맞추면서 노를 저어서 간 배는 타카시마(高島)의 아토(阿渡) 항구에 정박하고
있을까라는 내용이다.
　'率ひて'를 全集에서는, '어부들이 서로 격려하며 박자를 맞추어서 노를 젓기 위하여 소리를 내는 것을
말한다'고 하였대『萬葉集』 2, pp.400~401]. 私注에서는, '이 작품은 아마도 호수 위에서 반대 방향으로 지나
가는 배에 대한 느낌일 것이다. 특히 'あともひて'라고 말하고 있는 것을 보면, 자신 쪽은 1척, 2척이 쓸쓸하
게 젓고 있는 마음인 것을 알 수 있다'고 하였대『萬葉集私注』 5, p.48].
　高市는 高市連黑人인데 全集에서는, '藤原京 시대의 궁정 가인으로 행행에 공봉했을 뿐만 아니라 각지를
여행하며 격조 높은 자연관조의 短歌를 지었다'고 하였대『萬葉集』 2, p.499].

카스가노 쿠라(春日藏)의 노래 1수

1719 비추는 달을/ 구름아 가리지마/ 섬의 그늘에/ 나의 배를 대려는/ 정박지 모르는 걸

🌸 해설

　하늘에서 환하게 비추는 달을 구름아 가리지 말기를 바라네. 섬의 그늘에 나의 배를 대려고 하는, 그
정박할 곳도 모르므로라는 내용이다.

　좌주　위의 1수는 어떤 책에서는, 세우벤(小辨)이 지은 것이라고 한다. 혹은 姓氏를 기록하고
있지만 이름을 기록하지 않고, 혹은 이름은 기록하고 있으나 姓氏는 기록하지 않고 있다. 그러나
옛 기록에 의해 편의상 순서대로 싣는다. 무릇 이와 같은 종류는 이하 모두 이와 같이 하라.

元仁¹謌三首

1720   馬屯而　打集越來　今見鶴　芳野之川乎　何時將顧

       馬竝めて²　うち³群れ越え來　今見つる　吉野の川を　何時⁴かへり見む

       うまなめて　うちむれこえき　いまみつる　よしののかはを　いつかへりみむ

1721   辛苦　晩去日鴨　吉野川　清河原乎　雖見不飽君

       苦しくも⁵　暮れぬる日かも　吉野川　清き川原を　見れど飽かなくに⁶

       くるしくも　くれぬるひかも　よしのがは　きよきかはらを　みれどあかなくに

---

1 元仁 : 승려인가.
2 馬竝めて : 원문의 '屯'은 陳. 나란히 늘어선다는 뜻이다.
3 うち : 접두어이다.
4 何時 : 언제일까, 빨리 보고 싶다는 뜻이다.
5 苦しくも : 육체적 고통은 아니다.
6 見れど飽かなくに : 'なく'는 'ぬ'의 명사형이며, 'に'는 영탄적 역접관계를 나타낸다.

관닌(元仁)의 노래 3수

1720　말 나란히 해/ 무리지어 넘어 와/ 지금 보는요/ 요시노(吉野)의 이 강을/ 언제 다시 볼거나

✿ 해설

　　말을 나란히 해서 이끌고 산을 넘어와서 지금 보고 있는 요시노(吉野)의 강을, 이번엔 언제 다시 볼 것인가라는 내용이다.

　　元仁에 대해 私注에서는, '元은 氏, 仁은 이름으로 귀화족일까. 吉野 행행에 따라 갔던 때의 작품으로 보인다'고 하였다『萬葉集私注』 5, p.50].

　　'うち群れ越え來'를 全集에서는, '1104번가와 노래 내용이 비슷하며 함께 明日香 또는 藤原京에서 栢森을 지나 芋峠를 넘는 직경 코스를 취한 것인가'라고 하였다『萬葉集』 2, p.401].

1721　안타깝게도/ 저물어버린 핸가/ 요시노(吉野)강의/ 맑고 깨끗한 강을/ 봐도 싫증 안 나는데

✿ 해설

　　안타깝게도 저물어버린 해여. 요시노(吉野)강의 맑고 깨끗한 강을 아무리 보아도 싫증이 나지 않는데라는 내용이다.

　　맑고 깨끗한 요시노(吉野)강을 더 보고 싶은데 해가 저문 것을 안타까워한 노래이다.

　　'暮れぬる日かも'를 私注에서는 中西 進과 마찬가지로 'くれぬるひかも'로 읽었다. 注釋・全集・全注에서는 'くれゆくひかも'로 읽었지만 해석은 모두 '저물어버린 해여'로 해석하였다. 大系에서는 '저물어버린 하루구나. 원문 晩去日鴨. くれゆくひかも로도 읽을 수 있다. 그러면 저물어 가는 해구나라는 뜻이 된다'고 하였다『萬葉集』 2, p.378].

1722　吉野川　河浪高見　多寸能浦乎　不視歟成嘗　戀布莫國

　　　　吉野川　川波高み¹　瀧の浦²を　見ずかなりなむ　戀しけまくに³

　　　　よしのがは　かはなみたかみ　たぎのうらを　みずかなりなむ　こほしけまくに

絹⁴謌一首

1723　河蝦鳴　六田乃河之　川楊乃　根毛居侶雖見　不飽河鴨

　　　　河蝦⁵鳴く　六田の川の　川楊⁶の　ねもころ⁷見れど　飽かぬ川かも

　　　　かはづなく　むつたのかはの　かはやぎの　ねもころみれど　あかぬかはかも

1　川波高み : '(を)…み'는 'が…なので(이…이므로)'라는 뜻이다.
2　瀧の浦 : 宮瀧의 포구. 浦는 灣入한 곳이다.
3　戀しけまくに : 'まく'는 'む'의 명사형이다.
4　絹 : 노래 뜻으로 보면 여성인가.
5　河蝦 : 개구리, 기생개구리 등의 총칭이다. 여기에서는 기생개구리이다.
6　川楊 : 강가의 버드나무이다.
7　ねもころ : 버드나무의 뿌리(根:ね)---'ね'로 이어진다. '곰곰이, 자세히, 잘'이라는 뜻이다.

1722　요시노(吉野)강의/ 강 물결이 높아서/ 宮瀧의 포구를/ 못 보게 되는 걸까/ 그리워질 것인데

🌸 **해설**

　　요시노(吉野)강의 강 물결이 높아서 급류인 宮瀧의 안쪽을 보지 못하게 되는 것은 아닐까. 이번에 보지 못하면 나중에 그리워질 것인데라는 내용이다.

　　'戀しけまくに'를, 大系·注釋·全集·全注에서는 中西 進과 마찬가지로 '그리워질 것인데'로, 미래형으로 해석을 하였다. 그러나 私注에서는 '보고 싶고 그립게 생각하는데'와 같이 현재형으로 해석하였다[『萬葉集 私注』 5, p.51].

키누(絹)의 노래 1수

1723　개구리 우는/ 무츠타(六田)의 강의요/ 버들 뿌린양/ 자세히 잘 보지만/ 질리잖는 강이네

🌸 **해설**

　　개구리가 우는 무츠타(六田)강의 강가의 버드나무 뿌리와 같이, 그렇게 자세히 잘 보지만 싫증이 나지 않는 강이네라는 내용이다.

　　요시노(吉野)강이 아름답다는 뜻이다.

　　'川楊乃 根'은 '강가의 버드나무의 뿌리'라는 뜻인데 뿌리의 일본어 발음이 'ね'이다. '자세히 잘'이라는 뜻의 일본어가 'ねもころ'인데 역시 'ね'로 시작되므로 소리가 같은 데서 연결된 것이다.

　　작자 絹에 대해 大系에서는, '남성 이름의 약자인지 여성 이름인지 분명하지 않다'고 하였다[『萬葉集』 2, p.378]. 私注에서는, '앞의 주에 名號라고 한 종류로 그 당시의 통칭일 것이다. 혹은 衣縫氏 등을 간략하게 부른 것인가'라고 하였다[『萬葉集私注』 5, p.52]. 全集에서는 '絹廐呂 등의 약칭인가'라고 하였다[『萬葉集』 2, p.402].

　　'六田の川'을 大系에서는, '奈良縣 吉野郡 吉野町 六田(무타) 사이를 흐르는 부분의, 吉野川의 이름'이라고 하였다[『萬葉集』 2, p.378].

嶋足謌一首

1724　欲見　來之久毛知久　吉野川　音淸左　見二友敷

　　　見まく欲り[1]　來しくもしるく[2]　吉野川　音の淸けさ[3]　見るにともしく[4]

　　　みまくほり　こしくもしるく　よしのがは　おとのさやけさ　みるにともしく

麻呂[5]謌一首

1725　古之　賢人之　遊兼　吉野川原　雖見不飽鴨

　　　古の　賢しき人の　遊びけむ[6]　吉野の川原　見れど飽かぬかも

　　　いにしへの　さかしきひとの　あそびけむ　よしののかはら　みれどあかぬかも

　　　左注　右, 柿本朝臣人麻呂之謌集出.

---

1 見まく欲り : 보는 것을 원한다는 뜻으로, 즉 보고 싶다는 의미이다.
2 來しくもしるく : 'しるく'는 두드러진다는 뜻이다.
3 音の淸けさ : 'さや'는 확실하다는 뜻이다.
4 見るにともしく : 아무리 보아도 부족해서 역시 보고 싶다고 마음이 끌린다는 뜻이다.
5 麻呂 : 누구인지 알 수 없다. 다만 人麿의 약칭일지도 모른다.
6 遊びけむ : 傳聞이다.

시마타리(嶋足)의 노래 1수

1724   보고 싶어서/ 온 보람도 커서는/ 요시노(吉野)강의/ 소리도 상쾌하네/ 보아도 부족하네

🌸 **해설**

　　보고 싶다고 생각하여 찾아온 보람도 커서, 요시노(吉野)강의 물소리도 무척 상쾌하네. 보아도보아도
마음에 다 차지 않아서 계속 보고 싶네라는 내용이다.
　　요시노(吉野)강은 아무리 보아도 계속 보고 싶은 아름다운 강이라는 뜻이다.
　　작자 시마타리(嶋足)에 대해 全集에서는, '미상. 상대의 문헌에는 安敕島足・竹志島足・菅生島足 등, 같은
이름을 가진 사람이 10여명 있다'고 하였다[『萬葉集』 2, p.498].

마로(麻呂)의 노래 1수

1725   그 먼 옛날의/ 선한 좋은 사람들/ 놀았다 하는/ 요시노(吉野)의 강은요/ 보아도 싫증나잖네

🌸 **해설**

　　그 먼 옛날의 훌륭한 사람들이 놀았다고 하는 요시노(吉野) 강은 아무리 보아도 싫증이 나지 않는 무척
좋은 강이네라는 내용이다.
　　'賢しき人'을 全集에서는 '古人의 존칭으로, 여기에서는 선배들이라는 정도의 뜻'이라고 하였다[『萬葉集』
2, p.403].
　　작자 麻呂에 대해 私注에서는, '左注에 의하면 人麿歌集所出의 노래이므로 작자 麿라고 한 것은 人麿를
의미한 것일 것이다. 노래는 완전히 설명적이며 人麿의 작품을 느끼게 하는 곳은 하나도 없다'고 하였다
[『萬葉集私注』 5, p.53]. 大系에서는 '권제1의 27번가를 떠올려서 지은 것인가'라고 하였다[『萬葉集』 2, p.379].

　　좌주　위는, 카키노모토노 아소미 히토마로(柿本朝臣人麿)의 歌集에 나온다.
　　大系에서는 '右'에 대해, '범위가 분명하지 않다. 1720번가 이하라고도, 1725번가만이라고도 한다'고
하였다[『萬葉集』 2, p.379].

丹比眞人¹謌一首

1726　難波方　塩干尓出而　玉藻苅　海未通女等　汝名告左祢

難波潟²　潮干³に出でて　玉⁴藻苅る　海未通女ども　汝が名告らさね⁵

なにはがた　しほひにいでて　たまもかる　あまをとめども　ながなのらさね

和謌一首⁶

1727　朝入爲流　人跡乎見座　草枕　客去人尓　妾名者不敷

漁する⁷　人とを⁸見ませ⁹　草枕　旅行く人に¹⁰　わが名は告らじ

あさりする　ひととをみませ　くさまくら　たびゆくひとに　わがなはのらじ

1　丹比眞人 : 이름을 기록하지 않았다. 丹比眞人은 『만엽집』에 많이 보인다.
2　難波潟 : 멀고 얕은 해안이다.
3　潮干 : 물이 빠진 곳이다.
4　玉 : 美稱이다.
5　汝が名告らさね : 'さ'는 경어. 친애하는 마음을 나타낸다. 장난스런 구애로 보인다.
6　和謌一首 : 동행한 관료 한 사람이 장난스럽게 답한 노래이다.
7　漁する : 'あさる'는 새가 먹이를 잡는 경우에 많이 사용되고 있으며, '漁'는 'いさる'라고 한다. 'あさる'를 사용함으로써 천한 것을 표현하였다.
8　人とを : 강조한 표현이다.
9　見ませ : 경어이다.
10　旅行く人に : 지나가는 사람이라는 뜻이다.

타지히노 마히토(丹比眞人)의 노래 1수

1726   나니하(難波) 갯벌/ 물 빠진 곳에 가서/ 해초를 따는/ 어부 처녀들이여/ 그대 이름 말하렴

❊ 해설

   나니하(難波) 갯벌의 물이 빠진 곳에 가서 해초를 따고 있는 해녀들이여. 그대의 이름을 말해요라는 내용이다.
   여성에게 이름을 묻는 것은, 일본 고대에서는 구혼의 의미였다. 권제1의 1번가를 비롯하여『만엽집』에 많은 예가 보인다.
   작자 타지히노 마히토(丹比眞人)에 대해 私注에서는, '이 작품의 작자는 권제8의 1442번가의 屋主인지 모른다. 권제8의 작품을 지은 후에 難波에 간 것인지 모른다'고 하였다『萬葉集私注』 5, p.54].

답한 노래 1수

1727   고기를 잡는/ 사람이라 아세요/ (쿠사마쿠라)/ 길가는 나그네께/ 내 이름 말 못해요

❊ 해설

   바다에서 고기를 잡는 사람이라고만 알아주세요. 풀을 베개로 베고 힘든 여행을 하고 있는 나그네에게 내 이름을 알려주지는 않을 것입니다라는 내용이다.
   '草枕'은 '旅'를 상투적으로 수식하는 枕詞이다. 여행하면서 날이 저물면 들판에서 풀을 베개로 하여 野宿을 하는 데서 수식하게 된 것이다.
   私注에서는, '해녀들이 지은 것으로 되어 있으나 실제 작자는 따로 있는지도 모른다. 여행가는 그대에게 자신을 밝히지는 않는다고, 앞의 노래에 가볍게 응답하고 있는 것이다. 이 해녀 아가씨도 정말 해녀인지, 아니면 住吉 부근의 처녀들인지 생각해볼 여지가 있을 것이다'고 하였다『萬葉集私注』 5, p.55].

石川卿謌¹一首

1728　名草目而　今夜者寐南　従明日波　戀鴨行武　従此間別者

　　　慰めて²　今夜は寢なむ　明日よりは　戀ひかも行かむ　此間ゆ³別れなば

　　　なぐさめて　こよひはねなむ　あすよりは　こひかもゆかむ　こゆわかれなば

---

1 石川卿謌 : 卿이라고 불린 石川 아무개. 누구인지 알 수 없다.
2 慰めて : 다른 노래에서 '見れど飽かぬ'라고 한 것처럼 만족스럽지 못한 마음을 위로하는 것이다.
3 此間ゆ : 'ゆ'는 통과를 나타낸다.

이시카하(石川)卿의 노래 1수

1728 위로를 하며/ 오늘밤은 잠자자/ 내일부터는/ 그리면서 가겠지/ 이곳을 떠나가면

 해설

　만족스럽지 못하지만 마음을 위로하며 오늘밤은 자자. 그러나 내일부터는 그립게 생각하면서 가겠지. 이곳을 지나서 떠나가게 된다면이라는 내용이다.
　계속 있을 수 없으므로 만족스럽지 못하지만, 그래도 오늘 하루 밤이라도 있을 수 있는 것을 위로로 삼고 자자는 뜻이겠다. 다음날이면 여성과 이별을 해야 하는 아쉬움을 노래한 것인지도 모른다.
　작자 이시카하(石川)卿에 대해 大系에서는, '알 수 없다. 石川年足이라는 설이 있다. 年足은 石足의 아들로 天平 7년(735)에 종5위하, 天平 11년(739) 出雲守 때 善政으로 상을 받았으며, 동해도 순찰사, 陸奧守, 春宮員外亮, 左中辯 (중략) 등을 거쳐, 天平勝寶 5년에 종3위 大宰帥가 되고, 天平寶字 6년(762) 9월 30일에 御史大夫正三位兼 文部卿神祇伯勳十二等으로 사망. 75세. 유능한 관리로 책을 좋아하였으며 율령 외에 別式을 행해야 한다고 주장하며 스스로 別式 20권을 지었다. 『만엽집』에는 이 작품 외에 4274번가가 있다. 또 이 石川卿을 宮麿로도 생각할 수 있다고 하였다[『萬葉集』 2, p.380].
　私注에서는, '石川年足일 것이라고 하지만 확실하지 않다. 年足은 권제19의 4274번가의 작자이다. 年足이라면, 卿이라고 불리게 된 것은 종3위가 된 勝寶 5년 이후가 될 것인데, 이 작품은 그보다 이전의 작품일 것이지만 極官으로 부르는 것은 통상적인 일이다. 여행을 가면서 헤어지는 여성을 그리워하는 작품이다'고 하였다[『萬葉集私注』 5, p.55].

宇合卿謌三首

1729　曉之　夢所見乍　梶嶋乃　石超浪之　敷弓志所念

曉の　夢¹に見えつつ²　梶島の　礒越す波の³　しきてし思ほゆ

あかときの　いめにみえつつ　かぢしまの　いそこすなみの　しきてしおもほゆ

우마카히(宇合)卿의 노래 3수

1729   동이 틀 무렵/ 꿈에 계속 보여서/ 카지(梶)섬의요/ 바위 넘는 파도양/ 계속해서 생각되네

　　날이 샐 무렵에 꿈에 계속 보여서, 파도가 카지(梶)섬의 바위를 계속 넘듯이 그렇게 계속해서 그대가
생각나네'라는 내용이다.
　　梶島에 대해 大系에서는, '八雲御抄에 丹後라고 하였는데 어디인지 알 수 없다. 宇合이 서해도 절도사였
던 것으로 福岡縣 宗像郡 玄海町 神湊(코우노미나토) 바다의 勝島라고도 추정되고 있다'고 하였다『萬葉集』
2, p.380].
　　宇合은 藤原宇合이다. 후지하라노 우마카히(藤原宇合)에 대해 全集에서는, '不比等의 셋째 아들. 견당
副使, 常陸守, 持節대장군 등을 거쳐, 神龜 3년(726) 式部卿 종3위로 知造難波宮事가 되었고 또 參議, 서해도
절도사, 大宰帥 등을 역임하였다. 天平 9년(737) 정3위로 사망하였다. 『懷風藻』에 시 6수, 『經國集』에 賦
1편이 실려 있다'고 하였다『萬葉集』 2, p.502].
　　私注에서는 권제7의 1236번가가 이 작품과 유사한 내용이므로, '이 노래도 과연 그가 지은 것인가, 권제7
의 다른 전승인지 알 수 없다. 이 전후의 작품은 작자를 들고 있지만 그 작품에는 확실하지 않은 점이
적지 않은 것으로 보인다'고 하였다『萬葉集私注』 5, p.56].

1730 　山品之　石田乃小野之　母蘇原　見乍哉公之　山道越良武

　　　　山科の　石田の小野の　柞[1]原　見つつか君が　山道越ゆらむ

　　　　やましなの　いはたのをのの　ははそはら　みつつかきみが　やまぢこゆらむ

1731 　山科乃　石田社尓　布幣越者　蓋吾妹尓　直相鴨

　　　　山科の　石田の杜に　幣[2]置かば　けだし[3]吾妹に　直に[4]逢はむかも

　　　　やましなの　いはたのもりに　ぬさおかば　けだしわぎもに　ただにあはむかも

---

1 柞 : 줄참나무·상수리나무의 총칭이다. 그때 아름답게 단풍이 들어 있었던 것인가.
2 幣 : 신에게 바치는 공물. 종이나 천 등을 말한다.
3 けだし : 만약, 비록보다는 강한 추량을 나타낸다. 한자의 번역어이다.
4 直に : 간접적인 전갈로서가 아니라 꿈속에서 직접이라는 뜻이다. 비슷한 내용의 작품으로 2418번가가 있다.

1730 야마시나(山科)의/ 이하타(石田)의 오노(小野)의/ 줄참나무 숲/ 보면서 그대는요/ 산길 넘
    어 갈까요

🌸 **해설**

   야마시나(山科)의 이하타(石田)의 오노(小野)의 줄참나무가 단풍이 들어서 아름다운 숲을 보며, 그대는
지금쯤 산길을 넘어가고 있을까요라는 내용이다.
   '山科の 石田の小野'를 大系에서는, '京都市 伏見區 石田町 부근. 大和에서 近江으로 나가는 길에 해당한다'
고 하였다『萬葉集』 2, p.380].
   全集에서는, '친구를 생각하며 부른 노래인가. 다만 '君'자로 보면 여성이 집에 있으면서 남편을 생각하여
불렀다고도 생각된다. 藍紙本의 목록에 〈飯女歌三首〉라고 되어 있는 것도, 이 노래가 여성의 작품으로도
생각될 수 있는 것과 관계가 있을지도 모르겠다'고 하였다『萬葉集』 2, p.404].
   私注에서는 이 작품이 권제12의 3192번가 작품과 유사한 것에서, '宇合의 노래라고 전해지지만 그것은
민요를 어떤 계기로 인해 宇合의 작품으로 생각하게 되었는지 모른다. 민요라고 하면 여성이 남성을 보내
는 노래인가. 혹은 宇合의 작품이 민요화해서 권제12의 작품으로 된 것도 생각할 수 있지만, 宇合은 지은
작품이 적으므로 그러한 경우의 가능성은 전자에 비해 적다고 할 수 있다'고 하였다『萬葉集私注』 5, p.57].

1731 야마시나(山科)의/ 이하타(石田)의 神社에/ 공물 바치면/ 어쩌면 나의 아내/ 직접 만날
    수 있을까

🌸 **해설**

   만약 야마시나(山科)의 이하타(石田)신사에 공물을 바친다면, 어쩌면 나의 아내를 직접 만날 수가 있을
까라는 내용이다.
   私注에서는, 이 작품도 권제12의 2856번가와 권제13의 3236번가 등과 비슷한 것으로 미루어, '민요와의
관련은 앞의 두 작품과 마찬가지로 생각할 수 있다. 지금의 형식으로 보더라도 완전히 민요적이다'고
하였다『萬葉集私注』 5, p.58].

碁師¹謌二首

1732   祖母山   霞棚引   左夜深而   吾舟將泊   等万里不知母

      大葉山²   霞たなびき   さ夜ふけて   わが船泊てむ   泊知らずも

      おほばやま   かすみたなびき   さよふけて   わがふねはてむ   とまりしらずも

1733   思乍   雖來々不勝而   水尾埼   眞長乃浦乎   又顧津

      思ひつつ³   來れど來かねて⁴   水尾が崎   眞長の浦⁵を   またかへり見つ⁶

      おもひつつ   くれどきかねて   みをがさき   まながのうらを   またかへりみつ

---

1 碁師 : 碁檀越(500번가)과 같은 사람인가. 다만, 師는 법사이며, 檀越은 施主이다.
2 大葉山 : 여러 이본에서는 원문이 '母山'으로 되어 있다. '祖母山'의 잘못된 표기라고 한다(宣長).
3 思ひつつ : 근심 등, 생각에 잠기는 것이다. 그리워하는 것은 아니다.
4 來れど來かねて : 떠나왔지만 떠나기가 힘들어서라는 뜻이다.
5 眞長の浦 : 安曇川의 강어귀이다. 곶으로 만들어진 포구이다.
6 またかへり見つ : 다시 보았다는 뜻이다. 여기에서는 돌아보는 것이다.

고시(碁師)의 노래 2수

1732　오호바(大葉)산에/ 안개가 끼어 있고/ 밤도 깊으니/ 내 배를 정박시킬/ 장소를 알 수 없네

✿ 해설

　　오호바(大葉)산에는 안개가 끼어 있는데다 밤도 깊었으므로, 내가 타고 있는 배를 어디에다 정박시켜야할지 장소도 알 수가 없네라는 내용이다.
　　안개도 끼고 밤도 깊었으므로 아무 것도 의지할 수 없는 난감한 마음을 노래한 것이다. 이 작품은권제7의 1224번가와 같다.
　　작자 碁師에 대해 私注에서는, '책에 따라 碁師로도 되어 있다. 碁는 碁檀越(권제4 500번가의 제목)의이름이 있으므로 氏이며, 師는 법사라는 뜻일까. 혹은 圍碁家일 것이라는 설도 있는데, 그렇다면 '碁師로승려의 통칭으로 보는 것이 가장 적합할 것 같다. 이 노래는 권제7(1224번가)에 이미 보였는데 거기에서는작자를 말하지 않은 민요였다'고 하였다『萬葉集私注』 5, p.58].
　　'大葉山'을 中西 進은 권제7의 1224번가의 주에서, '어딘지 알 수 없다. 紀伊, 近江으로 보는 설이 있다.1732번가와 같은 작품으로 이미 소재를 알 수 없는 채로 전송된 것인가'라고 하였다『萬葉集』 2, p.115].

1733　생각하면서/ 와도 가기 힘들어/ 미오가(水尾) 곳의/ 마나가(眞長)의 포구를/ 다시 뒤돌아
　　　　봤네

✿ 해설

　　생각하면서 떠나 왔지만 떠나가기가 힘들어서 미오가(水尾) 곳의 마나가(眞長)의 포구를 다시 뒤돌아보았네라는 내용이다.
　　水尾が崎를 大系에서는, '滋賀縣 高島郡과 滋賀郡의 경계에 있는 明神崎. 현재 高島町에 水尾(미즈오),安曇川町(아도가와마치)에 三尾里(미오사토)라고 하는 것이 서로 접하여 있다'고 하였으며, 眞長の浦는 明神崎의 북쪽이라고 하였다『萬葉集』 2, p.381].
　　私注에서는, '眞長 포구를 배를 타고 출발하여 배 안에서 지은 것처럼도 보이지만 '來れど來かねて'는역시 육지로 갈 때의 마음으로 보인다. 'かへり見つ'도 그렇게 보면 의미가 살아난다. 다만 뱃사람들의민요라고 하면 배 안에서의 마음을 나타낸 것이겠다. 眞長 포구를 떠나왔지만 여전히 그곳에 마음이 남아있어서 지은 것이겠다. 그곳에서 만난 여성이라도 좋고, 단순히 그곳의 좋은 경치라고 보아도 좋다. 내용은확실하지 않지만 느낌이 잘 표현되어 있는 노래이다. 앞뒤의 작품들의 형식으로 미루어 보면 민요에 작자를 붙여서 전해진 것으로도 볼 수 없는 것은 아니다'고 하였다『萬葉集私注』 5, p.59].

少辨¹謌一首

1734　高嶋之　足利湖乎　滂過而　塩津菅浦　今香將滂

　　　高島の　阿渡の水門²を　漕ぎ過ぎて　塩津菅浦³　今か漕ぐらむ⁴

　　　たかしまの　あとのみなとを　こぎすぎて　しほつすがうら　いまかこぐらむ

伊保麻呂⁵謌一首

1735　吾疊　三重乃河原之　礒裏尒　如是鴨跡　鳴河蝦可物

　　　わが疊　三重の川原の　礒⁶の裏に　かくしもがも⁷と　鳴く河蝦⁸かも

　　　わがたたみ　みへのかはらの　いそのうらに　かくしもがもと　なくかはづかも

---

　1 少辨：태정관의 官名. 좌우가 있다. 통칭으로 이렇게 불린 사람이 있었던 것이겠다. 305번가의 黒人의
　近江歌의 다른 전승에도 보인다. 전승에 능한 후대의 제삼자인가.
　2 阿渡の水門：安曇川의 하구이다.
　3 塩津菅浦：塩津이나 菅浦.
　4 今か漕ぐらむ：주어가 생략되었다.
　5 伊保麻呂：五百麻呂인가. 氏는 알 수 없다.
　6 礒：바위가 많은 해안이다.
　7 かくしもがも：개구리가 우는 소리를 'がも(가모)'라고 들었다. 'がも'는 願望을 나타내는 조사이다.
　8 河蝦：개구리류의 총칭이다. 여기서는 개구리이다.

세우벤(少辨)의 노래 1수

1734 타카시마(高島)의/ 아토阿渡)의 항구를요/ 저어서 가서/ 시호츠(塩津) 스가(菅)곳을/ 지금
      쯤 저어갈까

✿ 해설

    타카시마(高島)의 아토阿渡)의 항구를 노를 저어서 떠나가서, 시호츠(塩津)나 아니면 스가(菅)곳을 지금
쯤은 노를 저어서 가고 있을까. 그 배는이라는 내용이다.
    '高島の 阿戸를 大系에서는, '滋賀縣 高島郡 安曇川町으로, 安曇川은 거의 동서로 관류하여 琵琶湖로 흘러
들어가는 것'이라고 하였다『萬葉集』 2, p.231]. 그리고 大系에서, '塩津은 滋賀縣 伊香郡 西淺井村 塩津. 琵琶
湖 북쪽 끝. 菅浦는 西淺井村 菅浦. 塩津의 남쪽의 약간 서쪽'이라고 하였다『萬葉集』 2, p.381].
    私注에서는, '항구 등의 육지에서 항해하는 배를 생각하는 것인가, 아니면 호수 위에서 반대편으로 간
배를 생각한 것이겠다. (중략) 호수 위에서 뱃사람들 사이에서 불리어진 민요라고도 볼 수 있다'고 하였다『
萬葉集私注』 5, p.60].

이호마로(伊保麻呂)의 노래 1수

1735 (와가타타미)/ 미헤(三重)강의 강가의/ 바위의 뒤에서/ 이랬으면 좋겠다/ 우는 개구리인가

✿ 해설

    내 타타미를 세 겹으로 포갠다는 뜻을 이름으로 한 미헤(三重)강의, 바위가 많은 강가의 바위 뒤에
숨어서, '가모'—'이러했으면 좋겠다'고 우는 개구리인가라는 내용이다.
    'わが疊'은 三重을 상투적으로 수식하는 枕詞이다. 大系에서는, '타타미는 몇 겹으로라도 포개어서 깔기
때문에'라고 하였다『萬葉集私注』 5, p.381].
    全集에서는, '타타미는 모피, 직물, 골 등으로 만든, 까는 것 모두를 말한다'고 하였다『萬葉集』 2, p.405].
    '三重の 川原'을 大系에서는, '三重縣 三重郡 內部川(우츠베가와). 현재 西一市市. 內部川은 시의 서쪽 鎌岳
에서 발원하여 동남으로 흘러 鹽濱에 이르러 바다에 들어간다'고 하였다『萬葉集』 2, p.381].
    작자 伊保麻呂는 누구인지 알 수 없다. 全集에서는, '養老戸籍의 孔王部五百麻呂를 비롯하여 같은 이름의
사람이 많다'고 하였다『萬葉集』 2, p.492].

式部大倭¹芳野作謌一首

1736 山高見　白木綿花尒　落多藝津　夏身之川門　雖見不飽香聞

　　　山高み　白木綿花²に　落ち激つ　夏身の川門³　見れど飽かぬかも

　　　やまたかみ　しらゆふばなに　おちたぎつ　なつみのかはと　みれどあかぬかも

兵部川原⁴謌一首

1737 大瀧乎　過而夏箕尒　傍爲而　淨川瀬　見何明沙

　　　大瀧⁵を　過ぎて夏身に　近くして⁶　清き川瀬を　見るが清けさ⁷

　　　おほたぎを　すぎてなつみに　ちかくして　きよきかはせを　みるがさやけさ

---

1 式部大倭 : 式部卿인 大倭. 누구인지 알 수 없다.
2 白木綿花 : 목면을 꽃에 비유하였다. 목면은 신에게 바치는 섬유를 말한다.
3 夏身の川門 : 강의 좁은 곳이다. 한층 물결이 급하게 된다.
4 兵部川原 : 兵部卿인 川原 아무개. 누구인지 알 수 없다.
5 大瀧 : 宮瀧인가. 이곳을 다시 거슬러 올라가서.
6 近くして : 원문 '傍'은 '近'으로, 가까이라는 뜻이다.
7 見るが淸けさ : 물결 소리도 모습도 시원스러운 것을 말한다.

式部가 야마토(大倭)의 요시노(吉野)에서 지은 노래 1수

1736　산이 높아서/ 흰 목면의 꽃처럼/ 물 떨어지는/ 나츠미(夏身)의 강은요/ 봐도 싫증나지 않네

🌸 해설

　　산이 높으므로 흰 목면이 꽃을 피운 것처럼 물이 세차게 흘러 떨어지는, 나츠미(夏身)의 강은 아무리 보아도 싫증이 나지 않네라는 내용이다.

　　夏身을 大系에서는, '宮瀧의 조금 상류. 奈良縣 吉野郡 吉野町 菜摘이라고 하였다『萬葉集』2, p.382. 式部大倭에 대해 私注에서는, '式部大倭라고 하는 것은 式部省의 관리로 大倭라고 하는 氏의 사람이라는 뜻이겠다. 大和宿禰長岡일 것이라고 하는 설도 있다. 藤原宇合의『懷風藻』의 詩序에 倭判官이라고 있다. 宇合은 式部卿이 되므로 長岡과 式部省의 관계는 그것에 의한 추측이다. (중략) 권제6에 笠金村의 유사한 작품 909번가가 있으므로, 그것이 민요화한 것인지도 모른다'고 하였다『萬葉集私注』5, p.61]. 中西 進은 이 작품을, '909번가를 고친 것이다'고 하였다.

兵部의 카하라(川原)의 노래 1수

1737　오호타기(大瀧)를/ 지나서 나츠미(夏身)에/ 가까이 해서/ 깨끗한 강여울을/ 보는 것 상쾌하네

🌸 해설

　　오호타기(大瀧)를 지나가서, 지금 나츠미(夏身)에 가까이 해서 깨끗한 강여울을 보는 것은 정말 기분이 좋은 것이네라는 내용이다.

　　川原은 성인데 누구인지 알 수 없다.

　　大瀧을 大系에서는, '宮瀧 부근의 급류를 가리키는 것일까. 현재 大瀧은 吉野郡 川上村에 있고, 菜摘의 상류가 된다. 그곳에서 菜摘 쪽으로 나갔다고도 생각할 수 있다'고 하였다『萬葉集』2, p.382]. 私注에서는 吉野川의 일부를 호칭한 것이라고 하였다『萬葉集私注』5, p.62].

詠上總末¹珠名娘子²一首³幷短謌

1738 水長鳥 安房尓継有 梓弓 末乃珠名者 胸別之 廣吾妹 腰細之 須輕娘子之 其姿之 端正尓 如花 咲而立者 玉桙乃 道徃人者 己行 道者不去而 不召尓 門至奴 指並 隣之君者 預 己妻離而 不乞尓 鑰左倍奉 人皆乃 如是迷有者 容艶 緣而曾妹者 多波礼弓有家留

しなが鳥⁴ 安房に繼ぎたる⁵ 梓弓⁶ 周淮の珠名は 胸別の⁷ ひろき吾妹 腰細の すがる⁸娘子 の その姿の⁹ 端正しきに¹⁰ 花の如 笑みて立てれば¹¹ 玉桙の¹² 道行く人は 己が行く 道は行かずて 召ばなくに¹³ 門に至りぬ さし並ぶ 隣の君は あらかじめ 己妻離れて 乞はな くに 鍵さへ奉る¹⁴ 人皆の かく迷へれば 容艶きに よりてそ妹は たはれて¹⁵ありける¹⁶

しながとり あはにつぎたる あづさゆみ すゑのたまなは むなわけの ひろきわぎも こし ぼその すがるをとめの そのかほの きらきらしきに はなのごと ゑみてたてれば たまほこ の みちゆくひとは おのがゆく みちはゆかずて よばなくに かどにいたりぬ さしならぶ となりのきみは あらかじめ おのづまかれて こはなくに かぎさへまつる ひとみなの かくまとへれば かほよきに よりてそいもは たはれてありける

---

1 上總末 : 上總國 周淮郡. 지금의 千葉縣 君津郡이다.
2 珠名娘子 : 'な(나)'는 '테코나 : 431번가 등)'와 마찬가지로 애칭이다. 전설상의 통칭이다.
3 一首 : 이하 1760번가까지 高橋蟲麿의 작품일 것이다.
4 しなが鳥 : 숨을 길게 쉬며 물속에 오래 들어간다는 뜻으로 사용한 한자 표기이다. 'あわ(泡인가)'에 연결된다.
5 安房に繼ぎたる : 이상의 표현은 옛 노래의 전통을 답습하였다.
6 梓弓 : 梓의 弓의 末로 이어진다.
7 胸別の : 가슴. 가슴으로 사물을 밀어 헤치다는 뜻으로도, 여성의 가슴이 나뉘어져 있다는 뜻으로도 풀이된다.
8 すがる : 허리가 가느다란 벌이다. 이상 4구는 미녀를 형용한 것이다.
9 その姿の : 'かほ'는 모습이다.
10 端正しきに : 미모를 '단정'이라고 표기한 것은 당시의 문헌에 흔하게 보인다.
11 笑みて立てれば : 원문의 咲는 笑의 俗字이다.
12 玉桙の : '玉'은 美稱. 창 모양으로 된 것을 길에 세운 것에 의한 표현이다.
13 召ばなくに : 'なく'는 'ぬ'의 명사형이다.
14 鍵さへ奉る : 원문의 鑰은 鑰의 俗字이다. 열쇠를 가지는 것은 주부의 상징이었다. 'さへ奉る'는 공손하게 바치는 것이다.
15 たはれて : 'たはけ', 'たはぶる'와 같은 어근이다. 푹 빠져서 마음이 들뜨는 것이다.
16 ありける : 傳聞의 조동사이다.

카미츠후사(上總)의 스에(末)의 타마나노 오토메(珠名娘子)를 노래한 1수와 短歌

1738 (시나가토리)/ 아하(安房)에 이어지는/ (아즈사유미)/ 스에(周淮)의 타마나(珠名)는/ 가슴의 폭이/ 넓은 여자이며/ 허리가 가는/ 벌 같은 소녀였네/ 그 자태가요/ 아름다운데다가/ 꽃인 것처럼/ 웃으며 서 있으면/ (타마호코노)/ 길을 가는 사람은/ 자신이 가는/ 길은 가지를 않고/ 안 불렀는데/ 문에 이르렀었네/ (사시나라부)/ 이웃집의 주인은/ 미리서부터/ 아내와 이별하고/ 말 안했어도/ 열쇠까지 바치네/ 사람들 모두/ 이리 어지러우니/ 고운 자태에/ 얽매여서 그녀는/ 제정신 잃었다 하네

해설

아하(安房)에 가까운 스에(周淮)의 타마나(珠名)는 가슴의 폭이 넓은 여자이며, 허리가 벌같이 가는 소녀였네. 그 자태가 아름다운데다가 마치 꽃처럼 웃으며 서 있으면 길을 가는 사람은 자신이 가던 길은 가지를 않고, 부르지 않았는데도 타마나(珠名)의 집 문에 와버리게 되었네. 나란히 하고 있는 이웃집의 주인은 미리 자신의 아내와 이별하고, 달라고 말을 하지 않았는데도 열쇠까지 가져다 바치네. 사람들이 모두 이렇게 마음이 미혹되어서 어지러우니 타마나(珠名)는 자신의 고운 자태에 우쭐해져서 제 정신을 잃고 방종해졌다고 하네라는 내용이다.

'しなが鳥'는 '安房'을 상투적으로 수식하는 枕詞이다. 왜 수식하게 되었는지 명확하지 않으나 私注에서는, '소리에 의해 '아하'의 '아'에 연결되었을 것이다. 권제7의 1140번가에서는 '유나'의 '유'에 연결되었다'고 하였다『萬葉集私注』5, p.63].

'安房'에 대해 大系에서는, '千葉縣 남부. 養老 2년(718) 5월 2일에 上總國의 平郡·安房·朝夷·長狹을 분리하여 安房國이라 하였다. 天平 13년(741)에 上總에 병합되고, 天平寶字 원년(757)에 다시 분리되었다'고 하였다『萬葉集』2, p.382].

타마호코노(玉桙の)를 大系에서는, '현재는 각 지방에서 庚申塔이나 道祖神 등으로 이름이 바뀌고 모양도 바뀌었지만, 대부분 삼거리에 세워져 있는 石神 가운데는, 옛날에는 陽石 모양을 한 것이 적지 않았던 것 같다. 동북지방 笠島의 道祖神과 그 외에도 그와 같은 예가 적지 않다. '타마'는 영혼의 '타마'이고 '호코'는 프로이드 류로 해석을 하면 陽石이었던 것이 아닐까. 그것을 삼거리나 마을 입구에 세워서 사악한 것의 침입을 막으려고 하는 미개한 농경사회의 습속이 당시에 아직도 많이 남아 있었던 것은 아닐까. 타마호코가, 길을 수식할 뿐만 아니라, 예가 한 곳에 보일 뿐이지만 마을(里)을 수식하고 있는 예(권11, 2598)가 있는 것은 주목해야만 한다. 이와 같은 陽石을 마을 입구에 세우는 풍속은 세계 각지의 농경을 위주로 하는 미개사회에서 볼 수 있는 것이다'고 하였다『萬葉集』1, 補注 79, p.339].

私注에서는, '뒤의 주가 이 작품에까지 적용되므로 蟲麿의 작품으로 볼 수 있다. 上總 周淮郡의 한 여성을 노래한 것인데 그 珠名은 그 지방에서 유명한 여성이며 아마 蟲麿 시대에는 이미 전설화되어 있었을 것이다. 평민사회에서 여성이 유명하게 되기 위해서는 賣笑婦인 것이 하나의 필요한 조건이었던 것은 德川 상인 사회에서와 마찬가지였다고 생각되지만 珠名도 그러한 여자였을 것임은, 'たばる'의 뜻으로 충분히 추측할 수 있다고 생각한다'고 하였다『萬葉集私注』5, p.65]. 全集에서는, '珠名을 유녀로 보는 설이 있으나 의문스럽다'고 하였다『萬葉集』2, p.407].

反謌

1739 金門尓之 人乃來立者 夜中母 身者田菜不知 出曾相來

   金門[1]にし 人[2]の來立てば 夜中[3]にも 身はたな知らず[4] 出でてそ逢ひける

   かなとにし ひとのきたてば よなかにも みはたなしらず いでてそあひける

---

1 金門 : 문이다.
2 人 : 남자를 말한다.
3 夜中 : 남녀가 만나는 것은 'よひ(저녁)'. 그럼에도 불구하고 밤중에도라는 뜻이다.
4 身はたな知らず : 'たな'는 완전히, 전혀라는 뜻이다.

反歌

1739　자기 집 문에/ 사람이 와서 서면/ 한밤중에도/ 몸 전연 생각 않고/ 나가 만난 것이네요

해설

　자기 집 문에 사람이 와서 서면 한밤중이라도 자신의 몸을 전연 돌아보지 않고 나가서 만났던 것이네라는 내용이다.

　'釡門'을 大系에서는, '금속을 사용한 문이라는 뜻인가'라고 하였다「『萬葉集』 2, p.383」. 그러나 私注에서는, '오히려 かきのところ, かのと에서 かなと로 바뀐 것은 아닐까. かき는 かぎり로 집 주위의 경계라는 뜻일 것이다'라고 하였다「『萬葉集私注』 5, p.66」.

　全注에서는, '1760번가의 左注에 '右件謌者, 高橋連蟲麻呂謌集中出'이라고 하였다. 이 左注가 1738번가까지 해당되는 것은 여러 설이 일치하고 있다. 그보다 앞의 1726번가까지 걸리며, 1726~1737번가가 蟲麻呂 가집에 있는 다른 사람의 노래, 그 다음 작품들이 자신의 노래라고 하는 것이 伊藤博의 설이다. 이 설을 따른다'고 하였다「『萬葉集全注』 9, p.130」. 이 작품을 蟲麻呂의 작품으로 본 것이다.

詠水江浦嶋子¹一首幷短謌

1740　春日之　霞時尓　墨吉之　岸尓出居而　釣船之　得乎良布見者　古之　事曾所念　水江之
浦嶋兒之　堅魚釣　鯛釣矜　及七日　家尓毛不來而　海界乎　過而榜行尓　海若　神之女尓
邂尓　伊許藝趍　相誂良比　言成之賀婆　加吉結　常代尓至　海若　神之宮乃　内隔之
細有殿尓　携　二人入居而　耆不爲　死不爲而　永世尓　有家留物乎　世間之　愚人乃
吾妹兒尓　告而語久　須臾者　家歸而　父母尓　事毛告良比　如明日　吾者來南登　言家礼
婆　妹之答久　常世邊　復變來而　如今　將相跡奈良婆　此篋　開勿勤常　曾己良久尓
堅目師事乎　墨吉尓　還來而　家見跡　宅毛見金手　里見跡　里毛見金手　怪常　所許尓念
久　從家出而　三歳之間尓　垣毛無　家滅目八跡　此筥乎　開而見手齒　如本　家者將有登
玉篋　小披尓　白雲之　自箱出而　常世邊　棚引去者　立走　叫袖振　反側　足受利四管
頓　情消失奴　若有之　皮毛皺奴　黑有之　髮毛白斑奴　由奈由奈波　氣左倍絶而　後遂
壽死祁流　水江之　浦嶋子之　家地見

春の日の　霞める時に　墨吉²の　岸に出でゐて　釣船の　とをらふ³見れば　古の　事そ思ほゆ
る⁴　水江の　浦島の子が　堅魚⁵釣り　鯛釣り矜り⁶　七日⁷まで　家にも來ずて　海界⁸を
過ぎて漕ぎ行くに　海若⁹の　神の女¹⁰に　たまさかに¹¹　い漕ぎ向ひ¹²　相誂ひ¹³　こと成りし

---

1 浦嶋子：丹後 지방의 전설이다.『일본서기』(雄略천황 22년 7월조),『丹後風土記』그 외에 실려 있다. 작품
　에서 住吉의 일로 노래한 것은 작자의 환상에 의한 이야기이다.
2 墨吉：大阪이다.
3 とをらふ：파도 위에 떠올랐다가 숨었다가 하는 모습을 표현한 것이다.
4 事そ思ほゆる：이하 結句 3구를 제외하고는 '옛날 일'이다. 다만 눈앞의 풍경으로 전개하였다.
5 堅魚：가다랑어이다.
6 鯛釣り矜り：고기를 계속 잡는다는 것은 배가 앞으로 나아가는 것과 자랑스러워하는 마음이 있다.
7 七日：꼭 7일이 아니라 긴 날수를 나타내는 것이다. 짧은 날수는 2일로 표현하였다. 3318번가와 그 외에
　보인다.
8 海界：바다의 경계를 이루는 곳이다.
9 海若：바다의 영. 바다 신이다. 바다라는 뜻으로 변하였다.
10 神の女：신인 아가씨이다.
11 たまさかに：우연히라는 뜻이다.
12 い漕ぎ向ひ：'い'는 접두어이다.
13 相誂ひ：'あとらふ'는 유혹하다. 이끌다는 뜻이다.

미즈노에(水江)의 우라시마(浦嶋) 사람을 노래한 1수와 短歌

1740 어느 봄날에/ 안개가 끼었을 때/ 스미노에(住吉)의/ 언덕에 나가서는/ 고기잡이 배/ 흔들리는 것 보면/ 그 먼 옛날의/ 일이 생각이 나네요/ 미즈노에(住吉)의/ 우리시마(浦嶋) 사내가/ 가다랑어랑/ 도미 잡고 힘이나/ 이레 동안도/ 집에도 오지 않고/ 바다 경계도/ 지나서 저어가더니/ 바다의 신의/ 신인 아가씨에게/ 뜻하지 않게/ 저어가 만나서/ 구혼 하였는데/ 일이 성취되어서/ 언약을 맺고/ 신선 세계에 가서/ 바다의 신의/ 신의 궁전의요/ 몇 겹 안쪽의/ 신묘한 궁전으로/ 손을 잡고서/ 둘이서 들어가서/ 늙지도 않고/ 죽지도 않고 해서/ 오랜 세월을/ 살고 있었던 것을/ 이 세상 속의/ 어리석은 자가/ 자기 처에게/ 고하여 말하기를/ 잠시 동안만/ 집에 돌아가서는/ 아비 어미께/ 사정을 말하고/ 내일이라도/ 나는 돌아오리다/ 라고 말하니/ 아내가 말하기를/ 신선 세계에/ 다시 돌아와서는/ 지금과 같이/ 만나려고 한다면/ 이 빗 상자를/ 열지 마오 절대로/ 그렇게까지/ 약속하였던 것을/ 스미노에(住吉)에/ 돌아와 가지고는/ 집을 보아도/ 집이 보이지 않고/ 마을 보아도/ 마을도 안 보여서/ 이상히 여겨/ 그래서 생각키를/ 집을 떠나가서/ 삼년이 지난 동안/ 담장도 없고/ 집이 없어졌는가/ 이 상자를요/ 열어서 본다면은/ 원래와 같이/ 집은 있겠지 하고/ 예쁜 빗 상자/ 조금 열어봤더니/ 흰 구름이요/ 상자에서 나와서/ 신의 나라로/ 흘러서 갔으므로/ 뛰어 달리고/ 외쳐 소매 흔들고/ 엎어지면서/ 발을 동동 구르며/ 금새 곧바로/ 정신 잃어버렸네/ 젊디젊었던/ 피부도 주름지고/ 검디검었던/ 머리도 희어졌네/ 드디어 후엔/ 숨조차 끊어지고/ 마지막에는/ 목숨이 끊어졌네/ 미즈노에(住吉)의/ 우라시마(浦嶋) 사내의/ 집 있었던 곳 보네

かば　かき[14]結び　常世[15]に至り　海若の　神の宮の　内の重[16]の　妙なる殿に　携はり　二人入り居て　老もせず　死にもせずして　永き世に　ありける[17]ものを　世の中の　愚人[18]の　吾妹子に　告げて語らく　須臾[19]は　家に歸りて　父母に　事も告らひ　明日のごと[20]　われは　來なむと　言ひければ　妹がいへらく　常世邊に　また歸り來て　今のごと　逢はむと[21]ならば　この篋[22]　開くなゆめと[23]　そこらくに[24]　堅めし言を　墨吉に　還り來りて　家見れど　家も見かねて　里見れど　里も見かねて　怪しみと　そこに思はく[25]　家ゆ出でて　三歳の間に　垣も無く　家滅せめやと　この箱を　開きて見てば　もとの如　家はあらむと[26]　玉篋　少し開くに　白雲の　箱より出でて　常世邊に　棚引きぬれば　立ち走り　叫び袖振り[27]　反側び[28]　足ずりしつつ　たちまちに　情消失せぬ[29]　若かりし　膚も皺みぬ　黑かりし　髪も白けぬ　ゆなゆなは[30]　氣さへ[31]絶えて　後つひに　命死にける[32]　水江の　浦島の子が　家地見ゆ[33]

---

14 かき：접두어이다.
15 常世：영원의 세계이다.
16 内の重：울타리로 둘러친 안쪽이다.
17 ありける：傳聞이다.
18 愚人：浦島를 가리킨다.
19 須臾：잠시라는 뜻이다.
20 明日のごと：내일 돌아오는 것은 아니지만, 내일처럼 그렇게 빨리라는 뜻이다.
21 逢はむと：만나려고 생각한다면이라는 뜻이다.
22 この篋：원래는 빗을 넣는 상자이다.
23 開くなゆめと：'な'는 금지를 나타낸다. 'ゆめ'는 결코라는 뜻이다.
24 そこらくに：그렇게도 충분히라는 뜻이다.
25 思はく：'思ふ'의 명사형이다.
26 家はあらむと：상자를 열어본 이유이다. 다른 책의 浦島傳에는 보이지 않고 『本朝神仙傳』(釋日本紀所引)에 '마음속으로 매우 이상하게 생각하여 상자를 열어 본다'고 하였다.
27 叫び袖振り：이상 2구는 네 개의 동작으로 본다.
28 反側び：'こい'는 몸을 엎드리는 것이다.
29 情消失せぬ：'け'는 'きゆ'의 축약형이다.
30 ゆなゆなは：後な後な의 뜻이다.
31 氣さへ：피부, 머리카락에 대해 정신까지라는 뜻이다.
32 命死にける：문맥은 다음으로 이어지지만 浦島 이야기는 여기에서 끝난다.
33 家地見ゆ：실제로는 보고 있지 않다.

해설

어느 봄날 안개가 끼었을 때 스미노에(住吉)의 언덕에 나가서 앉아 고기잡이배가 파도 사이로 나타났다가 숨었다가 하는 것을 보고 있으니 먼 옛날의 일이 생각이 나네. 미즈노에(住吉)의 우리시마(浦嶋) 사내가, 가다랑어를 잡고 도미를 잡고 의기양양해서 오랫동안 집에도 돌아오지를 않고 바다 끝 쪽 경계도 지나서 배를 저어가더니 바다의 신의 아가씨에게 뜻하지 않게 배를 저어가 만나서 구혼을 하였는데 일이 잘 성취되어서 서로 언약을 맺고 신선 세계인 신의 나라에 가서 바다의 신의 궁전 안쪽의, 몇 겹으로 둘러싸인 훌륭하고 신묘한 궁전으로 손을 잡고 둘이서 들어가서 늙는 일도 없이 죽는 일도 없이 영원하게 오랜 세월을 살게 되었네. 그런데 이 세상 속의 어리석은 사람인 우리시마(浦嶋)가, 아내에게 고하여 말하기를 "잠시 동안 집에 돌아가서 아버지 어머니께 사정을 이야기하고 내일이라도 곧 돌아오리다"라고 말을 하였으므로, 그 아내가 말하기를 "신선 세계에 다시 돌아와서 지금처럼 만나서 살려고 하면 이 상자를 절대로 열지 마세요"라고 하였다. 그렇게까지 굳게 약속하였던 것이지만 우리시마(浦嶋)가 스미노에(住吉)에 돌아와서 집을 보아도 집이 보이지 않고, 마을을 보아도 마을도 보이지 않으므로 이상히 여겨서 생각하기를 '집을 떠난 지 다만 삼 년 사이에 담장도 없어지고 집도 없어지는 일이 어떻게 있을 수 있는가'하고 생각하고, '이 상자를 열어보면 원래대로 집이 있겠지'하고 상자를 조금 열어봤더니 흰 구름이 상자에서 나와서 신선 세계로 흘러갔으므로 우리시마(浦嶋)가 뛰어 내달리고, 소리를 치고 소매를 흔들고, 엎어지면서 발을 동동 구르고 했지만 이내 곧 정신을 잃어버렸네. 젊디젊었던 피부도 주름살이 지고, 검디검었던 머리카락도 희어져버렸네. 후에는 숨조차 끊어지고 결국 마지막에는 목숨이 끊어져버렸네. 그런 미즈노에(住吉)의 우라시마(浦嶋) 사내의 집이 있었던 곳이 눈앞에 떠오르네라는 내용이다.

'墨吉'을 大系에서는, 『일본서기』와 『풍토기』에 의해 丹後로 보고 지금의 京都府 竹野郡 網野町의 물가를 가리킨다고 하지만 확실하지 않다. 각 지역에 전설이 있고 이 노래는 攝津 지방의 것이라고 생각할 수 있다. 또 管川(風土記에서는 筒川)은 與謝郡 伊根町 本壓濱 부근이라고 한다'고 하였다[『萬葉集』 2, p.384].

浦島傳記는 〈浦島子〉(『丹後國風土記』), 〈水江浦島子〉(『만엽집』), 〈浦島子傳〉(『古事談』), 〈浦島子傳〉(『郡書類從』), 〈續浦島子傳記〉(『郡書類從』), 〈浦島太郎〉(『南葵文庫舊藏寫本』), 〈浦嶋太郎〉(『國立國會圖書館藏』)[重松明久, 『浦島子傳』, 現代思潮社, 1982] 등 여러 전승이 있다.

이 중에서 『丹後國風土記』와 『만엽집』에 실려 있는 작품이 가장 오래된 것이라고 추정되는데, 澤瀉久孝는, '나는 생각하건데 이 작자 蟲麿는 常陸風土記의 제작에도 관계한 사람이며, 雄略紀와 丹後國風土記도 읽고 있고, 浦島子가 丹後筒川의 사람이라고 하는 것은 알고 있었다고 생각한다. 그러나 筒川과 網野에는 오늘날도 어지간히 마음먹지 않으면 가기 힘든 곳이므로, 당시의 작자가 찾아가기가 힘들었다는 것은 말할 필요가 없다. 이에 비해 攝津에는, 이 앞의 작품에서도 확인할 수 있는 것처럼 찾아가고 있었으므로 작자는 住吉의 해안에 서서, 책으로 읽은 浦島전설을 생각하고, 그곳을 무대로 하여 작자의 浦島전설을 〈창작〉한 것이다. 이것은 〈攝津지방에 전승된 浦島전설〉은 아니고 작자의 〈창작〉이다. 다음에도 논하겠지만 이 浦島는 雄略紀와 風土記에 보이는 浦島와는 다르다. 거기에 작자의 〈창작〉이 있다고 생각된다. 이것은 나의 추정에 지나지 않지만 이 추정이 맞지 않을까 생각하는데 어떨지'라고 하여 『風土記』의 것이 더 오래된 것이라고 보았다[『萬葉集注釋』 9, pp.112~113].

はるのひの　かすめるときに　すみのえの　きしにいでゐて　つりふねの　とをらふみれば
いにしへの　ことそおもほゆる　みづのえの　うらしまのこが　かつをつり　たひつりほこり
なぬかまで　いへにもこずて　うなさかを　すぎてこぎゆくに　わたつみの　かみのをとめに
たまさかに　いこぎむかひ　あひあとらひ　ことなりしかば　かきむすび　とこよにいたり
わたつみの　かみのみやの　うちのへの　たへなるとのに　たづさはり　ふたりいりゐて　おい
もせず　しにもせずして　ながきよに　ありけるものを　よのなかの　おろかひとの　わぎもこ
に　つげてかたらく　しましくは　いへにかへりて　ちちははに　ことものらひ　あすのごと
われはきなむと　いひければ　いもがいへらく　とこよへに　またかへりきて　いまのごと
あはむとならば　このくしげ　ひらくなゆめと　そこらくに　かためしことを　すみのえに
かへりきたりて　いへみれど　いへもみかねて　さとみれど　さともみかねて　あやしみと
そこにおもはく　いへゆいでて　みとせのほどに　かきもなく　いへうせめやと　このはこを
ひらきてみてば　もとのごと　いへはあらむと　たまくしげ　すこしひらくに　しらくもの
はこよりいでて　とこよへに　たなびきぬれば　たちはしり　さけびそでふり　こいまろび
あしずりしつつ　たちまちに　こころけうせぬ　わかかりし　はだもしわみぬ　くろかりし
かみもしらけぬ　ゆなゆなは　いきさへたえて　のちつひに　いのちしにける　みづのえの
うらしまのこが　いへどころみゆ

反謌

1741　常世邊　可住物乎　釼刀　己行柄　於曾也是君

　　　常世邊に　住むべきものを　劍刀^1　己が心から^2　鈍や^{3}この君

　　　とこよへに　すむべきものを　つるぎたち　ながこころから　おそやこのきみ

---

1 劍刀：刀를 '후'라고 한 데서 다음 구의 '己(후)'에 이어진다.
2 己が心から：'후'는 이인칭이다. 그대 자신의 마음에 의해 이렇게 되어버렸다.
3 鈍や：경솔한, 바보스러운. '心'을 골똘히 생각해보면 부모에 대한 효심이라고 하는 '세상 속'의 일이 된다.
　　이것이 幻視의 결론이다.

그에 비해 高木敏雄은, '島子가 바다에서 만난 소녀를 해신의 딸이라고 하고, 사는 곳을 바다 속의 궁전이라고 하는 설화는, 그 마지막 부분에서도 가장 자연스럽고 가장 믿을 만하다. 『만엽집』의 長歌는 서술의 순서가 극히 자연스럽고 조금도 윤색한 흔적이 보이지 않는다. 『風土記』의 것은 중국의 신선담에서 채용하여 부회한 것으로 순수한 浦島설화는 아니다. 『만엽집』의 長歌에 보이는 설화를 원시의 설화에 가장 가까운 것이라고 믿는다'고 하였다[重松明久, 위의 책, p.175에서 재인용].

重松明久는 『일본서기』와 『고사기』에 전하는 海宮遊幸설화와 浦島전설이 모두 도미를 잡고 있는 점, 바다 궁전에서 3년간 머무른 점, 고향 생각을 하고 돌아갈 때 주술력을 가진 상자와 구슬을 받은 점, 신녀의 충고를 어기고 금기를 깨었기 때문에 인간으로서 불행에 빠지게 된 점 등으로 浦島전설은 海宮遊幸설화의 영향을 받은 것이며 蟲麻의 노래는 天平 연간 무렵의 작품이라고 하였다[위의 책, p.126].

浦島전설은 神魂설화이며, 神女가 당부한 금기를 지키지 않아서 불행을 맞이하게 된 남성의 이야기이다.

反歌

1741　신선 세계에/ 살 수 있었던 것을/ (츠루기타치)/ 그대 마음 때문에/ 어리석네 이 사람

❁ 해설

신선 세계에 살 수 있었던 것인데, 다름 아닌 그대 마음 때문에 헛되게 되어버렸네. 바보스런 일을 해버렸네. 이 사람은이라는 내용이다.

大系에서는, '劍刀 '刀(な)'는 조선어 '날'과 같은 어원'이라고 하였다[『萬葉集』 2, p.386].

見河內大橋獨去娘子謌一首并短謌

1742 級照　片足羽河之　左丹塗　大橋之上從　紅　赤裳數十引　山藍用　摺衣服而　直獨
伊渡爲兒者　若草乃　夫香有良武　橿實之　獨歟將宿　問卷乃　欲我妹之　家乃不知久

級照る[1]　片足羽川の　さ丹塗の[2]　大橋[3]の上ゆ　紅の　赤裳[4]裾引き　山藍もち　摺れる衣[5]着
て　ただ獨り　い渡らす[6]兒は　若草の[7]　夫かあるらむ　橿の實の[8]　獨りか寝らむ　問はまくの[9]
欲しき我妹が　家[10]の知らなく

しなてる　かたしはがはの　さにぬりの　おほはしのうへゆ　くれなゐの　あかもすそびき
やまあゐもち　すれるきぬきて　ただひとり　いわたらすこは　わかくさの　つまかあるらむ
かしのみの　ひとりかぬらむ　とはまくの　ほしきわぎもが　いへのしらなく

反謌

1743 大橋之　頭尒家有者　心悲久　獨去兒尒　屋戶借申尾

大橋の　頭に[11]家あらば　うらがなしく　獨り行く兒に　宿貸さましを

おほはしの　つめにいへあらば　うらがなしく　ひとりゆくこに　やどかさましを

---

1 級照る : 'しな'는 段・層이다. 片岡에 점점 해가 비추는 것에서 연결된다. '級照る片岡山'(『일본서기』 推古천
황 21년조).
2 さ丹塗の : 'さ'는 접두어이다. 丹은 붉은색이다.
3 大橋 : 大橋는 도래인계의 기술에 의해서 세워졌다. 당나라 풍의 다리이다. 소녀의 복장도 당나라 풍이다.
4 赤裳 : 紅은 吳의 藍이다. 丹과 함께 붉은색의 한 종류이다. 裳은 下衣다.
5 摺れる衣 : 上衣이다.
6 い渡らす : 'す'는 친애를 나타내는 경어이다.
7 若草の : 남편, 아내의 젊고 부드러움을 나타낸다.
8 橿の實の : 열매가 하나이므로 '혼자'에 연결된다.
9 問はまくの : 사랑의 말을 건넨다
10 家 : 집안, 성 등을 말한다.
11 頭に : 다리 끝이다.

카후치(河內)의 큰 다리를 혼자 가는 娘子를 본 노래 1수와 短歌

1742 (시나테루)/ 카타시하(片足羽)의 강의/ 붉은 색 칠한/ 커다란 다리 위를요/ 연지 물들인/ 붉은 옷 끝을 끌고/ 산쪽풀 가지고/ 물들인 옷을 입고/ 다만 혼자서/ 건너고 있는 소녀/ (와카쿠사노)/ 남편이 있는 걸까/ (카시노미노)/ 혼자서 자는 걸까/ 말을 건네어/ 보고 싶은 소녀의/ 집을 알 수가 없네

❀ 해설

해가 점점 비춘다고 하는 뜻을 이름으로 한 카타시하(片足羽)강의, 붉은 색을 칠한 큰 다리 위를, 붉은색을 물들인 붉은 치맛자락을 끌고, 산쪽풀로 물들인 옷을 입고 다만 혼자서 건너가고 있는 소녀는 젊고 상냥한 남편이 있는 것일까. 떡갈나무 열매가 한 개씩 열리듯이 그렇게 혼자서 잠을 자는 것일까. 말을 건네어 보고 싶다고 생각하는 소녀의 집이 어디인지 알 수가 없네라는 내용이다.

片足羽川을 大系에서는, '大和川으로 보는 설과 그 지류인 石川으로 보는 설이 있다'고 하였다『萬葉集』 2, p.387].

反歌

1743 커다란 다리/ 끝에 집이 있다면요/ 괴로운 것같이/ 혼자 가는 애에게/ 집을 빌려 줄 텐데

❀ 해설

큰 다리 끝에 내 집이 있다면, 마치 괴로운 듯이 혼자서 가고 있는 그 아이에게 집을 빌려 주고 싶은데라는 내용이다.

집이 없어서 빌려주지 못해 안타깝다는 내용이다.

見武藏小埼沼[1]鴨作謌一首

1744 前玉之　小埼乃沼尓　鴨曾翼霧　己尾尓　零置流霜乎　掃等尓有斯

埼玉の　小埼の沼に　鴨そ翼きる[2]　己が尾に　降り置ける霜を　掃ふとにあらし[3]

さきたまの　をさきのぬまに　かもそはねきる　おのがをに　ふりおけるしもを　はらふとにあ
らし

---

1 武藏小埼沼：지금의 埼玉縣 行田市.
2 鴨そ翼きる：안개같이 하다. 날개를 털고 포말을 날리며. 아침 늪의 풍경인가.
3 掃ふとにあらし：'あらし'는 'あるらし'의 축약형이다.

무자시(武藏)의 오사키(小埼) 늪의 오리를 보고 지은 노래 1수

1744   사이타마(埼玉)의/ 오사키(小埼)의 늪에는/ 오리가 날개 터네/ 자기 꼬리에/ 내리어 있는
       서리를/ 털려고 하는 것 같네

해설

사이타마(埼玉)의 오사키(小埼)의 늪에는 오리가 날개를 털고 있네. 자기 꼬리에 내려 있는 서리를 털려
고 하는 것 같네라는 내용이다.

埼玉을 大系에서는, '和名抄에 武藏國 埼玉郡 埼玉(佐以多萬)이라고 있다. 지금의 行田市를 중심으로 熊谷
(쿠마가야)시・羽生(하니우)시・大里郡・北足立郡・北埼玉郡에 걸쳐 있었다'고 하였다『萬葉集』 2, p.388].
私注에서는 '蟲麿 歌集의 노래이지만 旋頭歌이며, 민요풍이 강하다. 그것은 蟲麿의 작품으로 보인다'고
하였다『萬葉集私注』 5, p.84].

那賀郡曝井[1]謌一首

1745 三栗乃　中尓向有　曝井之　不絶將通　彼所尓妻毛我

三栗の[2]　那賀に向へる　曝井の[3]　絶えず通はむ　そこに妻もが[4]

みつくりの　なかにむかへる　さらしゐの　たえずかよはむ　そこにつまもが

手綱濱[5]謌一首

1746 遠妻四　高尓有世婆　不知十方　手綱乃濱能　尋來名益

遠妻し[6]　多珂[7]にありせば　知らず[8]とも　手綱の濱[9]の　尋ね來なまし[10]

とほづまし　たかにありせば　しらずとも　たづなのはまの　たづねきなまし

---

1 那賀郡曝井 : 옷을 씻어 말리기 위해서 사용한 우물이다.
2 三栗の : 밤은 세 개가 가운데 것을 감싸듯이 있는 것에서 'なか(가운데)'를 수식한다.
3 曝井の : 물의 흐름이 끊어지지 않는다.
4 そこに妻もが : 'もが'는 願望을 나타낸다. 장난하는 기분이다.
5 手綱濱 : 多珂鄉의 가운데 물가.
6 遠妻し : 먼 곳에 살고 있는 아내.
7 多珂 : 多珂郡 多珂鄉 (茨城縣 多賀郡).
8 知らず : 미지의 타향이지만이라는 뜻이다.
9 手綱の濱 : 'たづな'를 '尋ね'의 뜻을 더하여 흥을 느낀 것이다.
10 尋ね來なまし : 'せば…まし'로 현실에 반대되는 가상을 나타낸다.

나카(那賀)郡의 사라시이(曝井) 노래 1수

1745 (미츠쿠리노)/ 나카(那賀)를 향해 있는/ 사라시인(曝井)듯/ 끊임없이 다니자/ 거기 아내
　　　있다면

🌸 **해설**

　　밤 세 쪽 중에 가운데 것이라는 뜻을 이름으로 한 나카(那賀)를 향하여서 흐르고 있는, 옷을 씻어서
말리는 우물인 사라시이(曝井)의 물이 끊어지지 않듯이 그렇게 끊임없이 다니자. 거기에 사랑스러운 여인
도 있었으면 좋겠네라는 내용이다.
　　曝井을 大系에서는, '옷을 씻어 말리는 우물이라는 뜻에서 고유명사화된 것일 것이다. 那賀郡을 武藏으
로 보는 설에서는 埼玉縣 兒玉郡 美里(미사토)町 廣木小字 曝井이라고 하며, 常陸으로 보는 설에서는 水戶市
愛宕(아타고)町 瀧坂 중턱의 우물을 가리킨다고 한다'고 하였다[『萬葉集』 2, p.388]. 私注에서는 '常陸 那賀郡
에 유명한 曝井이 있고, 『풍토기』에도 보이므로 常陸으로 보는 것이 맞는 것 같다'고 하였다[『萬葉集私注』
5, p.84].

타즈나(手綱) 물가의 노래 1수

1746 먼 곳 아내가/ 타카(多珂)에 있다면은/ 모르지만도/ 타즈나(手綱) 물가처럼/ 찾아서 올
　　　것인데

🌸 **해설**

　　먼 곳에 떨어져 있는 아내가 만약 타카(多珂)에 있다고 한다면, 길을 모르는 곳이라고 해도, 타즈나(手綱)
물가처럼 그렇게 찾아서 올 것인데라는 내용이다.
　　이 작품은 지명 '타즈나(手綱)'가, 방문하다의 일본어 '尋(たづ)ねる : 타즈네루'의 '타즈네'와 발음이 유사
한 것에 흥미를 느껴서 지은 것이다.

春三月[1]諸卿大夫等下難波時謌二首幷短哥

1747 白雲之　龍田山之　瀧上之　小鞍嶺尓　開乎爲流　櫻花者　山高　風之不息者　春雨之
継而零者　最末枝者　落過去祁利　下枝尓　遺有花者　須臾者　落莫亂　草枕　客去君之
及還來

白雲の[2]　龍田の山の[3]　瀧の上の[4]　小桉の嶺に　咲きををる　櫻の花は　山高み　風し止まね
ば[5]　春雨の　繼ぎてし降れば　秀つ枝は[6]　散り過ぎにけり[7]　下枝に　殘れる花は[8]　須臾は[9]
散りな亂れそ[10]　草枕[11]　旅行く君[12]が　還り來るまで

しらくもの　たつたのやまの　たぎのへの　をぐらのみねに　さきををる　さくらのはなは
やまたかみ　かぜしやまねば　はるさめの　つぎてしふれば　ほつえは　ちりすぎにけり　しづ
えに　のこれるはなは　しましくは　ちりなみだれそ　くさまくら　たびゆくきみが　かへりく
るまで

---

1 春三月：神龜 3년(726) 藤原宇合知造難波宮事 때인가. 또는 天平 6년(734) 3월 10일 聖武천황의 難波
　행행 때인가.
2 白雲の：흰 구름이 일어난다(湧きたつ)의 '타つ(타츠)'가 지명 '龍田(타츠타)'의 '타츠'와 발음이 같으므로
　수식하게 된 것이다.
3 龍田の山の：이른바 龍田을 넘는 길이다.
4 瀧の上の：지금의 龜瀬岩 부근이 급류를 이루고 있었다.
5 風し止まねば：다음의 '降れば와 동격이다.
6 秀つ枝は：위쪽의 가지이다.
7 散り過ぎにけり：'けり'는 '생각해보니…였다'는 뜻을 나타낸다.
8 殘れる花は：적어도.
9 須臾は：反歌에 의하면 7일간이다.
10 散りな亂れそ：꽃은 보통 '散りまがひ'라고도 하며, 그것은 눈앞에 어지러운 상태를 말한다. 여기에서는
　난잡하게 남김없이 떨어져 흩어지는 모습을 말한다.
11 草枕：풀을 베개로 하여 잠을 자는 힘든 여행을 말한다.
12 旅行く君：諸卿大夫等이다.

봄 3월에 여러 卿大夫들이 나니하(難波)에 내려갈 때의 노래 2수와 短歌

1747 (시라쿠모노)/ 타츠타(龍田)의 산의요/ 급류 근처의/ 오구라(小鞍)의 고개에/ 만발하였는/ 벚나무의 꽃은요/ 산이 높아서/ 바람 그치지 않고/ 봄날의 비가/ 계속하여 내리니/ 윗가지는/ 이미 다 져버렸네/ 밑가지에/ 남아 있는 꽃들은/ 잠시 동안은/ 어지러이 지지 마/ (쿠사마쿠라)/ 여행가는 사람들/ 돌아올 때까지는

흰 구름이 일어난다는 뜻을 이름으로 한 타츠타(龍田)산의 급류 근처의 오구라(小鞍)의 고개에, 가지가 휠 정도로 탐스럽게 만개한 벚꽃은, 산이 높아서 바람이 그치지 않고 계속 불기 때문에, 봄비가 계속하여 내리기 때문에 위쪽 가지의 꽃은 이미 다 져버렸네. 아래쪽 가지에 남아 있는 꽃은 잠시 동안 어지러이 지지 말고 그대로 있어주기를 바라네. 풀을 베개로 하여 잠을 자는 힘든 여행을 떠난 사람들이 돌아올 때까지는'이라는 내용이다.

여행을 떠난 사람들이 돌아와서 꽃을 볼 수 있도록 아래 가지에 남아 있는 벚꽃은 지지 말고 있어달라는 뜻이다.

제목에서 '봄 3월'이라고만 하였으므로 연대가 명확하지 않다. 注釋에서는 '慶雲 3년의 행행으로 하는 것은 이 작자의 작품으로는 시대가 좀 오래 되고, 10월의 행행에 3월이라고 하는 것도 시간차가 너무 많으며, 1749번가 등으로 미루어 보면 天平 6년(734)의 3월(권제6의 997번가 제목)로 보는 것이 맞을 것 같다'고 하였다[『萬葉集注釋』 9, p.139]. 全集에서는, '작자 蟲麻呂와 藤原宇合과의 관계로 미루어 생각하면, 宇合이 知造難波宮事로서 힘을 다하여 완성된 天平 4년(732) 3월에 難波에 내려갔을 때의 작품이라고 보는 것이 가장 좋을 듯하다'고 하였다[『萬葉集』 2, p.412]. 私注에서도 天平 4년(732) 3월로 보았다[『萬葉集私注』 5, p.87].

反謌

1748　吾去者　七日者不過　龍田彦　勤此花乎　風尓莫落

わが行きは　七日[1]は過ぎじ　龍田彦[2]　ゆめ[3]この花を　風にな[4]散らし

わがゆきは　なぬかはすぎじ　たつたひこ　ゆめこのはなを　かぜになちらし

1749　白雲乃　立田山乎　夕晩尓　打越去者　瀧上之　櫻花者　開有者　落過祁里　含有者

可開継　許知期智乃　花之盛尓　雖不見在　君之三行者　今西應有

白雲の　龍田の山を　夕暮に[5]　うち越え行けば　瀧の上の　櫻の花は　咲きたるは　散り過ぎ
にけり　含めるは[6]　咲き継ぎぬべし[7]　彼方此方の[8]　花の盛りに　見えねども　君が御行は
今にし[9]あるべし

しらくもの　たつたのやまを　ゆふぐれに　うちこえゆけば　たぎのへの　さくらのはなは
さきたるは　ちりすぎにけり　ふふめるは　さきつぎぬべし　こちごちの　はなのさかりに
みえねども　きみがみゆきは　いまにしあるべし

1　七日 : 많은 날수를 말할 때 사용되었다.
2　龍田彦 : 龍田의 남신을 말한다. 바람의 신으로 생각되어졌으며, 또 佐保의 봄의 여신에 대해 가을의 신으로
　도 생각되어졌다.
3　ゆめ : 결코라는 뜻이다. 'な散らし'를 수식한다.
4　風にな : 'な'는 금지를 나타낸다.
5　夕暮に : 저녁의 벚꽃 풍경이다.
6　含めるは : 꽃봉오리 상태인 꽃은.
7　咲き継ぎぬべし : 'ぬべし'는 반드시 그렇게 되어야 하는 상태를 말한다.
8　彼方此方の : 'をちこち(여기저기)'와 같다.
9　今にし : 'し'는 강조하는 뜻이다.

反歌

1748 우리 여행은/ 칠일 이상 아니니/ 타츠타(龍田) 신아/ 절대로 이 꽃들을/ 바람으로 지게 마

🌸 **해설**

우리들이 떠나는 여행은 7일 이상은 되지 않을 것이네. 그러니 타츠타(龍田)의 신아. 절대로 이 꽃들을 바람으로 지게 하지 말기를 바라네라는 내용이다.

여행이 그리 길지는 않을 것이니, 돌아와서 다시 볼 수 있도록 꽃이 지지 말고 그대로 있어 주기를 바라는 마음을 표현한 것이다.

龍田彦을 大系에서는, '風神. 奈良縣 生駒郡 斑鳩(이카루가)町 龍田의 龍田신사의 신. 平群郡 龍田 比古龍田 比女신사가 있다. 별도로 平群郡 龍田坐天御柱國 御柱神社二坐'라고 있는 것이 三鄉村의 龍田신사. 다만 전자도 후자와 같은 곳에서 제사지냈다고도 한다'고 하였다『萬葉集』 2, p.389].

1749 (시라쿠모노)/ 타츠타(龍田)의 산을요/ 저녁 무렵에/ 넘어서 가노라면/ 급류 근처의/ 벗나무의 꽃은요/ 이미 핀 꽃은/ 다 져버린 것 같네/ 봉오린 것은/ 이어 필 것 같으네/ 여기저기 나/ 꽃이 한창이라곤/ 보이잖지만/ 그대의 여행길은/ 이맘때가 알맞네요

🌸 **해설**

흰 구름이 일어난다는 뜻을 이름으로 한 타츠타(龍田)의 산을 저녁 무렵에 넘어서 가노라면, 급류 근처의 벗꽃은 이미 핀 꽃은 다 져버린 것 같네. 아직 꽃봉오리인 것은 이어서 계속 필 것 같네. 여기저기 모두 꽃이 한창때라고는 보이지 않지만 그래도 그대가 여행을 떠나는 것은 지금이 가장 알맞은 때인 것 같네요라는 내용이다.

全集에서는 원문의 '雖不見在'를 '雖不見 左右'로 보고, 'めさずとも かにもかくにも'로 읽었다. 그리고 '끝 3구에 7음이 연속적인 경우는 記紀歌謠와 권제13의 古歌謠에 예가 많다'고 하였다『萬葉集』 2, p.413].

反謌

1750 暇有者　魚津柴比渡　向峯之　櫻花毛　折末思物緒

暇あらば¹　なづさひ²渡り　向つ峰の³　櫻の花も　折らまし⁴ものを

いとまあらば　なづさひわたり　むかつをの　さくらのはなも　をらましものを

難波経宿⁵明日還來之時⁶歌一首并短哥

1751 嶋山乎　射徃廻流　河副乃　丘邊道從　昨日己曾　吾超來壯鹿　一夜耳　宿有之柄二
峯上之　櫻花者　瀧之瀨從　落墮而流　君之將見　其日左右庭　山下之　風莫吹登　打越而
名二負有社尓　風祭爲奈

島山⁷を　い行き⁸廻れ　川副ひの　丘邊の道ゆ⁹　昨日こそ　わが越え來しか　一夜のみ
寝たりしからに¹⁰　峰の上の　櫻の花は　瀧の瀨ゆ¹¹　激ちて流る　君が見む　その日までには
山下の¹²　風な吹きそと　うち越えて¹³　名に負へる社に　風祭せな¹⁴

しまやまを　いゆきめぐれる　かはぞひの　をかへのみちゆ　きのふこそ　わがこえこしか
ひとよのみ　ねたりしからに　をのうへの　さくらのはなは　たぎのせゆ　たぎちてながる
きみがみむ　そのひまでには　やまおろしの　かぜなふきそと　うちこえて　なにおへるもりに
かざまつりせな

---

1 暇あらば : 지금은 諸卿大夫를 수행한 여행이다.
2 なづさひ : 'なづ'는 담그는 것이다. 고생한다는 뜻이 된다.
3 向峰の : 맞은편 산이다.
4 折らまし : 현실에 반대되는 가상이다. 지금은 여가가 없다는 뜻이다.
5 経宿 : 하룻밤을 자는 것을 말한다.
6 明日還來之時 : 작자만 돌아오고 '君'은 훗날 돌아온다.
7 島山 : 물을 바라보는 것이 섬, 섬을 이루는 산이다.
8 い行き : 'い'는 접두어이다.
9 丘邊の道ゆ : 龍田路이다.
10 寝たりしからに : 'からに'는 역접관계를 나타낸다.
11 瀧の瀨ゆ : 'ゆ'는 '~을 통해서'라는 뜻이다.
12 山下の : 산에서 불어 내리는 것이다.
13 うち越えて : 龍田路를 넘어서라는 뜻이다.
14 風祭せな : 바람을 누그러뜨리기 위해 제사를 지내는 것이다.

反歌

1750　여가가 있으면/ 고생해서 건너가/ 건너편 산의/ 벚꽃나무의 꽃도/ 꺾고 싶은 것인데

🌸 해설

　시간이 있으면 감히 고생해서라도 강을 건너가서, 건너편 해안의 산의 벚꽃도 꺾고 싶은 것이라는 내용이다.

　'なづさひ渡り'를 大系에서는, '물 위를 건너서. なづさふ는 주로 물 위를 흔들흔들 흔들리면서 가는 것'이라고 하였다『萬葉集』 2, p.390〕.

나니하(難波)에서 하룻밤 자고 다음날 돌아올 때의 노래 1수와 短歌

1751　산으로 된 섬/ 흘러서 돌아가는/ 강 따라 있는/ 언덕 근처의 길로/ 어제야말로/ 나는 넘어
　　　왔는데/ 단지 하룻밤/ 잠을 잤을 뿐인데/ 산의 위쪽의/ 벚나무의 꽃은요/ 격류 여울에/
　　　밀리며 흘러가네/ 그대 볼 것인/ 그날까지 말이죠/ 산위에서 부는/ 바람 불지 말라고/
　　　산길을 넘어/ 이름에 가진 신사에/ 바람을 제지내자

🌸 해설

　강에 솟아 있는 산으로 된 섬을 돌아서 흘러가는 강을 따라 있는 언덕 근처의 길을 통해, 나는 바로 어제 넘어 왔네. 단지 하룻밤을 잤을 뿐인데 산 위의 벚꽃은 세차게 흘러가는 여울에 이리저리 밀리며 흘러가고 있네. 그대가 보게 될 그날까지는 산꼭대기에서 불어 내려오는 바람이 불지 말라고, 산길을 넘어서 風神이라는 이름을 가지고 있는 龍田신사에 가서, 바람을 잔잔하게 하기 위해 바람신에게 제사를 지내고 싶네라는 내용이다.

　私注에서는, '작자는 하룻밤을 자고 돌아오고, 宇合이라고 생각되는 君은 여전히 難波에 머물렀을 것이다. (중략) 1747번가와 아울러 생각할 때 天平 4년 3월의 작품으로 보는 추정은 무리가 아닐 것이다'고 하였다『萬葉集私注』 5, p.92〕.

反謌

1752 射行相乃　坂之踏本尒　開乎爲流　櫻花乎　令見兒毛欲得

い行會ひの　坂¹の麓に　咲きををる²　櫻の花を　見せむ兒³もがも

いゆきあひの　さかのふもとに　さきををる　さくらのはなを　みせむこもがも

反歌

1752   가서 만났다는/ 고개의 기슭 쪽에/ 만발해 있는/ 벚나무의 꽃을요/ 보여줄 애 있다면

❀ 해설

두 나라의 신이 가서 만났다고 하는 국경의 고개 기슭 쪽에 가지가 휠 정도로 만발해 있는 벚꽃을, 보여줄 소녀가 있다면 좋을 텐데라는 내용이다. 'い行會ひの'를 全集에서는 中西 進과 마찬가지로 兩國의 신이 만나서 경계를 정한다는 뜻으로 해석하고, '여기서는 大和와 河內의 경계에 있는 지점으로, 龜瀨의 북쪽 峠(지명) 부근을 가리키는 것일 것이다'고 하였다[『萬葉集』 2, p.414]. 全注에서도 中西 進과 마찬가지로 해석하고 長歌와 같은 지점에서 노래가 불렸다고 하면 고개의 기슭 쪽은 河內國側일 것이다'고 하였다[『萬葉集全注』 9, p.162].

그러나 大系·私注·注釋에서는 사람들이 만나는 것으로 해석하였다. 특히 私注에서는, '龍田길의 교통량을 어느 정도 알 수가 있을까'라고 하였다[『萬葉集私注』 5, p.93].

檢稅使¹大伴卿², 登筑波山時謌一首幷短謌

1753　衣手　常陸國　二並　筑波乃山乎　欲見　君來座登　熱尒　汗可伎奈氣　木根取　嘯鳴登　峯上乎　公尒令見者　男神毛　許賜　女神毛　千羽日給而　時登無　雲居雨零　筑波嶺乎　清照　言借石　國之眞保良乎　委曲尒　示賜者　歡登　紐之緒解而　家如　解而曽遊　打靡　春見麻之從者　夏草之　茂者雖在　今日之樂者

衣手³　常陸の國に　二竝ぶ⁴　筑波の山を　見まく欲り　君⁵來ませりと　熱けくに⁶　汗かきなけ⁷　木の根取り　嘯き⁸登り　峯の上を　君に見すれば　男の神も　許し賜ひ　女の神も　ちはひ⁹給ひて　時となく　雲居雨降る　筑波嶺を　清に¹⁰照らし　いふかりし¹¹　國のま秀ら　を¹²　委曲に¹³　示し賜へば　歡しみと　紐の緒¹⁴解きて　家¹⁵の如　解けてそ遊ぶ　うち靡く¹⁶　春見ましゆは¹⁷　夏草の　茂くはあれど　今日の樂しさ

1　檢稅使：正稅 검사를 위해 중앙에서 파견한 사람이다.
2　大伴卿：이름을 알 수 없다. 旅人이라고도 道足이라고도 한다.
3　衣手：소매를 'ひたつ(濡らす)'의 발음으로 常陸에 연결된다. 『常陸風土記』에 故事가 보인다.
4　二竝ぶ：두 개의 봉우리가 나란히 있다. 男體(870미터), 女體(876미터)가 있고 二上山으로 사랑받았다. 또 大湖沼에 임해 있는 國府의 배후에 솟아 있어서 사람들에게 친숙했으며 우타가키(歌垣 : 일종의 풍요제의, 성적제의)가 행해졌다.
5　君：大伴卿이다.
6　熱けくに：'熱けく'는 '熱し'의 명사형이다.
7　汗かきなけ：'なけ'는 자연히 울게 된다는 뜻이다.
8　嘯き：숨이 막히는 것이다.
9　ちはひ：'ち(靈)はふ'는 영적 힘을 내려 지킨다는 뜻이다.
10　清に：확실하게라는 뜻이다.
11　いふかりし：의심되다. 충분히 알지 못했다는 뜻이다.
12　國のま秀らを：국토 중에서 가장 뛰어난 곳이라는 뜻이다.
13　委曲に：충분히라는 뜻이다.
14　紐の緒：긴 것을 '…の緒(오)'라고 한다. '息の緒' 등이 있다.
15　家：건물은 'やど(야도)'라고 하고 'いへ(이헤)'는 주거, 생활을 말한다.
16　うち靡く：아지랑이가 낀 봄이다.
17　春見ましゆは：'春見まし'는 잠시 생각하는 것이다. '우타가키(歌垣)'를 연상한 것이다. 'ゆ'는 '~보다'라는 뜻이다.

檢稅使 오호토모(大伴)卿이 츠쿠하(筑波)산에 올랐을 때의
노래 1수와 短歌

1753 (고로모데)/ 히타치(常陸)의 나라에/ 두 개 나란한/ 츠쿠하(筑波)의 산을요/ 보고 싶다고/ 그대가 왔으므로/ 무더운 때에/ 땀을 닦으면서/ 木根을 잡고/ 헐떡거리며 올라/ 산꼭대기를/ 그대에게 보이니/ 남자신도요/ 허락을 하고요/ 여자신도요/ 자비를 베풀어서/ 정한 때 없이/ 구름 끼고 비오는/ 츠쿠하(筑波)산을/ 또렷하게 비추어/ 충분히 못 본/ 나라의 멋진 모습/ 확실하게도/ 보여주었으므로/ 기쁘게 여겨/ 옷 띠 풀어 제치고/ 집에 있듯이/ 마음 편안히 노네/ (우치나비크)/ 봄에 보는 것보다/ 여름풀들이/ 자라 무성하지만/ 오늘 즐거움이여

해설

옷소매를 적신다고 하는 뜻을 이름으로 한 히타치(常陸)의 나라에 두 개의 산봉우리가 나란히 있는 츠쿠하(筑波)의 산을 보고 싶다고 생각해서 그대가 왔으므로, 무더운 날에 땀을 닦으면서 힘들게 나무뿌리를 잡고 헐떡거리며 올라가서 산 정상의 풍경을 그대에게 보이니, 남자신도 허락을 하고 여자신도 자비를 베풀어서, 보통 때라면 정한 때 없이 항상 구름이 끼고 비가 오는 츠크하(筑波)산을 또렷하게 비추어서, 지금까지 충분히 보지 못했던 나라의 멋진 모습을 확실하게 보여주었으므로, 무척 기뻐서 옷 띠를 풀어 제치고 마치 집에 있는 것처럼 마음 편안하게 노네. 아지랑이가 아른거리는 봄에 경치를 바라보는 것도 좋겠지만, 여름풀들이 무성하게 자라나 있어도 봄에 하는 들놀이보다 오늘이 더욱 즐겁네라는 내용이다.

'常陸の國'을 大系에서는, '茨城縣, 『常陸國風土記』에 야마토타케루가 新治에서 새로 판 우물에 손을 씻었더니 옷소매가 우물에 드리워져 젖었으므로, 소매를 '[漬(ひた)す : 적시다'는 뜻으로 이름을 했다고 하는 지명 연기설화가 있다'고 하였다『萬葉集』 2, p.391]

私注에서는, '蟲麿 가집의 작품으로 蟲麿의 작품일 것이다. 뒤에 나오는 〈鹿嶋郡苅野橋別大伴卿謌一首幷短謌〉(1780, 1781)와 관련이 있는 작품으로, 蟲麿는 藤原宇合의 부하 관료로서, 藤原宇合이 常陸國守로 재임하였을 때에 마찬가지로 常陸國에 있었다고 추정되므로 養老 시대의 작품일 것이다. 雜歌와 相聞의 구분에 의해서 檢稅使 관계의 작품이 따로따로 수록된 것이라고 말할 수 있다. 1760번가까지 마찬가지로 常陸에서의 작품으로 생각되는데, 神龜天平 초기의 것이라고 생각되는 1752번가 등의 뒤에 실은 것은, 蟲麿가 자신이 모아 기록한 가운데서 常陸에서의 작품을 정리하여 뒤에 실은 것일까. 관련이 있지만(1780, 1781번가) 神龜 시대의 작품보다 앞에 보이는 것으로 보아, 이 작품이 養老 시대에 지어진 것임을 방증할 수 있을

ころもで　ひたちのくにに　ふたならぶ　つくはのやまを　みまくほり　きみきませりと　あつ
けくに　あせかきなけ　このねとり　うそむきのぼり　をのうへを　きみにみすれば　をのかみ
も　ゆるしたまひ　めのかみも　ちはひたまひて　ときとなく　くもゐあめふる　つくはねを
さやにてらして　いふかりし　くにのまほらを　つばらかに　しめしたまへば　うれしみと
ひものをときて　いへのごと　とけてそあそぶ　うちなびく　はるみましゆは　なつくさの
しげくはあれど　けふのたのしさ

反謌

1754　今日尓　何如將及　筑波嶺　昔人之　將來其日毛

今日の日に　いかにか及かむ　筑波嶺に　昔の人[1]の　來けむその[2]日も

けふのひに　いかにかしかむ　つくはねに　むかしのひとの　きけむそのひも

---

1 昔の人：불특정 다수의 사람을 연상한 것이다.
2 來けむその：'そ'에는 막연한 指定이 있다. 某日.

것이다'고 하였다. 그리고 작자 '檢稅使 오호토모(大伴)卿'에 대해서는, '旅人이라고도 추정되어져 왔지만, 旅人은 養老 2년 3월에 中務卿으로 中納言이 되었으므로 蟲麻의 상사라고 생각되는 宇合이 常陸國守로 부임한 것보다는 빠른 것이 되며(宇合은 養老 2년 12월에 遺唐副使로 歸朝하였다고 생각된다), 中納言中務卿이 檢稅使라고 하는 일은 없으므로 蟲麻와 함께 행동하는 檢稅使 大伴卿은 旅人일 리가 없는 것이다. 그래서 생각할 수 있는 것은 大伴道足이다. 道足의 이름은 권제6의 962번가의 제목 左注에 보였지만, 和銅 6년 8월부터 靈龜 2년 4월까지는 彈正尹, 養老 4년 10월 정5위상으로 民部大輔가 되어 있으므로 檢稅使가 되기에는 위계도(寶龜 7년의 檢稅使는 皆5위), 또 民部라고 하는 직도 서로 맞는 지위이다. 또 國守, 彈正尹의 경력도 있다. (중략) 卿이라고 하기에는 적합하지 않은 위계이지만, 기록자(아마도 蟲麻)가 경의를 표한 것이라고도, 天平 3년 8월에는 정4위하 右大辨으로 參議가 되어 있으므로 그 무렵 이후에 기입한 것이라고 하면 卿도 수긍할 수 있다'고 하였다『萬葉集私注』 5, pp.95~96].

反歌

1754 오늘 이날에/ 어떻게 미칠 건가/ 츠쿠하(筑波)산에/ 옛날의 사람들이/ 왔다는 어느 날도

해설

츠쿠하(筑波)산에 옛날의 사람들이 왔다는 그 어느 날도, 오늘의 이날에 미칠 것인가. 미치지 못할 것이다. 오늘이 제일 즐겁다는 내용이다.

詠霍公鳥一首[1] 幷短哥

1755
鶯之　生卵乃中尒　霍公鳥　獨所生而　己父尒　似而者不鳴　己母尒　似而者不鳴　宇能花
乃　開有野邊從　飛翻　來鳴令響　橘之　花乎居令散　終日　雖喧聞吉　幣者將爲　遐莫去
吾屋戸之　花橘尒　住度鳥

鶯の　生卵[2]の中に　霍公鳥　獨り生まれて[3]　己が父[4]に　似ては鳴かず[5]　己が母に　似ては鳴
かず　卯の花の　咲きたる野邊[6]ゆ　飛びかけり　來鳴き響もし[7]　橘の　花を居[8]散らし　終日
に　鳴けど聞きよし　幣はせむ[9]　遠くな行きそ[10]　わが屋戸の　花橘に　住み渡れ鳥[11]

うぐひすの　かひこのなかに　ほととぎす　ひとりうまれて　ながちちに　にてはなかず　なが
ははに　にてはなかず　うのはなの　さきたるのへゆ　とびかけり　きなきとよもし　たちばな
の　はなをゐちらし　ひねもすに　なけどききよし　まひはせむ　とほくなゆきそ　わがやどの
はなたちばなに　すみわたれとり

---

1 詠霍公鳥一首：두견새가 다른 새의 둥지에 알을 낳는 것에 흥미를 느껴서 지은 노래이다.
2 生卵：알을 'かひこ'라고 한다. '生'은 뜻을 더한 글자다.
3 獨り生まれて：두견새는 다른 새의 둥지에 알을 한 개씩 낳고 간다.
4 己が父：부·모는 키워준 부모인 휘파람새를 말한다.
5 似ては鳴かず：휘파람새와 우는 소리가 다르다.
6 咲きたる野邊：휘파람새의 우는 시기가 지난 들판에.
7 來鳴き響もし：울리게 한다. 타동사이다.
8 花を居：'居'는 가지에 있으면서라는 뜻이다.
9 幣はせむ：'幣'는 신에게 바치는 것이다. 'まひ'는 선물이다.
10 遠くな行きそ：'な…そ'는 금지를 나타낸다.
11 住み渡れ鳥：부르는 것이다. 이 작자에게는 마지막 구에서 부르는 것이 많다.

두견새를 노래한 1수와 短歌

1755 휘파람새의/ 알 속에 섞이어서/ 두견새가요/ 한 마리만 태어나/ 너의 아비를/ 닮아 울지 않고/ 너의 어미를/ 닮아 울지 않고/ 병꽃나무 꽃/ 피어 있는 들판서/ 날아 와서는/ 울음소리 울리며/ 홍귤나무의/ 꽃을 떨어뜨리고/ 온종일 내내/ 울지만 듣기 좋네/ 선물 주겠네/ 멀리 가지를 말게/ 우리 집 정원/ 홍귤나무 가지에/ 계속 있게나 새여

해설

　　휘파람새의 알 속에 섞이어서 두견새가 단지 한 마리만 태어났네. 자기를 키워준 아비일 것인 꾀꼬리를 닮아서 울지를 않고, 자기를 키워준 어미일 것인 꾀꼬리를 닮아서 울지를 않고, 병꽃나무 꽃이 피어 있는 들판으로부터 날아 와서는 울음소리를 울리고, 홍귤나무의 꽃을 가지에 앉아서는 떨어뜨리며 하루 종일 내내 울지만 들으면 기분이 좋네. 선물을 주겠네. 그러니 멀리 가지를 말게. 우리 집 정원의 홍귤나무에 계속 있어 주려무나. 새여라는 내용이다.

　　두견새가 다른 새의 둥지에 알을 낳는 습성에 흥미를 느껴서 지은 작품이다.

　　'生卵'을 大系에서는 '알(껍질이 붙은 채로의 알). 奈良시대에는 'こ'만으로 알의 뜻을 나타내었지만, 'かひこ'라고 하는 말도 있었다'고 하였다『萬葉集』 2, p.393]. 全集에서는, '두견새는 휘파람새나 굴뚝새의 둥지에 한 개씩 알을 낳고, 자신은 키우지 않는다. 이른바 託卵 본능을 가지고 있다. 두견새의 알은 휘파람새 등의 새끼보다 일찍 부화하여 눈도 보이지 않는 상태에서 본능적으로 다른 알들을 둥지 밖으로 밀어내고, 길러주는 휘파람새가 가져오는 먹이를 독점하여 자란다'고 하였다『萬葉集』 2, p.417].

　　全注에서는, '이 노래는 虫麻呂의 작품으로는 유일하게 지명이 없는 長歌이다. 따라서 어디에서 불리어졌는지 알 수 있는 방법이 없다. 平城의 도읍에서 지어진 것인지도 모른다. 그렇게 생각하면 절도사 宇合을 배웅한 天平 4년 전후를 생각할 수 있다. (중략) 두견새에, 병꽃과 홍귤의 배합도 天平의 궁정사회의 풍아였다. 虫麻呂는 이러한 풍아를 작품 속에 사용함으로써 그가 말석에 드나드는 것을 허용받은 귀족 사회의 사람들의 흥미를 끌면서 자신의 생각을 작품 속에 표현한 것이다. 이 작품은 결코 풍아의 세계를 노래하려고 하고 있는 것은 아니다. 虫麻呂가 두견새를 좋아하게 된 계기는, 이 새의 고독한 속성과 작자의 애착을 무시하는 표박의 생태이다'고 하였다『萬葉集全注』 9, p.174].

反謌

1756　搔霧之　雨零夜乎　霍公鳥　鳴而去成　卜可 怜其鳥

かき霧らし¹　雨の降る夜を　霍公鳥　鳴きて行くなり²　あはれその鳥

かききらし　あめのふるよを　ほととぎす　なきてゆくなり　あはれそのとり

---

1 **かき霧らし** : 'かき'는 접두어이다. 물기로 흐리게 하는 것이다.
2 **鳴きて行くなり** : 소리에 의한 추정이다. 소리만 듣고 추정하는 것이다.

反歌

1756 잔뜩 흐려서/ 비가 내리는 밤을/ 두견새는요/ 울면서 가고 있네/ 아아 아아! 저 새여

🌸 **해설**

    하늘 전체가 잔뜩 흐려서 비가 내리는 밤을 두견새가 울면서 날아가고 있네. 아아! 저 새여라는 내용이다.

    中西 進은, '이 長歌와 反歌는, 이 反歌의 감흥으로 지어진 것이다. 따라서 소재는 두견새의 소리라고 하는 것이 된다'고 하였다.

登筑波山謌一首幷短歌

1757 草枕　客之憂乎　名草漏　事毛有哉跡　筑波嶺尓　登而見者　尾花落　師付之田井尓
鴈泣毛　寒來喧奴　新治乃　鳥羽能淡海毛　秋風尓　白浪立奴　筑波嶺乃　吉久乎見者
長氣尓　念積來之　憂者息沼

草枕　旅の憂へ¹を　慰もる　事もありやと　筑波嶺に　登りて見れば　尾花²ちる　師付の田居³
に　雁がね⁴も　寒く來鳴きぬ　新治⁵の　鳥羽の淡海⁶も　秋風に　白波立ちぬ⁷　筑波嶺の
よけく⁸を見れば　長きけ⁹に　思ひ積み來し　憂へは息みぬ¹⁰

くさまくら　たびのうれへを　なぐさもる　こともありやと　つくはねに　のぼりてみれば
をばなちる　しづくのたゐに　かりがねも　さむくきなきぬ　にひばりの　とばのあふみも
あきかぜに　しらなみたちぬ　つくはねの　よけくをみれば　ながきけに　おもひつみこし
うれへはやみぬ

---

1 旅の憂へ : 이 작자에게는 항상 정신적 여행의 쓸쓸함이 있었다.
2 尾花 : 억새꽃을 말한다.
3 師付の田居 : 筑波山의 동쪽 산기슭이다. '田居'는 밭이다.
4 雁がね : 기러기이다. 원래는 기러기의 소리이다.
5 新治 : '新治'는 郡名이기도 하지만, 대구의 '師付'의 형용으로 보면 이곳도 실제 경치로 본다. 沼澤을 밭으로
　개척하였다.
6 鳥羽の淡海 : 筑波山의 서쪽 산기슭이다.
7 白波立ちぬ : 이상 각 4구 동서를 나란히 정리하여 표현하였다. 따라서 동시에 보는 경치가 아니고 더구나
　전체가 想念의 작품으로 보인다.
8 よけく : 'よし'의 명사형이다.
9 長きけ : 'け'는 '日'이다.
10 憂へは息みぬ : 위에서 서술한 경치에 마음이 위로되어서라는 뜻이다. 다만 경치는 가을 경치로 평가할
　수도 있지만, 지나치게 쓸쓸하므로 고독을 떨치기에는 적합하지 않다. 마음의 쓸쓸함이 공명하는 적료함을
　얻어서 하나의 조화를 이룬 것이 결구의 '息みぬ'이다.

츠쿠하(筑波)산에 오르는 노래 1수와 短歌

1757 (쿠사마쿠라)/ 여행의 쓸쓸함을/ 위로를 받을/ 일도 있을까 하고/ 츠쿠하(筑波)산에 올라
가서 보면은/ 억새꽃 지는/ 시즈쿠(師付)의 밭에는/ 기러기도요/ 춥게 와서 우네요/ 새로
간척한/ 토바(鳥羽)의 아후미(淡海)도/ 가을바람에/ 흰 물결이 이네요/ 츠쿠하(筑波)산의/
좋은 경치를 보면/ 오랜 날들을/ 생각을 하면서 온/ 괴로움 없어졌네

해설

　풀을 베개로 베고 野宿을 하면서 가는 여행의 괴로움이 위로를 받아서 없어질 수 있을까 생각하고
츠쿠하(筑波)산에 올라가서 보면, 억새꽃 지는 시즈쿠(師付)의 밭에는 기러기도 춥게 와서 울고 있었네.
새로 간척한 토바(鳥羽)의 아후미(淡海) 호수도 가을바람에 흰 물결이 일고 있었네. 츠쿠하(筑波)산의 좋은
경치를 보면 오랜 날들을 근심을 하면서 온 괴로움이 다 사라져버렸네라는 내용이다.
　츠쿠하(筑波)산에 올라가서 좋은 경치를 보니 오랜 여행에서 오는 쓸쓸함이 다 사라져버렸다고 하는
내용이다.
　'新治'를 私注에서는 中西 進과 마찬가지로 지명이라기보다는 훨씬 막연한 호칭이라고 하였다『萬葉集私
注』 5, p.100]. 大系에서는, '新治郡의. 원래 新治郡은 지금과 구역이 다르다. 여기에서는 지금의 眞壁郡·下
妻市의 일부를 가리킨다'고 하여 지명으로 보았다[萬葉集』 2, p.394]. 全集에서는, '지금으로부터 약 천 년
전에는, 常陸 남부 및 下總 북부의 일대에는, 北浦·霞ケ浦 뿐만 아니라 그 남부에 광대한 水域이 있었고,
또 크고 작은 여러 호수와 늪도 각지에 있었다. 筑波山의 서쪽에 있었던 '鳥羽의 淡海'도 그 중의 하나이다'고
하였다『萬葉集』 2, p.418]. 지금은 모두 밭 등으로 되어 있다고 한다. 全注에서는, '새로 개간된 토지를
말하는 것에서, 그 토지의 고유명사로도 된다. 여기에서는 후자의 뜻으로 筑波郡을 포함하는 경관이, 새로
개척한 토지 모습을 하고 있었던 것이겠다'고 하였다『萬葉集全注』 9, p.176].

反謌

1758　筑波嶺乃　須蘇廻乃田井尓　秋田苅　妹許將遣　黃葉手折奈

　　　筑波嶺の　裾廻[1]の田井に　秋田苅る　妹がり[2]遣らむ　黃葉手折らな[3]

　　　つくはねの　すそみのたゐに　あきたかる　いもがりやらむ　もみちたをらな

---

1 裾廻 : 'み'는 둥글게 굽어졌다는 뜻의 접미어이다.
2 妹がり : 'がり'는 곁이다. '妹'는 공상 속의 여성이다. 이 작자의 쓸쓸함이 항상 구하고 있던 것이다.
　1743·1745·1752번가 참조.
3 黃葉手折らな : 'な'는 願望의 조사이다.

反歌

1758　츠쿠하(筑波)산의/ 자락 근처의 밭에/ 가을 밭 베는/ 소녀 곁에 보내줄/ 단풍잎 따고 싶네

🌸 **해설**

츠쿠하(筑波)산의 산자락 근처의 밭에서 가을 추수를 하고 있는 소녀 곁으로 보내어줄 단풍잎을 따고 싶네라는 내용이다.

登筑波嶺爲嬥謌會[1]日作謌一首并短哥

1759 鷲住 筑波乃山之 裳羽服津乃 其津乃上尒 率而 未通女壯士之 徃集 加賀布嬥謌尒
他妻尒 吾毛交牟 吾妻尒 他毛言問 此山乎 牛掃神之 從來 不禁行事兮 今日耳者
目串毛勿見 事毛咎莫 [嬥謌者東俗語曰賀我比]

鷲の住む 筑波の山の 裳羽服津[2]の その津の上に 率ひて 未通女壯士[3]の 行き集ひ
かがふ[4]嬥歌に 人妻に 吾も交らむ わが妻に 他も言問へ この山を 領く[5]神の 昔より
禁めぬ行事[6]ぞ 今日のみは めぐし[7]もな見そ 言も咎むな [嬥歌は東の俗語にかがひと曰
ふ]

わしのすむ つくはのやまの もはきつの そのつのうへに あともひて をとめをとこの
ゆきつどひ かがふかがひに ひとづまに われもまじらむ わがつまに ひともこととへ
このやまを うしはくかみの むかしより いさめぬわざぞ けふのみは めぐしもなみそ
こともとがむな [かがひは あづまのくにぶりのことにかがひといふ]

---

1 嬥謌會 : 작품 끝의 주에서 말하듯이 東國의 방언으로 歌垣을 말한다. 歌垣은 원래 봄의 들놀이 또는 가을에
행해진 행사에서 노래를 주고받고, 性의 交歡이 있었으며, 물가에서 행해졌다. 嬥歌는 중국의 어느 지방의
민요를 말하며, 사람들이 연이어 서서 손을 잡고 춤추며 부르는 노래를 말한다. 실태를 가지고 이것을 일본
옛날의 歌垣에 비유하였다. 歌垣은 『만엽집』 외에 『고사기』, 『풍토기』 등에도 보인다. 또 이 노래도 題詠인
듯하며 실제로 작자가 참가한 것은 아닐 것이다.
2 裳羽服津 : 츠쿠하(筑波)산의 일부이며, '치마를 입은'이라는 뜻이라고 한다.
3 未通女壯士 : 女男의 순서로 말하였다.
4 かがふ : 노래를 주고받는다는 뜻인 'かけあふ'를 줄인 것이라고 하지만 'か'의 청음에 문제가 있다고 지적된
다. 속어로 그것도 가능한가. 'かが・かげ・かぐ'는 빛과 향기가 나는 모양으로 화려한 모양을 말하는 것인가.
'行きかぐれ 人のいふ時'(1807번가)도 와글와글 모이는 상태를 말한다.
5 領く : 지배하는 것이다.
6 禁めぬ行事ぞ : 嬥歌가 본래 신을 제사지내는 행사였음을 말한다. 행사 전체를 가리킨다.
7 めぐし : 다음의 '言'과 대응하여, 글자 '木串'은 뜻을 나타내는 것인가. 찌르듯이 보는 것이다.

츠쿠하(筑波)산에 올라가 카가히(耀謌會)를 한 날에 지은 노래 1수와 短歌

1759 독수리 사는/ 츠쿠하 산에 있는/ 모하키(裳羽服) 샘의/ 그곳 샘의 주위에/ 서로 이끌어/ 젊은 여자 남자들/ 가서 모여서/ 노래 짝짓기 할 때/ 남의 아내와/ 나도 사귀어 보자/ 내 아내에게/ 남도 말을 걸어봐/ 여기 이 산을/ 지키고 있는 신도/ 먼 옛날부터/ 금하지 않은 거네/ 오늘 만큼은/ 감시를 하지 말게/ 말로도 책망 말게

🌸 해설

　　독수리가 살고 있는 츠쿠하(筑波)산의 모하키츠(裳羽服津)의, 그 샘의 주위에 젊은 여자 남자들이 서로 이끌어 모여서 노래를 주고받고 하는 카가히(耀歌會)를 할 때에 다른 사람의 아내와 나도 사귀어 보자. 나의 아내에게 다른 사람도 말을 걸어보아요. 이 산을 다스리고 있는 신도 먼 옛날부터 남녀가 맺어지는 것을 금하지 않은 것이네. 오늘 만큼은 감시를 하지 말게나. 말로도 책망을 하지 말게나라는 내용이다.
　　裳羽服津에 대해 大系에서는, '筑波山 속의 물가이겠지만 어디인지 확실하지 않다. (중략) 이름의 뜻에 대해서는 代匠 精撰本에, 筑波의 신에게 참배하는 사람이 거기에서 경외하여 치마를 입었기 때문에 생겨난 이름으로, 津이라고 하는 것은 모이는 장소라는 뜻의 이름이라고 하였다. 全註釋에서는 筑波山의 女峯의 들어간 곳(凹所)에서 물이 나오는 곳이므로 '치마 입는 津'이라고 하였다고 해석하고 그 위쪽에서 耀歌會가 개최된 것은 女體 숭배신앙에 의한 것이라고 한다'고 하였다[『萬葉集』 2, p.395]. 全集에서는 'かがふ'를, '亂婚을 말하는 것인가'라고 하였고 '言問へ'는 '구혼하는 것'이라고 하였다. 또 'めぐしもな見そ'는 여자가 남자에게, '言も咎むな'는 남자가 여자에게 한 말이라고 하였다[『萬葉集』 2, p.419].
　　일본에서는 남녀가 한데 모여 신에게 기원도 하며 노래 부르며 짝을 짓기도 하는 歌垣의 풍속이 비교적 오래도록 지속되고 있었음을 알 수 있다.
　　私注에서는, '筑波山에 올라갔으므로 耀歌會 날을 위하여 지은 노래라고 해석해야만 할 것이다. 제목에 사용한 '爲'는 모두 '위해서'라는 뜻이다. 즉 '登筑波嶺'은, 앞의 노래의 제목에 '登筑波山'이라고 한 것과 완전히 같은 사실을 말하고 있으므로 작자는 筑波山에 올라 그곳에서 행해진 耀歌會의 정취를 듣고, 그 耀歌會 날에 여러 사람들이 부를 가사로 이 노래를 지어 그 곳 사람들에게 준 것이라고 해석해야 할 것이다. '爲'자의 용법은 그렇게 보면 이해가 되는 것이다. 즉 작자는 耀歌의 현상을 보고 노래하고 있는 것이 아니라는 점은 강조되지 않으면 안 된다'고 하였다[『萬葉集私注』 5, p.103]. 즉 작자가 실제로 筑波山에 올라가서 耀歌會에 참가한 것으로 본 것이다. 그러나 全注에서는, '筑波山의 耀歌會는 (중략) 풍요를 기원하는 농민들의 진지한 주술의례이었으며, 그 성격은 노래에도 '신이 옛날부터 금하지 않은 행사'라고 노래하고 있는 것으로도 알 수 있다. 이러한 필요성을 자신의 생활 속에서 느끼지 않는 國廳의 관료가 耀歌會에 참가할 리도 없고, 참가가 자유롭게 허용되었던 것인지도 의문이다. (중략) 그 지역에 있던 관리들이 大伴卿을 환영하는 연회석에서, 蟲麻呂가 노래를 짓고 하급관리 혹은 그 지역의 배우들이, 그 노래에 등장하는 'われ(우리들)'가 되어 있는 노래 내용을 연기하는 노래였던 것은 아닐까'라고 하여, 작자가 실제로 筑波山의 耀歌會에 참가한 것이 아닌 허구로 보았다[『萬葉集全注』 9, pp.183~184]. 일본에서 歌垣은 8세기까지도

反語

1760　男神尓　雲立登　斯具礼零　沾通友　吾將反哉

　　　男の神に　雲立ちのぼり　時雨ふり[1]　濡れ通るとも[2]　われ歸らめや[3]

　　　をのかみに　くもたちのぼり　しぐれふり　ぬれとほるとも　われかへらめや

　　　左注　右件[4]謌者, 高橋連蟲麻呂謌集中出.

1　時雨ふり : 가을에 행해진 **歌垣**이었음을 알 수 있다.
2　濡れ通るとも : 이 극단적인 표현도 근심이 있는 사람의 것인가.
3　われ歸らめや : 강한 부정을 동반한 의문이다.
4　右件 : 1738번가 이하를 가리키는 것인가. **歌集**의 노래는 모두 직접 지은 것이라고 생각된다.

행해지고 있었으며, 후기에는 노래로 짝을 찾는 성적 제의의 형태는 없어지고 나라의 번영을 기원하는 종교적 의미와 풍류 위주로 바뀌었지만 6세기까지만 해도 아름다운 여인을 차지하기 위해 남성들이 노래로 겨루었으며 결과에 따라 상대방 남성을 죽이기도 하는 사태까지 벌어지기도 하였음을 알 수 있다. 이러한 歌垣의 풍속이 오래도록 지속되고 있었으므로 삼각관계의 이야기가 많이 전해질 수 있었던 것이라 생각된다. 뿐만 아니라 남의 아내와의 애정의 삼각관계의 내용도 나타날 수 있었던 것이라 생각된다[이연숙,「고대 한일 사랑의 노래 비교연구-삼각관계를 중심으로」,『한국문학논총』56집, 2010. 12]. 이 작품은 제목에 나타나 있듯이 '歌會', 즉 歌垣과 관련된 내용인데 '남의 아내와 나도 사귀어 보자. 내 아내에게 남도 말을 걸어봐'라고 한 것을 보아 歌垣에서는 남의 아내와 말을 걸기도 하고 사귀기도 하였음을 알 수 있다.

反歌

1760   남자 신 산에/ 구름이 피어올라/ 가을비 내려/ 흠뻑 젖는다 해도/ 나는 돌아갈 건가

✿ 해설

　　남자 신의 산에 구름이 피어오르고 늦가을의 소나기가 내려서 흠뻑 젖는다고 해도, 나는 돌아간다고 하는 그런 일이 어떻게 있을 수 있겠는가라는 내용이다.

　　가을비에 흠뻑 젖는다고 해도 절대로 돌아가지 않을 것이라는 내용이다.

　　私注에서는, '燿歌會에 참가하는 사람의 마음이다. 좋은 짝을 얻기까지는 돌아갈 수 없다는 뜻으로 보인다. 이것도 작자의 입장에서가 아니라 어디까지나 참가자의 한 사람이 된 기분으로 지었다고 보아야만 할 것이다'고 하였다[『萬葉集私注』 5, p.105].

　　좌주　위의 노래는, 타카하시노 므라지 무시마로(高橋連蟲麻呂)의 가집 속에 나온다.

이 左注에 대해 私注에서는, '아마 蟲麿 자신의 작품일 것이다. 그리고 常陸 재임 때(養老 연간)의 작품을 하나로 정리하여서 연대에 구애되지 않고 神龜天平 때에 지은 노래 뒤에 수록한 것으로 보인다'고 하였다[『萬葉集私注』 5, p.105].

　　高橋連蟲麻呂에 대해 大系에서는, '奈良 시대 초기의 가인. 養老 연간 常陸國守이었던 藤原宇合의 부하로『常陸國風土記』의 편찬에 종사하였다고 전해진다. 天平 4년(732) 宇合이 절도사였을 때 보낸 長短歌(권제6의 971·972번가) 외에는 '高橋連蟲麻呂謌集に出づ(또는 歌の中に出づ)'로『만엽집』에 수록되어 있는 노래가 그의 작품이다. 전설, 여행과 관련된 작품이 많고 長歌를 잘 지었다'고 하였다[『萬葉集』 2, p.421].

詠鳴鹿謌一首[1]幷短哥

1761 　三諸之　神邊山尓　立向　三垣乃山尓　秋芽子之　妻卷六跡　朝月夜　明卷鴦視　足日木乃
山響令動　喚立鳴毛

三諸の[2]　神邊山[3]に　立ち向ふ　三垣の山[4]に　秋萩[5]の　妻を枕かむと　朝月夜[6]　明けまく[7]惜
しみ　あしひきの[8]　山彦[9]とよめ　呼び立て[10]鳴くも

みもろの　かむなびやまに　たちむかふ　みかきのやまに　あきはぎの　つまをまかむと　あさ
づくよ　あけまくをしみ　あしひきの　やまびことよめ　よびたてなくも

1　詠鳴鹿謌一首 : 1550번가에 같은 제목이 보인다.
2　三諸の : 신사의. 신이 강림하는 곳이라는 뜻이다.
3　神邊山 : 神山. 이 글자(神邊山)가 원래의 것이다.
4　三垣の山 : 담장을 이루는 산이다. 神邊山이 飛鳥의 雷岳이라면, 御垣山은 甘橿의 언덕이다.
5　秋萩 : 가을 싸리를 사슴의 아내로 한다. 1541번가 참조.
6　朝月夜 : 아침 달, 또는 아침 달이 있는 밤을 말한다. 하현의 달밤이다.
7　明けまく : 'まく'는 'む'의 명사형이다.
8　あしひきの : 蘆檜木의.
9　山彦 : 메아리. 산신의 소리라고 한다.
10　呼び立て : '立て'는 강조를 나타낸다.

우는 사슴을 노래한 1수와 短歌

1761   신사 있는/ 카무나비(神邊)의 산을/ 마주 대해 선/ 미카키(三垣)의 산에는/ 가을 싸리의/
아내를 청하려고/ 아침 달의 밤/ 날 새는 것 아쉬워/ (아시히키노)/ 메아리를 울리며/
부르면서 우네요

해설

    신사가 있는 카무나비(神邊)의 산을 마주 대하여서 선 미카키(三垣)의 산에는 가을 싸리라고 하는 아내
를, 함께 잠을 자기 위해 청하려고 아침 달이 있는 하현의 달밤에 날이 밝는 것이 아쉬워서, 아시히키의
메아리를 울리면서 부르고는 사슴은 우네라는 내용이다.

    가사에는 주어가 나타나 있지 않지만, 제목에서 우는 사슴을 노래한 것이라고 하였으므로 사슴인 것을
알 수 있다.

    '秋萩の 妻を枕かむと'를 中西 進은, 사슴이 지금 아내를 만나지 못하여서 부르며 우는 것으로 해석하였
다. 大系·私注·全集에서는, '가을 싸리인 아내와 함께 자려고'로 해석하였다. 私注에서는 '사슴이 숲 속에
눕는 것을, 아내인 싸리를 안는 것에 비유한 것이다'고 하였고, '민요로 전승된 것처럼 보인다. 左注에
人麿作이라고 하는 설이 있는 것을 들고 있지만, 원작자는 人麿라고 하더라도 전승되는 동안 저속화된
것일 것이다'고 하였다(『萬葉集私注』 5, p.106). 1762번가의 제1,2구 '내일의 밤도 만나지 못할 건가'를 보면
1761번가는 아내를 찾으며 우는 것으로 보는 것이 좋을 듯하다.

反歌

1762 明日之夕　不相有八方　足日木乃　山彦令動　呼立哭毛

明日の宵　逢はざらめやも¹　あしひきの　山彦とよめ　呼び立て鳴くも

あすのよひ　あはざらめやも　あしひきの　やまびことよめ　よびたてなくも

左注 右件謌, 或云, 柿本朝臣人麻呂作².

沙弥女王謌一首

1763 倉橋之　山乎高歟　夜牢尓　出來月之　片待難

倉橋の　山を高みか³　夜隠りに⁴　出で來る月の　片待ち⁵難き

くらはしの　やまをたかみか　よごもりに　いでくるつきの　かたまちがたき

左注 右一首, 間人宿祢大浦謌⁶中既見. 但末一句相換⁷, 亦作謌兩主不敢正指⁸. 因以累載.

---

1 逢はざらめやも : 오늘 만나지 못하더라도라는 뜻이다. 'やも'는 강한 부정을 동반한 의문이다.
2 柿本朝臣人麻呂作 : 人麻呂 작품으로 天平 무렵에 전송된 것이다. 人麻呂가 지은 노래의 사슴은 느낌이 다르다.
3 山を高みか : 'を…み'는 '가…이므로'라는 뜻이다.
4 夜隠りに : 밤, 어두워져서 사물이 숨어 보이지 않게 되는 것이다. 밤이 어두우므로 달을 기다린다.
5 片待ち : 片은 반쯤이라는 뜻이다.
6 間人宿祢大浦謌 : 290번가.
7 但末一句相換 : 거기에서는 마지막 구가 '光乏しき'로 되어 있다.
8 正指 : 바른 指定, 지적이다.

反歌

1762 내일의 밤도/ 만나지 못할 건가/ (아시히키노)/ 메아리를 울리며/ 부르며 울고 있네

✿ 해설

오늘 밤 가을 싸리라는 아내를 만나지 못하더라도, 내일 밤도 만나지 못할 것이라는 것이 어떻게 있을 수 있겠는가. 그런데 메아리를 울리면서 짝을 부르며 울고 있네라는 내용이다.

全集에서는, '逢はざらめやも는 아내(여기서는 암사슴)를 만나지 못하는 일은 없겠지'로 해석하였다『萬葉集』 2, p.420』. 아내를 가을싸리가 아니라 암사슴으로 보았다. 다른 해설서에서는 '아내'라고만 하였다. 가을싸리로 본 것인지 암사슴으로 본 것인지 알 수 없다.

> **좌주** 위의 노래는 혹은 말하기를, '카키노모토노 아소미 히토마로(柿本朝臣人麻呂)의 작품이라' 고 하였다.

사미노 오오키미(沙彌女王)의 노래 1수

1763 쿠라하시(倉橋)의/ 산이 높아서인가/ 밤 어둠 속을/ 떠올라 오는 달이/ 기다리기 힘드네

✿ 해설

쿠라하시(倉橋)의 산이 높기 때문인가. 밤의 어둠 속을 떠올라오는 달이 마음에 걸려서 기다리기가 힘이 드네라는 내용이다.

이 작품은 권제3의 290번가와 같은 작품이다. 다만 제5구가 290번가에서는 '光乏しき'로 되어 있다. 290번가에서는 제목이 〈間人宿祢大浦初月歌二首〉라고 되어 있으므로 작자를 間人宿祢大浦로 본 것이다. 間人宿祢大浦는 어떤 사람인지 알 수 없다.

中西 進은 이 작품을, '女王이 마지막 구를 바꾸어서 지은 것인가. 大浦의 노래가 다른 전승을 낳고 전송되던 중에 전송자인 여왕이 작자로 된 것인가. 아니면 大浦의, 여왕의 대작 작품이 다른 전승을 만든 것인가'라고 하였다.

> **좌주** 위의 1수는 하시히토노 스쿠네 오호우라(間人宿祢大浦)의 노래 속에 이미 보이고 있다. 다만 마지막 1구가 바뀌어 있다. 또 작자 두 사람은 어느 쪽이 맞는지 정확하게 지적할 수 없다. 그러므로 중복하여 여기에 실어둔다.

七夕謌一首[1] 幷短哥

1764 久堅乃　天漢尓　上瀨尓　珠橋渡之　下湍尓　船浮居　雨零而　風不吹登毛　風吹而　雨不落等物　裳不令濕　不息來益常　玉橋渡須

ひさかたの[2]　天の川に[3]　上つ瀬に　珠橋渡し[4]　下つ瀬に　船浮け居ゑ[5]　雨降りて[6]　風吹かずとも　風吹きて　雨降らずとも[7]　裳濡らさず　止まず來ませ[8]と　玉橋わたす

ひさかたの　あまのがはに　かみつせに　たまはしわたし　しもつせに　ふねうけすゑ　あめふりて　かぜふかずとも　かぜふきて　あめふらずとも　もぬらさず　やまずきませと　たまはしわたす

---

1 七夕謌一首 : 작자미상이다.
2 ひさかたの : 먼 곳으로 하늘의 무한을 말한다. 그 외에도 비, 달 등에 접속된다.
3 天の川に : 글자가 모자라지만 처음과 끝에 옛 노래 투가 있는데, 그것을 따른 것인가.
4 珠橋渡し : 아름다운 다리이다.
5 船浮け居ゑ : 이른바 배를 옆으로 나란히 연결하여 만든 다리이다. '居ゑ'는 단단히 연결하여 두는 것이다.
6 雨降りて : 이하 4구는 대구로 반복된다.
7 雨降らずとも : 다음 구에 걸린다. 강을 건너는 것은 비바람이 없어도 치마를 적시게 되는 것이지만 그러한 일이 없다는 뜻이다.
8 止まず來ませ : 높임말이다.

칠석 노래 1수와 短歌

1764 (히사카타노)/ 하늘 은하수에/ 위쪽 여울에/ 구슬 다리를 놓고/ 아래 여울엔/ 배 띄워 연결해/ 비가 내리고/ 바람 불지 않아도/ 바람이 불고/ 비 내리지 않아도/ 옷 젖지 않고/ 계속해 오시라고/ 구슬다리 놓지요

해설

　아주 먼 곳인 하늘의 은하수에, 상류 쪽 여울에는 구슬로 된 아름다운 다리를 놓고, 하류 쪽 여울에는 배를 단단히 연결하여 띄워 놓아서, 비에 섞여 바람이 불지 않더라도, 바람에 섞여 비가 내리지 않더라도, 젖게 되는 치마를 적시지 않고, 언제까지나 끊임없이 오시라고 구슬로 된 아름다운 다리를 놓습니다라는 내용이다.

　'裳濡らさず'에 대해 私注에서는, '裳은 여자용이 보통이므로 그것으로 생각하면 이 작품은 견우의 입장에서의 작품이라고 볼 수 있지만, 反歌와 아울러 생각하면 반드시 그렇다고 생각되지도 않는다. 남자가 裳을 입는 경우도 있을 것이다'고 하였다『萬葉集私注』 5, p.108』. 全集에서는, '裳은 일반적으로 여성이 허리에 두르는 것이다. 다만 『고사기』上에는 이자나기가 부정을 씻을 때 裳을 벗어 던졌다고 하는 기록이 있다. 여기에서도 彦星의 裳을 가리킨 것이라고 생각된다. 중국의 칠석 전설에서는 직녀가 은하수를 건너가는 것으로 되어 있으며 『만엽집』에서도 드물게 직녀 쪽에서 건너가는 것을 노래한 작품(2081번가)도 있다'고 하였다『萬葉集』 2, p.421』. 全注에서는, '직녀가 치마를 적시지 않고 견우 곁으로 갈 수 있도록 다리를 놓는 것'이라고 해석하여『萬葉集全注』 9, p.191』 남성의 입장에서의 작품이라고 보았다.

　私注에서는, '左注에 의해 中衛大將 藤原北卿의 집에서 지은 것이라는 것은 알 수 있지만 작자에 대한 기록은 없다. 契冲은 '雨降りて 風吹かずとも'운운의 구가, 권제5의 憶良의 貧窮問答歌와 유사한 점을 지적하고 있다. 憶良은 八束을 통해서 房前과 관계가 있는 사람이므로, 이 작품의 작자로 憶良을 생각하는 것을 터무니없는 말이라고 할 수는 없다'고 하였다『萬葉集私注』 5, p.108』.

反謌

1765 　天漢　霧立渡　且今日々々々　吾待君之　船出爲等霜

　　　　天の川　霧立ち渡る[1]　今日今日と[2]　わが待つ君し[3]　船出[4]すらしも

　　　　あまのがは　きりたちわたる　けふけふと　わがまつきみし　ふなですらしも

　　　<u>左注</u>　右件謌, 或云, 中衛大將藤原北卿[5]宅作也.

---

1 **霧立ち渡る** : 사방에 전체에 온통 일어나는 것이다.
2 **今日今日と** : 원문의 '且'는 '惑'과 같다. '惑…惑…'
3 **わが待つ君し** : 원문의 '之'는 'し'로 읽는다.
4 **船出** : 長歌의 노래 뜻과 맞지 않는다.
5 **中衛大將藤原北卿** : 藤原房前이다.

反歌

1765 하늘 은하수/ 안개가 끼어 있네/ 오늘일까고/ 내 기다리는 님이/ 배를 내는 듯하네

해설

하늘의 은하수에는 안개가 온통 끼어 있네. 혹 오늘 올까 혹 오늘 올까 하고 내가 기다리는 그 사람이 배를 내는 듯하네라는 내용이다.

私注에서는, '직녀가 견우를 기다리는 마음이라고 보는 것이 자연스러울 것이다. 契沖이 이미 말한 것처럼 권제8의 1518번가 이하의, 憶良의 칠석가 12수 가운데에는, 몇 수인가 이 노래와 비슷한 것을 찾을 수가 있다'고 하였다『萬葉集私注』 5, p.109]. 全注에서는 이 작품은 여성의 입장에서의 작품이라고 하고, 長歌의 작자와의 차이에 대해서는, '편찬자 혹은 기록자가 각각 별개의 작품을 합친 것일 것이다. 이 노래는 左注에 있는 것처럼 藤原房前 집에서 불리어진 것이다. 아마 칠석날의 연회석에서 남녀 여러 관료들이 시와 노래를 부른 것 중에서 적당하게 長歌와 短歌를 뽑아서 하나로 구성한다는 의도도 없이 나열한 것을, 뒷날 사람이 주의하지 않고 長歌와 反歌로 편집해버린 것이겠다'고 하였다『萬葉集全注』 9, p.192].

中衛大將 藤原北卿을 大系에서는 藤原房前으로 보았다『萬葉集』 2, p.398]. 全集에서는, '中衛大將은 中衛府의 장관. 종4위상에 상당하는 관료. 中衛府는 궁중을 지키는 임무를 맡은 곳. 神龜 5년(728)에 설치되어 大同 2년(807)에 右近衛府로 되었다. 房前이 中衛大將에 임명된 것은 『公卿補任』에 의하면 天平 2년(730) 10월 1일이라고 하지만 의문스럽다. 즉, 그 전년 10월 7일에 大伴旅人의 편지를 받는 사람의 이름(811번가 左注)에 「中衛高明閤下」라고 되어 있고, 그 직전인 9월 28일에 中務卿이라고 되어 있다. 일설에 中衛府大 창설과 동시에 대장이 되었던 것인가라고 한다. 이 노래의 작자는 알 수 없지만 房前의 집에서 칠석 노래 모임이 열렸을 때의 작품 중의 하나일 것이다'고 하였다『萬葉集』 2, p.422].

좌주 위의 노래는, 혹은 말하기를 '中衛大將 후지하라(藤原北)卿의 집에서 지은 것이다'고 한다.

相聞[1]

....

振田向宿祢[2]退筑紫國[3]時謌一首

1766　吾妹兒者　久志呂尓有奈武　左手乃　吾奧手二　纏而去麻師乎

　　　吾妹子は　釧にあらなむ[4]　左手の[5]　わが奧の手に[6]　纏きて去なまし[7]を

　　　わぎもこは　くしろにあらなむ　ひだりての　わがおくのてに　まきていなましを

---

1 相聞 : 서로 贈答한 노래. 후에 사랑의 노래로 한정되었다. 여기에서는 주로 관료들의 부임과 관련된 석별의
　노래를 실었다.
2 振田向宿祢 : 布留(후루)氏, 이름은 田向이다.
3 筑紫國 : 大宰府인가.
4 釧にあらなむ : '釧'은 팔에 끼는 장신구로 팔찌이다. 옛날에 영혼이 깃들어 있다고 생각되어졌다(『고사기』
　仁德천황조). 'なむ'는 願望을 나타낸다.
5 左手の : 'の'는 동격을 나타낸다.
6 わが奧の手に : 신화에 의하면 왼손에서 바다 중심의 해신이 태어나고, 오른손에서 바닷가의 해신이 태어나
　고 있다.
7 纏きて去なまし : 현실과 반대되는 가상이다.

相聞

················

후루노 타무케노 스쿠네(振田向宿禰)가 츠쿠시(筑紫)國으로 부임할 때의 노래 1수

1766   나의 아내는/ 팔찌라면 좋을 텐데/ 왼손이라는/ 나의 소중한 손에/ 감아 가고 싶은 것을

 해설

　　나의 아내가 팔찌라면 얼마나 좋을까. 그렇다면 나의 소중한 왼손에 감아 가서 이별을 하지 않고 항상
같이 있을 것인데라는 내용이다.
　　大系에서는 釧에 대해, '조개껍질·돌·구슬·금속 등으로 만든 것으로 손에 감는 장식품. 繩文式 시대부
터 사용되고 있었다. くしろ라고 하는 말은 조선어 kusil(珠)과 같은 어원'이라고 하였대『萬葉集』 2, p.398l.
私注에서는 '筑紫國의 任, 즉 大宰府 관계의 관료로 취임하기 위하여 도읍을 떠날 때의 노래로 보인다.
도읍에 있을 때 가까이 하였던 여성에게 보낸 노래로 생각된다'고 하였대『萬葉集私注』 5, p.110l. 左手에
대해 全集에서는, '고대 일본에서는 왼쪽은 오른쪽보다 귀하게 생각되었다. 이자나키 신이 하늘의 기둥을
왼쪽부터 돌고, 天照大神은 이자나키 신의 왼쪽 눈에서 태어났다고 『고사기』 上에 기록되어 있다'고 하였
대『萬葉集』 2, p.422l.
　　작자 振田向宿禰에 대해 大系에서는, '전미상. 振은 성. 姓氏錄에 布留氏가 있다. 天武천황이 성을 내릴
때(685), 連에서 宿禰가 되었다. 田向은 이름. 정확한 발음을 알 수 없다. 작품은 이 1수뿐이다'고 하였대『萬
葉集』 2, p.398l.

拔氣大首[1]任筑紫時, 娶豊前國娘子紐兒[2]作謌三首

1767 豊國乃　加波流波吾宅　紐兒尒　伊都我里座者　革流波吾家

　　　豊國の　香春[3]は吾宅[4]　紐兒に　いつがり[5]居れば　香春は吾家

　　　とよくにの　かはるはわぎへ　ひものこに　いつがりをれば　かはるはわぎへ

---

1 拔氣大首 : 拔氣大라는 성을 가진 아무개. 누구인지 알 수 없다. 拔氣(누키케. 氏)의 大首(오호비토. 姓)라고
　하는 설도 있다.
2 娶豊前國娘子紐兒 : '紐兒'는 遊女의 이름이다. 珠名 등과 마찬가지로 창작된 이름이다. 娶는 구혼한다는
　뜻이다.
3 香春 : 河原의 잘못된 전승인가. 紐兒가 있던 곳이다.
4 吾宅 : 'わがいへ'가 축약된 형태이다. 'いへ'는 사는 집을 말한다.
5 いつがり : 'い'는 접두어. 鏁(くさり)를 '金つがり'라고 한다. 쇠사슬 같이 연결된 것이다. 紐라는 이름에
　흥미를 느낀 것이다.

누키노케타노 오비토(拔氣大首)가 츠쿠시(筑紫)에 임명되었을 때, 토요노 미치노쿠치(豊前)國의 娘子 히모노코(紐兒)를 아내로 맞이하여 지은 노래 3수

1767 토요쿠니(豊國)의/ 카하루(香春)는 나의 집/ 히모노코(紐兒)와/ 맺어져서 있으면/ 카하루 (香春) 내 집이네

🌸 **해설**

토요쿠니(豊國)의 카하루(香春)는 나의 집이라고 할 수 있네. 히모노코(紐兒)와 서로 맺어져 있으면 카하루(香春)는 바로 내 집이라고 할 수 있네라는 내용이다.

'豊國の 香春'에 대해 大系에서는, '福岡縣 田川郡 香春(카와라)町. 式内香春신사와 香春嶽이라고 하는 바위산도 있다. 『豊前國風土記』逸文에 이 마을을 흐르는 하천의 여울이 맑으므로 淸河原村이라고 이름을 붙였지만 鹿春으로 잘못 전해졌다고 한다. 또 豊國은 豊前・豊後가 분리되기(文武천황 2년 이전) 이전의 명칭'이라고 하였다[『萬葉集』 2, p.399].

작자 拔氣大首에 대해 大系에서는, '전미상. 拔氣를 氏, 大首를 성으로 보기도 하고, 拔이 氏, 氣大가 이름, 首가 성으로 귀화인이라고 하기도 한다. 임시로 訓(누키케노 오호비토)을 붙여두지만 정확하지 않다. 혹은 安閑천황 2년에 새로 설치된 大拔의 屯倉(미야케)과 관련이 있는 氏인지도 모른다. 이것은 豊前國 企救郡 貫庄으로 지금의 小倉市에 貫이라고 하는 곳도, 貫山이라고 하는 산도 있다. 氣大는 氣太(多)(어떤 책에는 大神이나 氣太(多)王 등 신의 이름이나 사람의 이름에 보이고, 氏에는 氣太君이 있다'고 하였다[『萬葉集』 2, pp.398~399]. 私注에서는, '작자는 拔氣를 氏로 보고, 大首를 성으로도 볼 수 있지만, 혹은 拔이 氏, 氣大가 이름, 首가 성이 아닐까. 拔은 이외에 보이지 않지만, 중국의 拓跋을 拓拔로도 쓰므로 귀화족으로 후에 성을 바꾸어 버린 것인지도 모른다. 氣大는 신의 이름, 지명에도 보이므로 사람 이름에도 사용했다고 보아진다. 이 1수도 관리와 그 지방 처녀의 相聞이지만 단지 노골적일 뿐이다'고 하였다[『萬葉集私注』 5, p.111]. 全注에서는 私注의 설을 따르고 있다[萬葉集全注』 9, p.194].

全集에서는 '임시로 훈(누키케노 오호비토)을 붙여두지만 정확하지 않다'고 하였다[『萬葉集』 2, p.502]. 또 全集에서는 'いつがり'를, 'つがる는 연결된다는 뜻으로 豊前 방언에서 동물이 교미하는 것을 つがる라고 한다'고 하고, 제2구와 제5구가 '香春は吾宅'을 반복하고 있는 것에 대해서는, '제2구와 제5구에서 같은 것을 반복하는 短歌에는 구송적・가요적인 것이 많다'고 하였다[『萬葉集』 2, p.423].

1768　石上　振乃早田乃　穂尓波不出　心中尓　戀流比日

石上　布留[1]の早稲田[2]の　穂[3]には出でず　心のうちに　戀ふるこの頃

いそのかみ　ふるのわさだの　ほにはいでず　こころのうちに　こふるこのころ

1769　如是耳志　戀思度者　靈剋　命毛吾波　惜雲奈師

かくのみし[4]　戀ひし渡れば　たまきはる[5]　命もわれは　惜しけく[6]もなし

かくのみし　こひしわたれば　たまきはる　いのちもわれは　をしけくもなし

---

1 石上 布留 : 石上 옆에 있는 布留.
2 早稲田 : 열매를 빨리 맺는 밭이라는 뜻이다.
3 穂 : '호'는 무엇이든 나온 것이다. 꽃이 피다.
4 かくのみし : 'し'는 강조를 나타낸다.
5 たまきはる : '靈(타마)'이 '極まる'하다는 뜻이다.
6 惜しけく : '惜しけく'는 '惜し'의 명사형이다.

1768 이소노카미(石上)/ 후루(布留) 와세다(早稻田)처럼/ 나오지는 않고/ 마음속으로만요/ 생각
　　　하는 요즈음

🌸 **해설**

　　이소노카미(石上)의 옆에 있는 후루(布留)의, 빨리 열매를 맺는 밭인 와세다(早稻田)와는 달리, 얼굴색이
나 말로 표면에는 드러내지 않고 마음속으로만 그립게 생각하는 요즈음이네라는 내용이다.
　　제1구에서 제3구까지는 권제7의 1353번가와 거의 같다.
　　'石上 布留'를 大系에서는, '奈良縣 天理市의 石上·布留 부근'이라고 하였다『萬葉集』 2, p.255]. 私注에서
는 이 작품을 민요적인 색채가 강한 표현을 사용하였다고 하였다『萬葉集私注』 5, p.112].

1769 이와 같이만/ 연모하고 있으면/ (타마키하루)/ 목숨조차도 나는/ 아까울 것도 없네

🌸 **해설**

　　이렇게 계속 그리워하고만 있다 보니 괴로운 나머지 영혼이 다하는 목숨조차도 나는 아까울 것도 없네
라는 내용이다.
　　일방적으로 사랑하는 괴로운 마음을 이렇게 표현한 것이다.

大神大夫¹任長門²守時, 集三輪河邊宴³謌二首

1770　三諸乃　神能於婆勢流　泊瀬河　水尾之不斷者　吾忘礼米也

　　　　三諸⁴の　神の帶ばせる⁵　泊瀬川　水脈⁶し絶えずは⁷　われ忘れめや⁸

　　　　みもろの　かみのおばせる　はつせがは　みをしたえずは　われわすれめや

1771　於久礼居而　吾波也将戀　春霞　多奈妣久山乎　君之越去者

　　　　後れ居て⁹　われはや¹⁰戀ひむ　春霞　たなびく山を　君が越えいなば

　　　　おくれゐて　あれはやこひむ　はるかすみ　たなびくやまを　きみがこえいなば

　　　　左注　右二首, 古集¹¹中出

1　大神大夫：大神高市麿. 大寶 2년(702) 정월 17일 長門守에 임명됨. 이 때 종4위상. 46세.
2　長門：山口縣의 서부.
3　集三輪河邊宴：'三輪河는 泊瀬川의 三輪 부근을 말한다. 연회는 전별연을 말한다. 三輪은 大神氏의 본관지로 친족들에 의한 전별연이다.
4　三諸：신사의. 三輪을 가리킨다.
5　神の帶ばせる：띠처럼 산을 감싸는 것이다. 'せ'는 높임말이다.
6　水脈：물이 흐르는 줄기를 말한다.
7　絶えずは：'は'는 강조를 나타낸다. 그처럼 생각을 끊지 않고라는 뜻이다.
8　われ忘れめや：강한 부정을 동반한 의문이다. 잊지 않겠다는 것이다.
9　後れ居て：뒤에 남아 있는 것이다.
10　われはや：'や'는 영탄을 동반한 의문을 나타낸다.
11　古集：古歌集과 다르다.

오호미와(大神)大夫가 나가토(長門)守에 임명되었을 때, 미와(三輪) 강변에 모여 연회하는 노래 2수

1770 미모로(三諸)의/ 신이 두르고 있는/ 하츠세(泊瀨)강이/ 수맥 안 끊어지면/ 내가 잊을 것인가

❀ 해설

미모로(三諸)의 신이 띠처럼 두르고 있는 하츠세(泊瀨)강이 물줄기가 끊어지지 않는 한 내가 어찌 그대를 잊을 수 있을 것인가라는 내용이다.

절대로 잊지 못할 것이라는 뜻이다. 작자가 누구인지는 명확하지 않다. 中西 進은 작자를 大神大夫로 보았다. 注釋에서도 작자를 大神高市麻呂로 보았다『萬葉集注釋』9, p.187]. 그렇게 보면 大神大夫가 전별연에 모인 사람들을 잊지 않겠다는 뜻이 된다. 만약 모인 사람이 작자라면 그가 大神大夫를 잊지 않겠다는 뜻이 된다.

작자에 대해 全注에서는, '三輪高市麻呂가 아마도 임관되어 고향을 떠날 때의 송별연에서 지은 것이겠다'고 하였다『萬葉集全注』9, p.200]. 全集에서는, '高市麻呂인지 보내는 사람인지 명확하지 않다'고 하였다『萬葉集』2, p.423].

大系에서는 『일본속기』의 기록으로 中西 進과 마찬가지로, 三輪朝臣高市麻呂가 長門守가 된 것은 大寶 2년(702) 정월 17일이라고 하였다『萬葉集』2, p.399]. 注釋에서도 그렇게 보았다『萬葉集注釋』9, p.186]. 全集에서는 당시 畿內 및 陸奧·長門의 國守에는 小錦位(후의 종4위 정도) 이상의 고위에 있는 사람이 임명되는 것으로 되어 있었다고 하고『萬葉集』2, p.423], 三輪朝臣高市麻呂에 대해 '大三輪·大神이라고도 한다. 壬申의 난 때 공을 세워 天武천황 13년(684)에 舊姓 三輪君을 고쳐 성을 받았다. 持統천황 6년(692) 中納言 때 伊勢 행행을 중지할 것을 간했다(44번가 左注). 大寶 2년(702) 2월에 종4위상 長門守가 되고, 다음해에 左京大夫. 慶雲 3년(706)에 56세로 사망. 종3위가 추증되었다'고 하였다『萬葉集』2, p.504].

1771 뒤에 남아서/ 난 그리워하겠죠/ 봄 아지랑이/ 아른거리는 산을/ 그대가 넘어 간다면

❀ 해설

봄 아지랑이가 아른거리는 산을 그대가 넘어가서 아지랑이 뒤로 사라져 보이지 않게 되면, 뒤에 남아서 나는 그대를 그립게 생각하겠지요라는 내용이다.

中西 進은 이 작품을, 보내는 사람의 노래로 보았다. 注釋에서도 이 작품의 작자를, 보내는 사람으로 보았다『萬葉集注釋』9, p.188]. 작품 첫 구에서 '後れ居て'라고 하였으므로 보내는 사람의 작품임을 명확하게 알 수 있다.

좌주 위의 2수는 古集 속에 나온다.

大系에서는 古集을 '古歌集과 같은 것인가. 권제7(1246번가)에도 보였다'고 하였다『萬葉集』2, p.400].

大神大夫[1]任筑紫國時[2], 阿倍大夫[3]作謌一首

1772 於久礼居而　吾者哉將戀　稻見野乃　秋芽子見都津　去奈武子故尒

　　　後れ居て　われはや戀ひむ　稻見野[4]の　秋萩見つつ　去なむ子[5]ゆゑに

　　　おくれゐて　あれはやこひむ　いなみのの　あきはぎみつつ　いなむこゆゑに

獻弓削皇子謌一首

1773 神南備　神依板尒　爲杉乃　念母不過　戀之茂尒

　　　神南備[6]の　神依板[7]に　する杉の[8]　思ひも過ぎず　戀のしげきに

　　　かむなびの　かむよりいたに　するすぎの　おもひもすぎず　こひのしげきに

---

1 大神大夫：大神高市麿. 大寶 2년(702) 정월 17일 長門守에 임명됨. 이 때 종4위상. 46세.
2 任筑紫國時：기록에 보이지 않는다.
3 阿倍大夫：阿倍廣庭(高市麿보다 두 살 연하)이라는 설이 있다.
4 稻見野：播磨國, 賀古川의 하구 부근이다.
5 去なむ子：여성을 가리키는 것이 보통이다. 따라서 구송되던 노래를 부른 것으로 보인다.
6 神南備：神山이다. 여기에서는 三輪山이다.
7 神依板：신이 내리는 판자를 말한다. 후세의 琴板과 같다고 하기도 하고 다르다고 하기도 한다.
8 する杉の：'杉(すぎ)'의 발음이 '過(す)ぎ'와 같으므로 연결시켰다. 422번가 등 이런 유형이 많다.

오호미와(大神)大夫가 츠쿠시(筑紫)國에 임명되었을 때, 아베(阿倍)大夫가 지은 노래 1수

1772 뒤에 남아서/ 난 그리워하겠죠/ 이나미(稻見)들의/ 가을 싸리 보면서/ 떠날 아이 때문에

🌸 해설

뒤에 남아서 나는 그립게 생각을 하겠지요. 이나미(稻見)들의 가을 싸리를 보면서 떠나갈 아이 때문에요 라는 내용이다.

全注에서는, '이 노래는 大神大夫에게 주는 전별의 노래라고 하는 제목과는 본래 무관계한 노래였던 것이며, 阿倍大夫가 어느 땐가의 연회석에서 遊行女婦 등에게 보낸 노래였는지도 모른다. 제목이나 노래의 내용 어딘가에 잘못 전승된 부분이 있을 것이다'고 하였다『萬葉集全注』 9, p.202].

작자 아베(阿倍)大夫에 대해서는 阿倍廣庭이라는 설이 있지만 명확하지 않다. 大系에서는, '廣庭인가. 노래 속의 '子'는 廣庭이 선배인 高市麿에게 사용하기에는 부적당하다고 하여 廣庭의 父, 御主人(미우시)이 라고 하는 설이 있다. 御主人이라면 大寶 원년에 정종2위 右大臣이 되어 있으므로 大夫가 아니라 卿이라고 해야만 할 것이다'고 하였다『萬葉集』 2, p.400]. 注釋에서는 작자 阿倍大夫를 廣庭으로 보는 것도 생각해보 아야만 한다고 하였다『萬葉集注釋』 9, p.189]. 全集에서는, '阿倍廣庭인가 하지만 廣庭이 자신보다 두 살 연장인 高市麻呂를 '去なむ子'라고 하는 이유가 명확하지 않다. 또 筑紫로 내려갈 때는 바닷길로 가는 것이 보통이었다'고 하고, 단순히 비슷한 노래를 나열한 송별가로 보면 이대로 좋다고 하였다『萬葉集』 2, p.424].

大系에서는 稻見野를 '兵庫縣 印南郡・高砂市에서 明石市에 걸쳐 있는 평야라고 하였으며, '去なむ子'에 대해서는, '일행 중의 여인으로 阿倍大夫의 육친인가 하는 설도 있다'고 하였다『萬葉集』 2, p.400]. 注釋에서 도 '大神大夫 일행과 함께 내려가는 여성으로 보아야만 하지 않을까'라고 하였다『萬葉集注釋』 9, p.189].

유게노 미코(弓削황자)에게 바치는 노래 1수

1773 미와(三輪)의 신이/ 내리는 판이라는/ 삼목과 같이/ 생각 없어지잖네/ 사랑 괴로움 땜에

🌸 해설

미와(三輪)의 신이 내리는 판으로 하는 삼목과 같이 생각이 사라져서 없어지를 않네. 사랑의 괴로움이 너무 심하다 보니까라는 내용이다.

제3구의 '杉(すぎ)'의 발음이 제4구의 '過(す)ぎ'와 같으므로 연결시켜서 표현한 것이다.

私注에서는, '대체로 민요적인 작품이다. 弓削황자에게 바치는 것에 대한 특별한 의미는 알 수 없다'고 하였다『萬葉集私注』 5, p.115].

유게노 미코(弓削皇子)는 天武천황의 제6 황자로 母는 大江황녀다. 持統 7년(693)에 淨廣貳의 위를 받고 文武 3년(699) 7월 21일에 사망하였다[大系『萬葉集』 2, p.296].

獻舍人皇子謌二首

1774　垂乳根乃　母之命乃　言尓有者　年緒長　憑過武也

たらちねの¹　母の命²の　言にあれば³　年の緒⁴長く　憑め過ぎむや⁵

たらちねの　ははのみことの　ことにあれば　としのをながく　たのめすぎむや

---

1 たらちねの : 足乳ねの. 'ね'는 접미어이다.
2 母の命 : 母의 경칭이다.
3 言にあれば : 많은 남성은, 여성의 母로부터 위험한 존재로 취급되었다. 지금은 반대.
4 年の緒 : 나이. 긴 것을 '…の緒'라고 한다.
5 憑め過ぎむや : '憑め'는 의지한다는 뜻이다. '過ぎ'는 없어진다는 뜻이다. 의지하고 그대로 둔다는 뜻이다. 'や'는 강한 부정을 동반한 의문을 나타낸다.

토네리노 미코(舍人황자)에게 바치는 노래 2수

1774 (타라치네노)/ 어머님께서 하신/ 말씀이다 보니/ 오랜 세월 동안을/ 믿게 한 채 둘 건가

✿ 해설

젖이 풍족한 어머니가 한 말이므로, 어떻게 오랜 세월 동안을 믿게 한 채로 둘 것인가라는 내용이다. 그대로 두지는 않을 것이라는 내용이다.

작자가 남성인지 여성인지, 母는 누구의 母인지 명확하지 않다. 따라서 노래 내용이 다소 불분명하다. 大系에서는, '어머니 말이므로 오랜 세월 동안을 믿고 기다리지요'로 해석하였는데 남자의 작품인가, 여자의 작품인가에도 문제가 있다고만 하고 분명히 밝히지 않았다『萬葉集』 2, p.401]. 私注에서는 'ははの みことの ことにあれば'에 대해, '여성 입장에서의 작품일 것이다. 母가 기다리라고 말하므로의 뜻으로 보인다. 母는 여자의 결혼에 대한 최대의 발언자이며 결정권자인 것은, 권제11, 12에서 많은 예를 볼 수 있다. 남성의 입장으로는 부자연스럽다. 남자는 누구에게도 좌우되지 않고 행동하는 자유가 주어져 있었다고 하고, '舍人황자에게 바친 노래이며, 人麿 가집의 노래이지만 여자의 입장에서의 작품으로 보지 않으면 거의 뜻이 통하지 않는다. 혼인에 대해서, 혹은 연애관계에 대해서 母에게 반대를 당한 딸이, 母의 말을 거역할 수는 없지만, 그대를 신뢰하여 몇 년이든 오래도록 기다리고 있지요라고 상대방에게 전하는 마음일 것이다. 물론 민요적인 것이며, 민요로 성립되어 유포된 것일 것이다'고 하였다『萬葉集私注』 5, p.116]. 注釋에서는, '이것은 남자의 작품으로 상대방 여성의 母의 말을 신뢰하고로 보는 것이 자연스러울 것이다'고 하였다『萬葉集注釋』 9, p.193]. 全集에서는, '작자는 남녀 어느 쪽으로도 볼 수 있지만 여자로 보면 'あれば' 쪽이 어울린다'고 하였다『萬葉集』 2, p.424]. 全注에서는, '여성의 노래라고 할 필요는 없다고 생각된다'고 하였다『萬葉集全注』 9, p.205].

'たらちねの'는 '足乳ねの'로 보아 젖이 많다는 뜻으로도 해석할 수 있지만, 大系에서 '垂ら乳ねの'로 보았듯이『萬葉集』 2, p.401] 나이 들어서 젖이 늘어진 것을 표현한 것이라고도 볼 수 있다.

토네리노 미코(舍人황자)에 대해 全集에서는, '天武천황의 셋째 아들이다. 養老 2년(718)에 一品. 養老 4년에 知太政官事. 天平 7년(735)에 사망. 『일본서기』 편수를 총괄하였고, 조정에서 비중이 있었다. 47대 淳仁천황은 그의 아들이다'고 하였다『萬葉集』 2, p.501].

1775　泊瀬河　夕渡來而　我妹兒何　家門　近春二家里

　　　　泊瀬川　夕渡り¹來て　吾妹子が　家の門²に　近づきにけり

　　　　はつせがは　ゆふわたりきて　わぎもこが　いへのかなとに　ちかづきにけり

　　左注　右三首, 柿本朝臣人麻呂之歌集出³.

---

1 夕渡り：어둑어둑한 어려움 속에라는 뜻이다.
2 家の門：튼튼한 문. 문은 가끔 사랑하는 사람이 만나는 장소였다. 1596·1739번가 참조.
3 柿本朝臣人麻呂之歌集出：代作 또는 사랑을 취향으로 한, 명령에 응한 노래이다. 舍人황자의 명을 받아
　바친 것이다.

1775   하츠세(泊瀨)강을/ 저녁 무렵 건너와/ 그리운 사람/ 집의 문 있는 곳에/ 거의 가까이 왔네

🌸 해설

하츠세(泊瀨)강을, 어둑어둑한 저녁 무렵에 힘들게 건너와서는, 사랑하는 그녀 집의 문에 드디어 가까이 왔네라는 내용이다.

일본에서는 남성이 저녁에 여성의 집으로 가서 자고, 다음날 아침에 떠나가는 결혼제도였다. 어둑해지는데 강을 건너는 어려움과, 드디어 사랑하는 여인의 집에 거의 당도한 안도감과 기쁨이 교차하고 있음을 알 수 있다.

泊瀨川을 大系에서는, '奈良縣 櫻井市의 舊上之鄕村 지역에서 시작하여, 初瀨町·大三輪町을 거쳐 서북으로 향하여 佐保川과 합류하여 大和川으로 흘러들어간다'고 하였다[『萬葉集』 2, p.401].

全集에서는, '이상 3수, 남녀간의 연애감정을 노래한 작품을 왜 황자들에게 바쳤는가에 대해 여러 설이 있지만 확실하지 않다'고 하였다[『萬葉集』 2, p.425].

좌주   위의 3수는 카키노모토노 아소미 히토마로(柿本朝臣人麿呂)의 가집에 나온다.

石川大夫[1]遷任上京時，播磨娘子[2]贈謌二首

1776　絶等寸笑　山之峯上乃　櫻花　將開春部者　君之將思

　　　絶等寸の　山[3]の峯の上の　櫻花　咲かむ春べは　君し[4]思はむ

　　　たゆらきの　やまのをのへの　さくらばな　さかむはるべは　きみししのはむ

1777　君無者　奈何身將裝餝　匣有　黄楊之小梳毛　將取跡毛不念

　　　君なくは　なぞ身裝餝はむ　匣[5]なる　黄楊の小櫛も[6]　取らむ[7]とも思はず

　　　きみなくは　なぞみよそはむ　くしげなる　つげのをくしも　とらむともおもはず

1　石川大夫：君子. 靈龜 원년(715) 5월 22일 播磨守로 임명됨, 歸京은 그 4년 후인가.
2　播磨娘子：이름은 알 수 없다. 유녀인가.
3　山：國府(兵庫縣 姬路市) 부근의 산일 것이다.
4　君し：君이야말로.
5　匣：櫛(쿠시)筒(케). 빗을 넣는 상자를 말한다.
6　黄楊の小櫛も：빗이 서민적인 것은 아니지만, 黄楊의 빗은 그 당시 귀중하게 여겨졌다.
7　取らむ：머리를 빗기 위해서.

이시카하(石川)大夫가 전임되어 상경할 때, 하리마(播磨)의 娘子가 보낸 노래 2수

1776 타유라키(絶等寸)의/ 산봉우리의 위의/ 벗나무 꽃아/ 꽃이 필 봄 무렵은/ 그댈 생각하겠죠

🌸 **해설**

　타유라키(絶等寸)의 산봉우리 위의 벗나무 꽃아. 꽃이 피는 봄 무렵에는 그대를 그립게 생각하겠지요라는 내용이다.

　관료를 떠나보내는 지방 처녀의 사랑의 노래이다.

　注釋에서는 中西 進과 마찬가지로 '絶等寸 산봉우리 위의 벗꽃이 피는 봄 무렵에는 그대를 그리워하지요'로 해석하였다『萬葉集注釋』9, p.195]. 私注에서도 마찬가지로 '絶等寸 산봉우리 위의 벗꽃이 피는 봄 무렵에는 그대를 그립게 생각하지요'로 해석하였다『萬葉集私注』5, p.117]. 그러나 大系에서는, '타유라키(絶等寸)산의 산봉우리 위의 벗꽃이 필 봄 무렵에는 그대는 그립게 생각하겠지요'라고 해석하였다『萬葉集』2, p.401]. 全集에서는, '타유라키(絶等寸)의 산봉우리 위의 벗꽃이 필 봄 무렵이 되면 그대는 생각해주시겠지요'라고 해석하였다『萬葉集』2, p.425]. 全注에서는, '그대는 생각해주세요'로 해석하였다『萬葉集』9, p.208]. 이처럼 이 작품은 벗꽃이 피는 봄이 되면 작자인 여성이 떠나가는 남성을 그리워할 것이라고 해석한 경우와, 남성이 작자를 생각해줄 것이라는 해석으로 나뉘고 있다. 작자는 늘 君子를 생각하고 있겠지만, 꽃이 피는 봄이 되면 더욱 그리워질 것이라는 뜻이라 생각된다.

　全集에서는 石川大夫가 君子를 가리킨다면 養老 4년(720) 10월 兵部大輔가 되었을 때의 작품인가'라고 하였다『萬葉集』2, p.425].

　石川朝臣君子에 대해, 全集에서는, '吉美侯(247번가 左注)라고도 기록하고, 少郎子라고도 하였다. 和銅 6년(713)에 종5위하. 靈龜 원년(715)에 播磨守, 養老 4년(720)에 兵部大輔. 시종, 大宰少貳 등도 되었다. 神龜 3년(726)에 종4위하가 되었다'고 하였다『萬葉集』2, p.491].

1777 그대 없으면/ 어찌 몸치장할까/ 빗 상자 속의/ 黃楊의 작은 빗도/ 잡으려고도 생각않죠

🌸 **해설**

　그대가 없으면 무엇 때문에 내 몸을 치장할까요. 빗 상자 속에 소중하게 넣어 놓은 黃楊의 작은 빗도 손에 잡으려고도 생각을 않겠지요라는 내용이다.

　大系에서는, '권제3의 278번가인 石川君子의 노래와 대응하는 듯한 내용의 노래이다. 다만, 그것은 시카의 어부를 노래하였고, 이 작품은 하리마의 시카마의 처녀의 노래이다. '시카'와 '시카마'를 혼동하였던 것인가'라고 하였다『萬葉集』2, p.402].

藤井[1]連遷任上京時，娘子[2]贈謌一首

1778　從明日者　吾波孤悲牟奈　名欲山　石踏平之　君我越去者

明日より[3]は　われは戀ひむな[4]　名欲山[5]　石踏み平し　君が越え去なば[6]

あすよりは　あれはこひむな　なほりやま　いはふみならし　きみがこえいなば

藤井連和謌一首

1779　命乎志　麻勢久可願　名欲山　石踐平之　復亦毛來武

命をし　眞幸くもがも[7]　名欲山　石踐み平し　またまたも來む[8]

いのちをし　まさきくもがも　なほりやま　いはふみならし　またまたもこむ

---

1 藤井：葛井과 같다.
2 娘子：이름은 알 수 없다. 유녀인가.
3 明日より：지금이 밤인 것을 나타내는 것인가.
4 戀ひむな：'な'는 영탄을 나타낸다.
5 名欲山：葛井連도 정확하지 않고 부임한 곳도 알 수 없다. 따라서 이 산도 명확하지 않다. 豊後國 直入(나호리)郡의 산이라고도 한다.
6 君が越え去なば：산의 저쪽은 다른 세계이다.
7 眞幸くもがも：'もがも'는 그렇게 되었으면 좋겠다는 願望을 나타낸다.
8 またまたも來む：관리가 豊後까지 다시 한 번 올 가능성은 적다. 인사성이 강하다.

후지이노 므라지(藤井連)가 전임되어 상경할 때 娘子가 보낸 노래 1수

1778 내일부터는/ 난 그리워하겠죠/ 나호리(名欲)산의/ 바위를 밟고서요/ 그대 넘어가버리면

❋ 해설

내일부터는 나는 그대를 그리워하게 되겠지요. 나호리(名欲)산의 바위를 밟고서 그대가 산을 넘어가 버리고 나면이라는 내용이다.

'石踏み平し'를 全集에서는, '도읍으로 돌아가는 기쁨에 마음도 들뜨고 다리에 힘이 들어간 기분을 나타 낸다'고 하였다[『萬葉集』 2, p.426].

후지이노 므라지(藤井連)는 누구인지 알 수 없다. 廣成으로 또는 大成으로 본다.

후지이노 므라지(藤井連)가 답한 노래 1수

1779 목숨 소중히/ 무사하길 바라네/ 나호리(名欲)산의/ 바위를 밟고서요/ 다시 계속 오지요

❋ 해설

목숨을 소중히 하며 오래도록 무사하게 있기를 바라네. 나호리(名欲)산의 바위를 밟고서 다시 또다시 계속 오지요라는 내용이다.

'石踐み平し'를 全集에서는, '앞의 노래의 표현을 빌려, 만나러 오는 기쁨에 다리에 힘이 들어가는 것이라 고 한 표현'이라고 하였다[『萬葉集』 2, p.426].

鹿嶋郡[1] 苅野[2] 橋別大伴卿[3] 謌一首幷短謌

1780 牡牛乃　三宅之滷尓　指向　鹿嶋之埼尓　狹丹塗之　小船儲　玉纏之　小梶繁貫　夕塩之　滿乃登等美尓　三船子呼　阿騰母比立而　喚立而　三船出者　濱毛勢尓　後奈美居而　反側　戀香裳將居　足垂之　泣耳八將哭　海上之　其津乎指而　君之己藝歸者

牡牛の[4]　三宅の滷[5]に　さし向ふ　鹿島の崎に[6]　さ丹塗の[7]　小船[8]を設け[9]　玉纏の[10]　小楫繁貫き[11]　夕潮の　滿ちのとどみに[12]　御船子[13]を　率ひ[14]立てて　呼び立てて　御船出でなば　濱も狹に　後れ並み居て[15]　反側び[16]　戀ひかも居らむ　足ずりし[17]　哭のみや泣かむ[18]　海上[19]の　その[20]津を指して　君が漕ぎ行かば

ことひうしの　みやけのかたに　さしむかふ　かしまのさきに　さにぬりの　をぶねをまけ　たままきの　をかぢしじぬき　ゆふしほの　みちのとどみに　みふなごを　あともひたてて　よびたてて　みふねいでなば　はまもせに　おくれなみゐて　こいまろび　こひかもをらむ　あしずりし　ねのみやなかむ　うなかみの　そのつをさして　きみがこぎゆかば

---

1 鹿嶋郡 : 常陸國이다.
2 苅野 : 輕野.
3 大伴卿 : 1753번가의 大伴卿일 것이다.
4 牡牛の : '殊負(ことお)び' 소인가라고 한다. 머리가 큰 소이다. 조세 운반용으로 屯倉(미야케)에 있었는가.
5 三宅の滷 : 下總國(지금의 千葉縣 銚子市). 檢稅使의 行程으로 屯倉에 가기 위해, 湖沼를 건너 상륙하는 지점인가.
6 鹿島の崎に : 湖沼를 끼고 해안을 대함. 이상 4구는 옛 노래 풍이다. 전별가의 의례성에 의한다.
7 さ丹塗の : 'さ'는 접두어이다. 붉은 칠을 한 배는 官船이다.
8 小船 : '小'는 '小楫'과 함께 美稱이다.
9 設け : 준비한다는 뜻이다.
10 玉纏の : 櫻皮를 배에 감는 예(942번가)가 있으며, 노에도 감았는가. 玉'은 美稱이다.
11 小楫繁貫き : 양현에 노를 통하게 한 것이다.
12 とどみに : 'とどむ'의 명사형이다. 만조가 끝난 정지 때를 살펴서라는 뜻이다.
13 御船子 : 뱃사람이다.
14 率ひ : 인솔하는 것이다.
15 後れ並み居て : 배웅하는 사람들이.
16 反側び : 'こい'는 몸을 엎드리는 것이다.
17 足ずりし : 발을 동동 구르는 것이다.
18 哭のみや泣かむ : 우는 것이다. 'のみ'는 강조를 나타낸다.
19 海上 : 下總國의 郡 이름이다.
20 その : 三宅의 津인가.

카시마(鹿嶋)郡 카루노(苅野)의 다리에서 오호토모(大伴)卿과 헤어지는 노래 1수와 短歌

1780 (코토히우시노)/ 미야케(三宅)의 갯벌과/ 서로 마주 한/ 카시마(鹿島)의 곳에는/ 붉은 칠을 한/ 배를 준비하여/ 멋지게 감은/ 노를 많이 꿰어서/ 저녁 조수가/ 만조가 끝났을 때/ 뱃사람들을/ 모아서 서게 하고/ 소리 맞추어/ 배가 떠나 가면은/ 해변도 좁게/ 뒤에 남아 있으며/ 몸을 구르며/ 그리워할 것인가/ 발을 구르며/ 큰 소리로 울 건가/ 우나카미(海上) 의/ 다음 나루 향해서/ 그대 저어 가버리면

해설

조세 운반용의 소가 있었던 미야케(三宅)의 갯벌과 서로 마주 하고 있는 카시마(鹿島)의 곳에, 붉게 칠을 한 배를 준비하고, 멋지게 감은 노를 많이 꿰어서 달고 저녁 무렵의 조수가, 만조가 끝나고 멈추었을 때를 잘 살펴보아서 뱃사람들을 모아서 서게 하고, 소리를 서로 맞추어 내게 하여서 그대의 배가 떠나가면, 그대를 배웅하던 사람들은 해변도 좁을 정도로 뒤에 많이 남아 있어, 데굴데굴 몸을 구르며 그대를 그리워 할 것인가. 발을 구르면서 큰 소리를 내며 울 것인가. 우나카미(海上) 쪽에, 다음의 나루를 향해서 그대가 배를 저어서 떠나가 버리고 나면이라는 내용이다.

오호토모(大伴)卿과의 이별을 아쉬워하는 작품이다.

'鹿嶋郡'을 全注에서는, '常陸國 鹿島郡. 지금의 茨城縣 鹿嶋市와 鹿島郡'이라고 하였다(『萬葉集全注』9, p.212].

'牡牛の'는 三宅(미야케)을 상투적으로 수식하는 枕詞이다. 수식하게 된 이유에 대해 大系에서는, "ことひ'는 무거운 짐을 등에 싣는 수소이다. '殊負(ことお)ひ'를 줄여서 말한 것인가. 소가, 조세로 거둔 쌀을 싣고 屯倉(미야케)으로 운반하는 광경이 인상 깊어서 미야케를 수식하게 된 것인가'라고 하였다(『萬葉集』 2, p.403]. 玉纏을 大系에서는 玉을 감은 것으로 보았으며(『萬葉集』 2, p.403], 私注에서도 그렇게 해석하였다(『萬葉集私注』 5, p.121].

私注에서는, '蟲麿 가집의 작품으로 1753번가와 관련하여 大伴卿도 앞에서 설명한 대로이다(私注에서는 大伴卿을 大伴道足으로 보았다 : 역해자). 常陸에서 下總으로 가는 길은 이 작품에 보이는 鹿島를 지나는 것이 오래된 것은, 권제20의 이 지방 사람인 防人의 노래로도 추측할 수 있다. 常陸國에서 檢稅 일을 마친 사람이 下總으로 가는 것을 국경까지 배웅한 것으로 보인다. 임시 檢稅使는 國守의 부내 순행과 달라서, 제한이 없으므로 지방관은 접대문제로 신경을 썼던 것은, 권제 16의 淺香山의 노래(3807번가)의 左注 등으로도 상상할 수 있다'고 하였다(『萬葉集私注』 5, p.122].

反謌

1781　海津路乃　名木名六時毛　渡七六　加九多都波二　船出可爲八

　　　　海つ路の　和ぎなむ時も¹　渡らなむ　かく立つ波に　船出すべしや²

　　　　うみつぢの　なぎなむときも　わたらなむ　かくたつなみに　ふなですべしや

　　左注　右二首, 高橋連蟲麻呂之謌集中出.

与妻謌一首³

1782　雪己曾波　春日消良米　心佐閇　消失多列夜　言母不徃來

　　　　雪こそ⁴は　春日消ゆらめ　心さへ　消え失せたれや⁵　言も通はぬ

　　　　ゆきこそは　はるひきゆらめ　こころさへ　きえうせたれや　こともかよはぬ

---

1 和ぎなむ時も：바다가 잠잠한 뜸일 때를 말한다.
2 船出すべしや：'や'는 강한 부정을 동반한 의문을 나타낸다. 배가 떠나는 것을 완곡하게 말리는 표현이다.
3 与妻謌一首：1783번가의 '麻呂'의 작품. 人麻呂일지도 모른다.
4 雪こそ：마음에 대해서 눈을 강조하였다.
5 消え失せたれや：'たれや'는 'たれバや'의 축약형이다.

反歌

1781 바닷길이요/ 바다 잠잠할 때에/ 떠나고 싶네/ 이리 이는 파도에/ 배가 떠나 좋을까

해설

바닷길이 잠잠할 때에 떠나면 좋겠네요. 이렇게 이는 파도 속에 배를 출발시켜서 어찌 좋을 것인가라는 내용이다.

私注에서는, '長歌에서는 배가 떠날 준비가 된 것을 노래하였다. 그 뒤에 바람이 불고 파도가 일었다고 하는 것인가. 아니면 의례적으로 붙잡는 것인가'라고 하였다『萬葉集私注』 5, p.122]. 大系에서는, '이 작품에서는 원문의 표기에, 六七六九二八과 같이 숫자를 특히 많이 사용하고 있다. 그것에 흥미를 느낀 것이겠다'고 하였다『萬葉集』 2, p.404]. 全集에서도 그러한 특징을 말하고 '이것도 戲書의 한 예이다'고 하였다『萬葉集』 2, p.427].

좌주 위의 2수는, 타카하시노 므라지 무시마로(高橋連虫麻呂)의 가집 속에 나온다.

高橋連蟲麻呂에 대해 大系에서는, '奈良 시대 초기의 가인. 養老 연간 常陸國守이었던 藤原宇合의 부하로『常陸國風土記』의 편찬에 종사하였다고 전해진다. 天平 4년(732)에 宇合이 절도사였을 때 보낸 長短歌(권제6의 971・972번가) 외에는 '高橋連蟲麻呂謌集に出づ(또는 歌の中に出づ)'로『만엽집』에 수록되어 있는 노래가 그의 작품이다. 전설, 여행과 관련한 작품이 많고 長歌를 잘 지었다'고 하였다『萬葉集』 2, p.421].

아내에게 주는 노래 1수

1782 눈이야말로/ 봄날 사라지겠죠/ 마음조차도/ 사라져버렸나요/ 소식도 오잖네요

해설

눈이야말로 봄날에는 사라져 없어지겠지요. 그런데 눈도 아닌데도 그대는 마음까지도 사라져 없어져버린 것인가요? 그럴 리가 없을 텐데 그대로부터의 소식도 오지 않네요라는 내용이다.

아내로부터 소식이 없자 변심한 것인가고 눈을 가지고 표현하였다.

妻¹和謌一首

1783　松反　四臂而有八羽　三栗　中上不來　麻呂等言八子

　　　　松反り²　しひて³あれやは　三栗⁴の　中上り⁵來ぬ　麻呂といふ奴⁶

　　　　まつかへり　しひてあれやは　みつぐりの　なかのぼりこぬ　まろといふやつこ

　　　左注　右二首, 柿本朝臣人麻呂之謌集中出.

---

1 妻 : 도읍에 있는 아내이다.
2 松反 : 관용구로 소나무의 변화를 말한 것인가. 푸른 잎이 서서히 낙엽이 되고 다시 원래의 초록으로 돌아오는 것인가.
3 しひて : 目しひ(盲), 耳しひ(聾). 기능을 상실하였다는 뜻이다.
4 三栗 : 세 개의 밤이 가운데를 향한다는 것에서 가운데로 연결된다.
5 中上り : 國司가 임기 도중에 한 번 상경하는 것을 말한다.
6 麻呂といふ奴 : 장난으로 하는 말이다.

아내가 답한 노래 1수

1783   (마츠카에리)/ 몸이 어찌되었나/ (미츠구리노)/ 중간에 오지 않네/ 마로라고 하는 놈은

 해설

　　소나무의 초록이 낙엽으로 변하듯이 몸이 쓸모없게 된 것일까요. 밤 세 개가 가운데를 향하듯이 그렇게 중간에 한 번 올라오지도 않네요. 마로라고 하는 놈은이라는 내용이다.

　　'しひてあれやば'를 大系에서는, '바보가 되어 버린 것은 아닐 텐데'로 해석하였다『萬葉集』2, p.405]. 私注에서는 '잊어버린 것일까'로 해석하였다『萬葉集私注』5, p.123].

　　원문의 '松反 四臂而有八羽'를 私注에서는 'まつがへり しひにてあれやば'로 읽고, '권제17의 4014번가에 家持의 'まつがへり しひにてあれかも さ山田の 小父が其の日に 求め會はずけむ'가 있다. 도망간 매가 돌아오지 않는 것을 노래한 것이다. まつがへり는 枕詞 같이도 보이며, 家持는 단순하게 이 노래의 구를 모방한 것 같기도 하지만, 또 매가 둥지로 돌아오는 것을 말한 것으로도 보인다. 기다리면 돌아온다, 기다리는 사이에 돌아온다고 하는 단순한 속담인가. しふ는 耳しひ 등의 しひ로 癡, 痴 등의 뜻일 것이라고 한다. 즉 돌아오는 것을 잊어버리고 있다는 뜻이다. やば는 의문을 내포한 영탄이다'고 하였다『萬葉集私注』5, p.124].

　　'中上り'에 대해 大系에서는, '平安시대에 國守가 임기 중에 한번 京都에 올라가는 것. 『今昔物語』권제20의 26 등에 예가 있다. 이것은 奈良시대에도 행해졌을 것이라고 한다. 그 외에, '中'을 지명으로 보는 설, 月의 반 정도로 보는 설 등이 있다'고 하였다『萬葉集』2, p.405].

　　私注에서는, '앞의 노래에 답한 형태이다. 中上り를 語釋처럼 생각한다면 지방에 부임한 사람과, 도읍에 남아 있는 아내와의 증답이 된다. 물론 그러한 관계를 노래한 민요로 보아야만 하며, 특정한 개인간의 일도 아니고, 개인적인 창작도 아닐지 모른다. 松反り가 鷹飼의 말이라고 한다면, 그러한 말을 사용한 것도 민요의 성격으로 자연스럽다. 麻몸といふ奴도 완전히 민요적 표현이다. 人麿 가집에 채록된 중요한 이유는 麻몸를 人麿의 마로로 연상했기 때문인지도 모른다. 결코 人麿의 풍은 아니다'고 하였다『萬葉集私注』5, p.124].

　　좌주　위의 2수는, 카키노모토노 아소미 히토마로(柿本朝臣人麻呂)의 가집 속에 나온다.

贈入唐使[1]謌一首

1784 　海若之　何神乎　齋祈者歟　徃方毛來方毛　舶之早兼

　　　海若[2]の　いづれの神を　祈らば[3]か　行くさ[4]も來さも　船は早けむ

　　　わたつみの　いづれのかみを　いのらばか　ゆくさもくさも　ふねははやけむ

　　左注　右一首, 渡海年記未詳.

---

1 入唐使 : 견당사를 말한다.
2 海若 : 본래 해신을 뜻하였는데 나중에 바다라는 뜻이 되었다.
3 祈らば : 원문의 '齋'는 'い'의 뜻으로 첨부한 것이며 실질적인 의미는 '祈'에 있다.
4 行くさ : 'さ'는 접미어이다.

唐나라로 가는 사신에게 주는 노래 1수

1784   바다에 있는/ 어떠한 신에게다/ 빌어야지만/ 가는 것 오는 것도/ 배는 빠를 것인가

해설

　　바다에 있는 어떠한 신에게 빌어야만 바다를 건너서 당나라로 가는 것도 돌아오는 것도 배는 빠를 것인가라는 내용이다.

　　당나라로 떠나는 견당사가 무사하게 잘 갔다오기를 바라는 노래이다.

　　제작 연대와 작자를 알 수 없다.

　　좌주 위의 1수는, 바다를 건너간 연대의 기록이 확실하지 않다.

神龜五年戊辰秋八月謌一首幷短哥

1785　人跡成　事者難乎　和久良婆尒　成吾身者　死毛生毛　公之隨意常　念乍　有之間尒
虛蟬乃　代人有者　大王之　御命恐美　天離　夷治尒登　朝鳥之　朝立爲管　群鳥之
群立行者　留居而　吾者將戀奈　不見久有者

人と成る[1]　ことは難きを　わくらばに[2]　成れるわが身は　死も生も　君[3]がまにまと　思ひつつ
ありし間に　うつせみの[4]　世の人なれば　大君の　命畏み　天離る[5]　夷治めにと　朝鳥[6]の
朝立ちしつつ[7]　群鳥の　群立ち[8]行けば　留まり居て　われは戀ひむな[9]　見ず久ならば

ひととなる　ことはかたきを　わくらばに　なれるわがみは　しにもいきも　きみがまにまと
おもひつつ　ありしあひだに　うつせみの　よのひとなれば　おほきみの　みことかしこみ
あまざかる　ひなをさめにと　あさどりの　あさだちしつつ　むらどりの　むらだちゆけば
とまりゐて　われはこひむな　みずひさならば

---

1 人と成る : '成る'는 태어나다는 뜻이다.
2 わくらばに : 특히라는 뜻이다. 이상은 불교사상에 바탕한 것이다.
3 君 : 여행을 떠나는 사람이다. 石上乙麿인가.
4 うつせみの : 현실의 경험 속에 있다.
5 天離る : 하늘 길도 먼 夷. 夷는 시골. 越前인가.
6 朝鳥 : 아침에 새가 둥지를 떠나는 것처럼.
7 朝立ちしつつ : 여행길의, 아침마다 일찍이 출발하는 날이 중복되어.
8 群立ち : 떼를 지어서 날아가는 것처럼 많은 사람이 여행을 떠남.
9 戀ひむな : 'な'는 영탄을 나타낸다.

神龜 5년(728) 戊辰 가을 8월의 노래 1수와 短歌

1785 사람이 나는/ 것은 어려운 것을/ 특별하게도/ 태어난 이내 몸은/ 죽고 사는 것도/ 그대
마음대로라/ 생각하면서/ 있었던 그동안에/ (우츠세미노)/ 세상 사람이므로/ 우리 대군의/
명령 두려워하여/ (아마자카루)/ 시골 다스리려고/ (아사도리노)/ 아침에 출발하며/ (무라
도리노)/ 무리가 가려 하네/ 뒤에 남겨진/ 나는 그리겠지요/ 못 보고 오래되면

해설

　　사람으로 태어나는 것은 어려운 일인 것을, 특별하게도 인간으로 태어난 내 몸, 죽는 것도 사는 것도
그대 마음대로라고 생각하면서 있었는데, 그대는 현실 세상의 사람이므로 대군의 명령을 두려워하여 하늘
저 멀리 있는 시골을 다스린다고 아침 새가 둥지를 떠나듯이 그렇게 아침에 일찍 출발하고, 새가 떼를
지어서 날아가듯이 그렇게 많은 사람들과 떠나려고 하고 있네. 그렇게 떠나가면 뒤에 남겨진 나는 그대
를 그리워하게 되겠지요. 만나지 못하는 날이 오래 계속되면이라는 내용이다.
　　私注에서는, '笠金村 가집의 작품인데, 작자는 金村으로 인정할 수 있다. 反歌와 아울러 생각하면, 娘子를
대신하여 越國으로 부임하는 지방관을 보내는 마음이다. (중략) 神龜 5년 8월에는 國司 임명은 보이지
않으나 9일 기록에 諸國의 史生, 박사, 의사의 정원과 선발 방법을 변경한 것이 보인다. 史生은 증원되었으
므로 그 증가된 사람들이 임명되어 부임한 것이겠다. 노래에 의하면 여러 사람이 동시에 출발한 것으로
보인다. 증원된 史生은 越前, 越中, 越後 합하여 7명이었을 것이다. 물론 생각한 사람은 그들 중의 한 사람이
었을 것이다. 史生은 정식으로는 國司는 아니지만 國司와 같은 대우를 받은 적도 있으며 실제로는 지방
행정의 담당자였을 것이다. (중략) 뒤에 남은 애인에게 부탁을 받아서, 金村은 이 작품을 지은 것으로
보인다'고 하였다『萬葉集私注』 5, pp.126~127]. 全注에서는, '笠金村의 가집의 노래이지만, 長歌와 反歌 모두
여성의 입장에서 불리어지고 있다. (중략) 長歌는 불교사상을 시작 부분에서 말하고 있고 官命을 존중하는
관리의식이 나타나 있어 여성의 작품 같지 않지만, 이것은 작자가 철저하지 못한 실수에 의한 것이다
고 하였다『萬葉集全注』 9, p.222].

反謌

1786 三越道之　雪零山乎　將越日者　留有吾乎　懸而小竹葉背

　　　み越路¹の　雪降る山²を　越えむ日は　留まれるわれを　懸けて思はせ³

　　　みこしぢの　ゆきふるやまを　こえむひは　とまれるわれを　かけてしのはせ

---

1 み越路 : 'み'는 美稱이다.
2 雪降る山 : 愛發(아라치)山을 넘어간다. 지금은 中秋로, 강설은 설국에서 연상한 것이다.
3 思はせ : 'せ'는 경어이다.

反歌

1786　코시(越) 가는 길/ 눈이 내리는 산을/ 넘어갈 날은/ 남아있는 나를요/ 생각하여 주세요

🌸 해설

　　코시(越)로 가는 길의 눈이 내리는 산을 넘어가는 날에는, 도읍에 남아있는 나를 마음에 담아서 생각하여 주세요라는 내용이다.

　　全集에서는, 'み越路는 越國으로 가는 길. 越은 越前·越中·越後의 총칭이지만, 마찬가지로 '笠朝臣金村의 노래 속에 나온다'는 左注가 있는 369번가 등과 같은 때의 작품이라고 하면 이 越은 越前인가'라고 하였다『萬葉集』 2, p.429]. 그리고 '雪降る山を 越えむ日は'에 대해서는, '제목의 8월을 마지막 날인 30일로 보아도, 내려가는데 4일밖에 걸리지 않는 越前에는 태양력의 10월 중순에 도착하므로 눈은 지나치게 빠르지만, 越이라고 듣고 눈을 연상하여 말했다'고 하였다『萬葉集』 2, p.429].

天平元年己巳冬十二月謌一首幷短謌

1787 虛蟬乃　世人有者　大王之　御命恐弥　礒城嶋能　日本國乃　石上　振里尓　紐不解　丸寐乎爲者　吾衣有　服者奈礼奴　每見　戀者雖益　色二山上復有山者　一可知美　冬夜之　明毛不得呼　五十母不宿二　吾齒曾戀流　妹之直香仁

うつせみの¹　世の人なれば　大君の　命畏み　礒城島²の　倭の國の　石上³　布留の里に　紐解かず　丸寐⁴をすれば　わが着せる⁵　衣は穢れ⁶ぬ　見る⁷ごとに　戀はまされど　色に出でば⁸　人知りぬべみ⁹　冬の夜の　明かしも得ぬを¹⁰　寐も¹¹寐ずに　われはそ戀ふる　妹が直香¹²に

うつせみの　よのひとなれば　おほきみの　みことかしこみ　しきしまの　やまとのくにの　いそのかみ　ふるのさとに　ひもとかず　まろねをすれば　わがけせる　ころもはなれぬ　みるごとに　こひはまされど　いろにいでば　ひとしりぬべみ　ふゆのよの　あかしもえぬを　いもねずに　われはそこふる　いもがただかに

---

1 うつせみの : 현실 경험의.
2 礒城島 : 大和 동부의 지명이다. 후에 大和를 나타내는 표현이 되었다. 이러한 頌辭를 가진 '야마토'는 『만엽집』에서 일본을 가리키는 것이 많다.
3 石上 : 다음 구와 인접 지역을 계속하는 修辭이다.
4 丸寐 : 옷 띠를 풀지 않고 자는 것으로 앞의 구와 내용은 같다.
5 わが着せる : 옷을 입고 있다.
6 衣は穢れ : 구겨지고 주름지고 더러워지는 것이다. 더러워지고 친숙해진 옷을 아내에 비유하는 예가 많다 (3576번가 등).
7 見る : 옷을 보는 것이다.
8 出でば : 원문의 '山上復有山'은 '出'자를 '산 위에 또 산이 있다'고 장난스럽게 표현한 것이다. 『玉臺新詠』에도 보인다.
9 人知りぬべみ : 'べみ'는 'べし'에 'み'가 첨가된 것이다. '…임에 틀림없을 것이므로'라는 뜻이다.
10 明かしも得ぬ : 지새우기 힘든 겨울 밤이라는 뜻이다.
11 寐も : 잠을 자는 것이다.
12 妹が直香 : 'か'는 'け(氣)', 기색. 꿈꾸는 모습이 아니라 직접 일어나 설치는 것이다.

天平 원년(729) 己巳 겨울 12월의 노래 1수와 短歌

1787   (우츠세미노)/ 세상 사람이므로/ 우리 대군의/ 명령 두려워하여/ (시키시마노)/ 야마토(大和)의 나라의/ 이소노카미(石上) 후루(布留)의 마을에/ 옷 띠 안 풀고/ 새우잠을 자면은/ 내 입고 있는/ 옷은 더러워졌네/ 볼 때마다요/ 그리움 더하지만/ 내색을 하면은/ 남이 알 것이므로/ 겨울의 밤이/ 새기 어려운 것을/ 잠도 못 자고/ 나는 그리워하네/ 아내 실제 모습을

    현실 세상의 사람이므로 대군의 명령을 피하기 어려워서 두려워하며, 시키시마(礒城島)의 야마토(大和)國의 이소노카미(石上)의 후루(布留)마을에, 옷 띠도 풀지 않고 새우잠을 자고 있으니 내가 입고 있는 옷은 낡고 더러워졌네. 그것을 볼 때마다 집에 있는 아내를 더욱 그립게 생각하지만, 그런 내색을 하면 남이 알아버릴 것이므로, 다른 사람이 잠들어 버린 후, 긴 겨울밤 지새기 어려운 것을 한숨도 못 자고 나는 그리워하네. 아내의 실제 모습을이라는 내용이다.

    '礒城島'를 大系에서는, '大和의 枕詞. 礒城島의 궁전이 있는 大和라는 뜻으로 연결된다. 奈良縣 礒城郡 大三輪町 金屋 부근으로, 崇神천황의 瑞籬宮과 欽命천황의 金刺宮이 있었다'고 하였다『萬葉集』 2, p.406].

    '明かしも得ぬを'를 全集에서는, "得ぬを'는 '得ぬ夜を'라는 뜻이다. 'を'는 동작 작용이 행해지는 시간의 폭을 나타낸다'고 하였다『萬葉集』 2, p.430].

    私注에서는, '笠金村 가집의 노래로 金村의 작품이다. 天平 원년은 班田司가 설치된 해이므로 班田司의 한 사람으로 출장 중의 작품일 것이라고 한다. 그것은 알 수 있지만, 金村이 班田司의 직원이어서 자신의 입장을 노래한 것인지, 이것도 또 다른 사람의 부탁을 받아서 여자에게 보내기 위하여 지은 것인지, 지금까지의 金村의 행적으로 보면 의심하지 않을 수 없다. 노래의 표면적인 점으로 보면 代作으로 단정할 수 있다'고 하였다『萬葉集私注』 5, p.129].

反謌

1788　振山從　直見渡　京二曾　寐不宿戀流　遠不有尓

布留山ゆ[1]　直に見渡す　京[2]にそ　寝も寝ず戀ふる　遠くあらなくに[3]

ふるやまゆ　ただにみわたす　みやこにそ　いもねずこふる　とほくあらなくに

1789　吾妹兒之　結手師紐乎　將解八方　絶者絶十方　直二相左右二

吾妹子が　結ひてし紐[4]を　解かめやも　絶えば絶ゆとも　直に逢ふまでに

わぎもこが　ゆひてしひもを　とかめやも　たえばたゆとも　ただにあふまでに

左注　右件五首, 笠朝臣金村[5]之謌中出.

---

1 **布留山ゆ** : 'ゆ'는 '~에서'라는 뜻이다.
2 **京** : 아내가 있다.
3 **遠くあらなくに** : 멀지도 않은데 그리운 이유는 **長歌**의 첫 4구이며, 노래 뜻이 앞부분으로 돌아간다.
4 **結ひてし紐** : 연인끼리 옷 띠를 서로 묶어 굳은 신표로 하고, 풀리는 것을 불길하게 여겨서 꺼렸다.
5 **笠朝臣金村** : 이상 일련의 작품은 **金村**이 **石上乙麿**를 따라 그 마을에 머물렀을 때의 노래인가.

反歌

1788 후루(布留)산에서/ 바로 바라보이는/ 도읍을 향해/ 잠 안 자고 그리네/ 먼 것도 아닌 것인데

🌸 **해설**

후루(布留)산에서 바로 바라다 보이는 도읍인 奈良을 향해서, 잠도 자지 않고 그리워하는 것이네. 먼 것도 아닌 것인데라는 내용이다.

全集에서는, 布留에서 平城京의 동남쪽 끝까지 약 8킬로미터라고 하였다[『萬葉集』 2, p.430].

1789 나의 아내가/ 묶어놓은 옷 띠를/ 어찌 풀 건가/ 끊어지면 끊어져도/ 직접 만날 때까지는

🌸 **해설**

나의 아내가 묶어놓은 옷 띠를 푸는 일이 어떻게 있을 수 있겠는가. 옷 띠가 끊어지면 끊어지더라도 아내를 직접 만날 때까지는이라는 내용이다.

아내를 직접 만날 때까지는 옷 띠를 절대로 풀지 않겠다는 내용이다.

中西 進은 '비슷한 노래로 2919번가가 있다'고 하였다.

좌주 위의 5수는, 카사노 아소미 카나무라(笠朝臣金村)의 노래 속에 나온다.

카사노 아소미 카나무라(笠朝臣金村)에 대해 大系에서는, '어떤 사람인지 잘 알 수 없으나 天平 5년(733) 이전 약 20년간 작품을 지었다. 從駕 작품이 많고, 赤人의 약간 선배에 해당하는 궁정가인이었던 듯하다. 代作을 의뢰받기도 하고 있는 것을 보면, 가인으로서 당시부터 유명했을 것이다. 같은 시대의 旅人과 憶良 등이 新風을 세운 것에 비해, 金村은 전통을 따른 사람이었다. 『만엽집』 편찬의 재료가 된 笠朝臣金村 가집은, 그의 작품과 얼마간의 다른 사람의 작품을 싣고 있다. 笠朝臣金村之謌中出이라고 한 것도 金村 가집의 노래인 듯하다'고 하였다[『萬葉集』 2, p.407].

全集에서는, '어떤 사람인지 알 수 없다. 창작 연대가 분명한 것은 靈龜 원년(715)에서 天平 5년(733)까지로 행행 供奉의 작품이 많다'고 하였다[『萬葉集』 2, p.496].

天平五年[1]癸酉，遣唐使舶發難波入海之時，親母贈子謌一首[2]幷短謌

1790　秋芽子乎　妻問鹿許曾　一子二　子持有跡五十戸　鹿兒自物　吾獨子之　草枕　客二師徃者
竹珠乎　密貫垂　齋戸尓　木綿取四手而　忌日管　吾思吾子　眞好去有欲得

秋萩を　妻問ふ鹿[3]こそ　獨子に　子持てり[4]といへ[5]　鹿兒じもの[6]　わが獨子の　草枕[7]　旅に
し行けば　竹珠[8]を　しじに貫き垂り　齋瓮[9]に　木綿取り垂でて[10]　齋ひ[11]つつ　わが思ふ吾子
眞幸くありこそ[12]

あきはぎを　つまどふかこそ　ひとりごに　こもてりといへ　かこじもの　あがひとりごの
くさまくら　たびにしゆけば　たかだまを　しじにぬきたり　いはひべに　ゆふとりしでて
いはひつつ　わがもふわがこ　まさきくありこそ

---

1 天平五年 : 733년. 같은 入唐 때의 작품은 많이 보인다. 894·1453번가.
2 親母贈子謌一首 : 田邊福麿의 기록에 의한 노래로, 福麿가 지은 작품은 아닐 것이다. 작자를 알 수 없다.
3 妻問ふ鹿 : 사슴의 아내로 싸리를 생각했다. 1541·1761번가.
4 子持てり : 사슴은 한 마리만 낳는다.
5 といへ : 사슴이야말로 새끼를 한 마리만 낳지만, 사람은 자식을 많이 가진다. 그런데 나는 사슴새끼가 아닌
데도 사슴새끼처럼 형제가 없는 외동이라는 뜻이다. 다른 사람에 비해서 그만큼 귀중하다는 뜻이다.
6 鹿兒じもの : 'じもの'는 '…가 아닌데…처럼'이라는 뜻이다.
7 草枕 : 여행을 상투적으로 수식하는 枕詞이다.
8 竹珠 : 이하 4구는 신에게 무사하게 해달라고 비는 모습이다. 竹珠는 대나무를 끈에 管珠처럼 꿴 것이다.
'しじに'는 '많이'라는 뜻이다.
9 齋瓮 : 신에게 바치는 음식을 담는 용기를 말한다.
10 木綿取り垂でて : '木綿'은 섬유로 된 공물이다. '垂で'는 늘어뜨리는 것이다. 379번가 참조.
11 齋ひ : 몸을 조심하는 것이 여행하는 사람을 무사하게 한다고 생각했다.
12 眞幸くありこそ : 'こそ'는 希求를 나타내는 조사이다.

天平 5년(733) 癸酉, 遣唐使의 배가 나니하(難波)를 출발하여 바다로 나아갈 때에, 親母가 아들에게 주는 노래 1수와 短歌

1790 가을 싸리를/ 아내로 찾는 사슴/ 새끼 하나만/ 가지고 있다 하네/ 사슴 아닌데/ 나의 외동 아들이/ (쿠사마쿠라)/ 여행을 떠나므로/ 대나무 구슬/ 많이 꿰어 늘이고/ 제사용 단지/ 목면을 붙여 늘여/ 조심을 하며/ 생각하는 아들아/ 무사하게 있어주렴

✿ 해설

가을 싸리를 아내로 찾는 사슴이야말로 새끼를 한 마리만 가지고 있다고 하네. 그러한 사슴 새끼는 아닌데 사슴 새끼처럼 단 하나뿐인 나의 외동아들이 풀 베개를 베고 잠을 자야 하는 힘든 여행을 떠나므로, 가는 대나무를 작게 잘라서 구슬처럼 끈에 빈틈없이 빽빽하게 많이 꿰어서 늘어뜨리고, 신에게 제사지내는 항아리에 목면을 붙여서 늘어뜨리고 삼가 조심을 하면서 마음으로 비네. 그렇게 내가 생각하는 나의 아들아. 무사하기를 바라네라는 내용이다.

私注에서는, 天平 5년의 견당사와 관련된 것은 권제5의 894번가 이하에 보인다. 이 작품은 일행으로 참가한 사람의 母의 작품이다. (중략) 처음 부분의 4, 5구는 지나치게 문학적이라고 할 수 있다. 그 정도이며, 떠나가는 자식의 모습이 나타나 있는 곳은 없다. 의심하자면 이러한 작품도 이미 전문 가인의 손이 더해져 있는 것인지도 모른다. 전문가라고 하는 것은 어떤 의미에서는 필요 없는 존재다'고 하였다[『萬葉集私注』 5, p.131]. '齋ひつつ'를 全集에서는, '사람과의 접촉을 피하고, 부정한 것에 접하지 않으려고 노력하는 것. 여행자의 가족의 한 사람은 머리를 빗지 않고, 이도 잡지 않고 옷은 더러워진 채로 고기를 먹지 않고, 아내를 가까이 하지 않고 마치 상을 당한 때처럼 삼간다고 『魏志』 倭人傳에 있다'고 하였다[『萬葉集』 2, p.431].

'遣唐使에 대해 全注에서는, '天平 4년(732) 8월, 多治比眞人廣成을 대사, 中臣朝臣名代를 부사로 임명하여, 이듬해인 5년 4월에 難波津을 출발했다. 4척의 배, 590인이었다. 가는 길은 무사하여 蘇州에 도착하였지만, 돌아오는 길은 天平 6년 10월에 蘇州를 출범한 후, 풍랑을 만나 4척의 배가 흩어졌다. 대사 廣成이 탄 제1선만 11월에 多禰島에 돌아왔으며 이듬해인 7년 3월에 入京하였다. 부사인 名代는 일단 당나라로 돌아가 天平 8년 8월에 張九齡文案의 현종황제의 국서를 가지고 귀국했다. 제3선도 대륙에 표착하여 당나라, 발해를 거쳐 天平 11년 7월에 出羽國에 도착하였다. 제4선은 소식불명이 되었다'고 하였다[『萬葉集全注』 9, p.229].

反謌

1791　客人之　宿將爲野尒　霜降者　吾子羽裹　天乃鶴群

　　　旅人の　宿りせむ野に　霜降らば¹　わが子羽ぐくめ²　天の鶴群

　　　たびびとの　やどりせむのに　しもふらば　わがこはぐくめ　あめのたづむら

---

1 霜降らば : 難波 출발은 4월 3일. 따라서 대륙 들판의 겨울 풍경이다.
2 わが子羽ぐくめ : 날개로 덮어서 품는 것이다. 3579번가. 서리가 기러기의 날개에서 흘렀다고 하는 노래 (2238번가)도 있다.

反歌

1791   여행하는 자/ 잠을 자는 들판에/ 서리 내리면/ 우리 애 덮어주렴/ 하늘의 학 무리여

해설

　여행하는 사람이 밤에 잠을 자는 들판에 서리가 내린다면 우리 아이를 날개로 덮어주기를 바라네. 하늘을 날아가는 학의 무리여라는 내용이다.

　들에서 자는 아들이 춥지 않도록 학의 날개로 덮어달라고 하는 뜻으로 강한 모성애가 나타나 있다.

　'天の鶴群'에 대해 私注에서는, '출발은 여름 4월이므로 학의 계절이 아니지만 학이 아름다운 새이므로 학에게 말한 것이겠다'고 하였다〔『萬葉集私注』 5, p.132〕.

思娘子作謌一首幷短謌

1792 白玉之　人乃其名矣　中々二　辭緒下延　不遇日之　數多過者　戀日之　累行者　思遣
田時乎白土　肝向　心摧而　珠手次　不懸時無　口不息　吾戀兒矣　玉釧　手尓取持而
眞十鏡　直目尓不視者　下檜山　下逝水乃　上丹不出　吾念情　安虛歟毛

白玉[1]の　人のその名を　なかなかに[2]　辭を下延へ　逢はぬ日の　數多く過ぐれば　戀ふる日の
累なり行けば　思ひやる[3]　たどき[4]を知らに　肝向ふ[5]　心碎けて　玉襷　懸けぬ時無く　口息
まず[6]　わが戀ふる兒を[7]　玉釧[8]　手に取り持ちて　眞澄鏡[9]　直目に見ねば　下ひ山[10]　下ゆく
水の　上に出でず　わが思ふ情　安きそらかも[11]

しらたまの　ひとのそのなを　なかなかに　ことをしたはへ　あはぬひの　まねくすぐれば
こふるひの　かさなりゆけば　おもひやる　たどきをしらに　きもむかふ　こころくだけて
たまだすき　かけぬときなく　くちやまず　わがこふるこを　たまくしろ　てにとりもちて
まそかがみ　ただめにみねば　したひやま　したゆくみづの　うへにいでず　わがおもふこころ
やすきそらかも

1　白玉 : 진주이다. 귀중한 것으로 노래 불리어졌으며, 사람 자체를 형용하기도 하지만(904번가 등), 여기에서
　　는 특히 이름에 관심이 있다.
2　なかなかに : 오히려라는 뜻이다. '下延へ'에 걸린다.
3　思ひやる : 마음의 근심을 떨치는 것이다.
4　たどき : 'たどき'는 방법이다.
5　肝向ふ : 간에 마음이 향하고 있다고 생각했다.
6　口息まず : 앞의 '辭を下延へ'를 참조하면 속으로 말을 하는 것이 된다. 사람에게 말하지 않고 말한다.　3532
　　번가 참조.
7　わが戀ふる兒を : '直目に見ねば'에 이어진다.
8　玉釧 : 아름다운 팔찌이다. 손에 가진 형용이다.
9　眞澄鏡 : 아름답게 잘 갈아서 잘 비치는 거울이다. 보는 것을 형용한 것이다.
10　下ひ山 : 'したぶ'는 산 아래가 단풍이 드는 것이다. 217번가. 가을 산이다.
11　安きそらかも : 'そら'는 상태, 경우를 말한다. '安し'는 이 외에 5 용례가 'そら'와 함께 사용되었으며, 그렇지
　　않은 것은 2용례뿐이다. 'か'는 강한 부정을 동반한 의문을 나타낸다.

娘子를 생각하여 지은 노래 1수와 短歌

1792 진주와 같은/ 사람의 그 이름을/ 어중간하게/ 말로 내지를 않고/ 못 만나는 날/ 많이 지났으므로/ 그리는 날도/ 쌓여가고 있으니/ 근심을 떨칠/ 방법을 알 수 없어/ (키모무카후)/ 마음도 찢어져서/ (타마다스키)/ 생각 않는 때 없고/ 계속 입으로/ 내 사랑하는 애를/ (타마쿠시로)/ 손에 감아 가지고/ (마소카가미)/ 직접 보지 못하니/ 기슭 물든 산/ 아래 가는 물같이/ 겉에 내지 않고/ 내가 생각하는 마음/ 편한 상태 아니네

✿ 해설

진주와 같이 귀중한 사람의 그 이름을 오히려 말로 입 밖에 내지를 않고 마음속에 감추어 두고 만나지 못한 날이 많이 지나갔으므로, 또 그리워하는 날도 쌓여가고 있으므로, 마음의 근심을 떨쳐버릴 방법을 알 수가 없고, 간을 향하는 마음도 천 갈래로 찢어져서 멜빵을 어깨에 걸듯이 그렇게 마음에 담아서 생각하지 않는 때가 없고, 계속 입으로 말하며 내가 사랑하는 그녀를 아름다운 팔찌처럼 손에 감아 가지고, 또 아름답게 갈아서 잘 비치는 거울처럼 직접 보는 일도 없으므로, 산 아래쪽 기슭이 단풍으로 물든 산의 나무 아래에 숨어서 흘러가는 물같이, 겉으로 드러내지 않고 내가 생각하는 마음은 편안한 상태일 수가 없네라는 내용이다.

全集에서는 'まねく'를, 'まねし는 날수와 횟수가 많은 것'이며, '肝向ふ는 心의 枕詞인데 肝臟과 마주하고 있는 心臟이라는 뜻에서 수식한다'고 하였다『萬葉集』2, p.432].

私注에서는, '田邊福麿 가집에 나오므로 福麿의 작품이다'고 하였다『萬葉集私注』5, p.134].

全集에서는 田邊史福麻呂에 대해, '天平 20년(748) 3월 造酒司令史였을 때에 橘諸兄의 使者로 越中國에 가서, 國守였던 家持와 연회를 베풀고 유람하고 노래를 지은 것이 권제18의 앞에 보인다.『田邊福麻呂歌集』은 그의 작품을 모은 것일 것이다'고 하였다『萬葉集』2, p.500].

全注에서는, 권제6의 田邊福麻呂의 가집 작품 21수와 마찬가지로, 天平 12년(740) 이후부터 16년까지 聖武천황의 久邇京 천도로 시작되는 일련의 정치적 사건에 관계하는 노래이며, 이 3 작품도 그 무렵의 노래라고 보는 설이 있는데 그렇게 생각해도 내용적으로 모순은 없다'고 하였다『萬葉集全注』9, p.237].

反語

1793　垣保成　人之横辭　繁香裳　不遭日數多　月乃経良武

　　　　垣ほ¹なす　人の横言²　繁み³かも　逢はぬ日數多く　月の經ぬらむ

　　　　かきほなす　ひとのよここと　しげみかも　あはぬひまねく　つきのへぬらむ

1794　立易　月重而　雖不遇　核不所忘　面影思天

　　　　立ちかはり⁴　月重なりて　逢はねども　さね⁵忘らえず　面影にして

　　　　たちかはり　つきかさなりて　あはねども　さねわすらえず　おもかげにして

　　　　左注　右三首, 田邊福麻呂之謌集出.

1　垣ほ：'ほ'는 秀이다. 높이 솟은 것을 말한다.
2　横言：邪言, 중상하는 말이다.
3　繁み：시끄럽다는 것이다.
4　立ちかはり：달이 시작하고 바뀌는 것이다. 달의 시작을 '타츠'라고 하였다.
5　さね：완전히, 조금도, 실제로라는 뜻이다.

反歌

1793　높은 담처럼/ 남들 중상하는 말/ 많기 때문에/ 못 만나는 날 많아/ 한 달이 지나는가

해설

　높이 솟은 담처럼 나를 둘러싼 사람들이 옆에서 중상하는 말들이 많고 시끄럽기 때문에 이렇게 만나지 못하는 날이 많아서 한 달이 지나가는 것일까라는 내용이다.

1794　달이 바뀌어/ 몇 달이 지났는데/ 못 만나지만/ 실로 잊을 수 없네/ 눈앞에 어른거려

해설

　달이 바뀌어 몇 달이나 지났는데도 계속 만나지 못하고 있지만 조금도 잊을 수가 없네. 눈앞에 어른거려서라는 내용이다.
　'さね'를 大系에서는, '진실. 名義抄에는 眞·誠·良·實·信 등에 'さね'의 훈이 있다. 어원은 核이다. 'さ'는 접두어이다. 'ね'는 '根'과 같다. 진실로 근본이라는 뜻이다'고 하였다『萬葉集』 2, p.410).

[좌주]　위의 3수는, 타나베노 사키마로(田邊福麻呂)의 가집에 나온다

挽謌[1]

宇治若郎子[2]宮所謌一首

1795　妹等許　今木乃嶺　茂立　嬬待木者　古人見祁牟

妹らがり[3]　今木の嶺[4]に　茂り立つ[5]　嬬松[6]の木は　古人[7]見けむ

いもらがり　いまきのみねに　しげりたつ　つままつのきは　ふるひとみけむ

1　挽謌 : 죽음에 관한 노래이다.
2　宇治若郎子 : 仁德천황의 이복 아우이다. 정치 싸움에서 진 천황으로 생각되어지며, 그 있던 곳(京都府 宇治市)을 도읍으로 부른다.
3　妹らがり : 'がり'는 곁이다.
4　今木の嶺 : 今木은 어디인지 소재를 알 수 없지만 宇治이며 倭는 아니다.
5　茂り立つ : '立つ'는 뜻을 강조하는 것이다.
6　嬬松 : 松(마츠)은 가끔 '待つ(마츠)'의 뜻을 동시에 나타낸다.
7　古人 : 若郎子이다. 소나무가 무성하듯이 古人을 발견했다.

挽歌

우지노 와키이라츠코(宇治若郎子)의 宮所 노래 1수

1795　(이모라가리)/ 이마키(今木)의 산에요/ 우거져 있는/ 처를 기다리는 솔/ 고인은 보았을까

 해설

　　아내 곁으로 지금 온다는 뜻을 이름으로 한 이마키(今木)산에 무성하게 우거져 있는, 아내를 기다린다고 하는 뜻의 소나무는, 고인이 보았을까라는 내용이다.

　　'妹らがり 今木の嶺'을 私注에서는, "いまき'는 새로 온 외국인이라는 뜻으로, 그렇게 새로 온 사람이 사는 곳의 이름으로도 되었다. 大和 高市郡의 いまき는 유명하며 지금도 吉野로 넘어가는 고개를 いまき라고 하므로 이 작품의 いまき도 그것이라고 하는 설이 있지만, 제목에 의하면 山城 宇治 부근이라고 생각된다. 지금은 그 이름도 없고 명확하지 않지만 宇治 彼方町의 동쪽 해안에 있는 離宮山, 일명 朝日山이 그것이라고 하는 설이 있다. 혹은 宇治에 접한 紀伊郡(지금의 京都市)이 있고, 원래 이름은 'き'이므로 'いま'까지는 序이며, 지명은 'きのみね'이며, 'き'에 있는 산이라고 하는 설도 있다. 이것도 설득력 있는 설이지만, 지금의 어느 곳을 말하는지는 역시 명확하지 않다'고 하였다「萬葉集私注」 5, p.136」.

　　'嬬待木者'를 私注와 注釋에서는 中西 進과 마찬가지로 '妻를 기다린다는 松'으로 해석하였다. 그러나 全集에서는, '夫를 기다린다는 뜻'으로 석하였다「萬葉」 2, p.433」. 大系에서는 妻인지 夫인지 밝히지 않고, 다만 'つま 기다리는'으로 해석하였다「萬葉集」 2, p.411」.

　　'古人見けむ'를 大系와 私注에서는 中西 進과 마찬가지로 古人, 즉 宇治若郎子가 소나무를 보았겠지로 해석하였다. 全集에서는, '소나무가 若郎子를 보았다고도, 若郎子가 소나무를 보았다고도 해석할 수 있다. 전자로 해석해 둔다'고 하여 '소나무가 若郎子를 보았던 것일까'로 보았다「萬葉集」 2, pp.433~434」.

　　宇治若郎子에 대해 私注에서는, '應神천황의 아들, 仁德천황의 아우로 서로 황위를 양보하였다는 전설이 있는 사람이다. 그 궁전은 이름으로 보더라도 宇治에 있었던 것이겠다. 그 시대에는 궁전이 있는 곳으로 전해지던 것이 今木山 부근에 있었던 것으로 보인다. 人麿 가집의 노래이지만, 序의 용법 등은 완전히 민요풍이다. 궁전 부근에 유행하고 있던 것이겠다'고 하였다「萬葉集私注」 5, p.137」.

　　中西 進은 이 작품을, '人麿의 작품일 것이다'고 하였다.

紀伊國作謌四首[1]

1796   黃葉之 過去子等 携 遊礒廻 見者悲裳

      黃葉の[2] 過ぎにし子等[3]と 携はり 遊びし礒を 見れば悲しも[4]

      もみちばの すぎにしこらと たづさはり あそびしいそを みればかなしも

1797   塩氣立 荒礒丹者雖在 徃水之 過去妹之 方見等曾來

      潮氣立つ[5] 荒礒[6]にはあれど 行く水の[7] 過ぎにし妹が 形見[8]とそ來し

      しほけたつ ありそにはあれど ゆくみづの すぎにしいもが かたみとそこし

---

1 紀伊國作謌四首 : 行幸從駕歌일 것이나 연대는 알 수 없다. 두 번째로 앞의 행행 시기도 알 수 없다.
2 黃葉の : '過ぎる(없어지다)'의 형용이다.
3 過ぎにし子等 : 子는 여성을 가리킨다. 官女인가. 'ら'는 접미어이다.
4 見れば悲しも : '悲し'는 애절하고 사랑스러운 정을 말한다.
5 潮氣立つ : 황량한 것을 표현한 것이다. 162번가 참조.
6 荒礒 : 거친 바위를 말한다. 바위는 암석으로 된 해안이다.
7 行く水の : 사라지는 것을 형용한 것이다.
8 形見 : 모습을 생각나게 하는 것이다.

키노쿠니(紀伊國)에서 지은 노래 4수

1796 낙엽과 같이/ 떠나버린 아내와/ 손을 맞잡고/ 놀았었던 해변을/ 보면은 슬퍼지네

🌸 해설

　낙엽처럼 떠나가서 죽은 아내와, 전에 손을 맞잡고 놀았었던 해변을 보면 슬퍼지네라는 내용이다.
　中西 進은 이 작품을, '이하 4수 人麻呂의 작품일 것이다. 이번에 從駕하지 않은 官女를 그리워한 應詔歌인가'라고 하였다.
　私注에서는, '人麿 가집의 노래이다. 1수는 간결한 어조이며, 뛰어난 작품이기는 하지만 'もみちばの すぎにしこら'는 권제1의 47번가의 人麿 작품 'もみちばの すぎにしきみ'에서 모방한 것이다. 人麿 가집에 수록될 수 있었던 것도 그 구가 있는 것 때문일 것이다. 더구나 人麿가 같은 구를 다시 사용해서 이 挽歌를 지었다고 보는 견해도 가능하겠지만 아마 사실은 그렇지 않을 것이다. 人麿의 작품이 민요적인 변화를 받아 이 挽歌의 형태가 된 것이겠다'고 하였다『萬葉集私注』 5, p.138].

1797 바닷물이 찬/ 거친 바위 해안이나/ (유쿠미즈노)/ 죽어버린 그녀의/ 추억거리라 왔네

🌸 해설

　바닷물이 밀려오는 거친 바위 해안이기는 하지만, 흘러가는 물처럼 그렇게 죽어버린 그녀의 모습을 생각나게 하는 추억거리로 생각하고 찾아온 것이다는 내용이다.
　'潮氣立つ'를 注釋에서는 中西 進과 마찬가지로, '潮氣가 일어나는'이라고 하였다『萬葉集注釋』 9, p.227].
大系와 私注에서는 '潮煙이 일어나는'으로 해석하였다. 全集에서는 '소금기를 머금은 바다 기운'으로 해석하였다『萬葉集』 2, p.434].
　私注에서는, '마찬가지로 人麿 가집의 작품이다. 권제1의 47번가의 'ま草苅る　　にはあれど　　のぎ にし君が 形見とそ來し'를 전체적으로 모방한 것이다. 혹은 모방 작품으로 보기보다는 변화된 다른 형태로 보는 것이 옳을 것이다'고 하였다『萬葉集私注』 5, p.138].

1798　古家丹　妹等吾見　黑玉之　久漏牛方乎　見佐府下

　　　　古に¹　妹とわが見し　ぬばたまの²　黑牛潟を　見ればさぶしも

　　　　いにしへに　いもとわがみし　ぬばたまの　くろうしかたを　みればさぶしも

1799　玉津嶋　礒之裏未之　眞名子仁文　尓保比去名　妹觸險

　　　　玉津島³　礒の浦廻⁴の　眞砂⁵にも　にほひて⁶行かな⁷　妹も觸れけむ

　　　　たまつしま　いそのうらみの　まなごにも　にほひてゆかな　いもがふれけむ

　　　左注　右五首, 柿本朝臣人麻呂之謌集出.

---

　1 古に : 앞서 있었던 행행 때를 말한다.
　2 ぬばたまの : 烏扇(범부채)의 열매처럼 검다.
　3 玉津島 : 지금의 玉津島 신사가 있는 곳이다. 917·1215번가 참조.
　4 礒の浦廻 : 'み'는 彎曲을 나타내는 접미어이다.
　5 眞砂 : 모래를 말한다. 동시에 'まなご(愛子)', 사랑스러운 사람의 뜻이 있다.
　6 にほひて : 색색으로 빛난다는 뜻이다. 無情·無色의 모래이지만 아내로 인해 색깔을 발견했다.
　7 行かな : 'な'는 願望을 나타낸다.

1798 지난날에요/ 아내와 둘이서 본/ (누바타마노)/ 쿠로우시(黑牛潟) 갯벌을/ 보면 쓸쓸해지네

🌸 해설

옛날에 아내와 둘이서 보았던 범부채 열매같이 검은 쿠로우시(黑牛潟)의 갯벌을 지금 혼자서 보고 있으니 쓸쓸해지네라는 내용이다.

'古に'를 全集에서는, '가끔 수년 전의 가까운 과거를 말할 때가 있다. 여기에서도 비교적 가까운 과거를 가리키고 있을 것이다'고 하였다『萬葉集』 2, p.434]. 黑牛潟을 大系에서는, '和歌山縣 海南市 黑江・舟尾(후노오) 부근의 바다'라고 하였다『萬葉集』 2, p.411].

私注에서는, '人麿의 작품에는 직접 이것에 해당한다고 생각되는 것은 없다. 'いにしへに'라고 하는 설명을 넣은 것은 역시 민요체일 것이다'고 하였다『萬葉集私注』 5, p.139].

中西 進은 이 작품을, '黑牛潟은 黑潮潟인가. 검은 물결에 들어가 있는 처절한 외로움이 있다. 뛰어난 작품이다'고 하였다.

1799 타마츠(玉津)섬의/ 바위 많은 포구의/ 모래들에도/ 물들여서 갈까나/ 아내가 만졌겠지

🌸 해설

타마츠(玉津)섬의 바위 많은 포구의 모래들에 옷을 물들여서 가자. 사랑스러운 아내가 손으로 모래를 만졌겠지라는 내용이다.

아내가 만졌을 모래를 옷에 문질러서 물을 들여서 가자는 내용이다. 아내가 옛날에 만졌을 모래를 통해서 아내를 그리워하는 것이다.

玉津島를 大系에서는, '현재는 육지에 있고 奠供山으로 불리어지며, 和歌山市 和歌浦의 玉津島 신사 뒤에 있다'고 하였다『萬葉集』 2, p.411].

私注에서는, '이상 4수는 연작체로 하나의 懷舊 挽歌를 이루고 있다. 혹은 실제의 경험에 근거하여 한 작가가 상정되는 것인지도 모른다. 그래도 그 작자를 人麿라고 결정할 수는 없다. 人麿 가집에 수록된 것은 작품 중의 몇 구가 人麿의 작품과 비슷하기 때문일 것이다. 혹은 어느 시대에 픽션으로 이러한 작품이 人麿 작품을 바탕으로 하여 만들어졌는지도 모른다'고 하였다『萬葉集私注』 5, p.140].

中西 進은 이 작품을, '매우 뛰어난 작품이다'고 하였다.

좌주 위의 5수는, 카키노모토노 히토마로(柿本朝臣人麻呂)의 가집에 나온다.

過足柄坂[1]見死人[2]作謌[3]一首

1800 小垣內之　麻矣引干　妹名根之　作服異六　白細乃　紐緒毛不解　一重結　帶矣三重結
苦伎尓　仕奉而　今谷裳　國尓退而　父姚毛　妻矣毛將見跡　思乍　徃祁牟君者　鳥鳴
東國能　恐耶　神之三坂尓　和靈乃　服寒等丹　烏玉乃　髮者亂而　邦問跡　國矣毛不告
家問跡　家矣毛不云　益荒夫乃　去能進尓　此間偃有

小垣内[4]の　麻を引き干し[5]　妹なね[6]が　作り着せけむ　白栲の[7]　紐をも解かず[8]　一重結ふ
帶を三重結ひ[9]　苦しきに　仕へ奉りて[10]　今だにも[11]　國[12]に罷りて[13]　父母[14]も　妻をも見む
と　思ひつつ　行きけむ[15]君は　鳥が鳴く[16]　東の國の　恐きや[17]　神の御坂[18]に　和靈[19]の
衣寒らに　ぬばたまの[20]　髮は亂れて　國問へど　國をも告らず　家[21]問へど　家をも言はず
大夫の[22]　行のすすみに[23]　此處に臥せる[24]

1　足柄坂：足柄 고개이다.
2　死人：길을 가다가 죽은 사람이다.
3　作謌：길에서 죽은 사람을 만나면 鎭魂을 할 필요가 있었다. 歌一言을 통해서 자신의 몸의 안전을 도모하였다.
4　小垣内：담장 안이다. 小는 접미어이다.
5　麻を引き干し：여성의 노동이다.
6　妹なね：'なね'는 애칭이다. 724번가 참조.
7　白栲の：흰 천이다. 여기에서는 옷이라는 뜻이다.
8　紐をも解かず：다른 여성을 사랑하지 않고. 마음 놓고 자지 않고 새우잠을 자는 것이다.
9　帶を三重結ひ：수척해진다는 뜻이다. 742번가 참조.
10　仕へ奉りて：衛士로 부름을 받은 것이겠다. 부역의 하나이다.
11　今だにも：지금만이라도.
12　國：향리를 말한다.
13　罷りて：도읍에 대한 겸양어이다.
14　父母：母父라고 한 것이 오래되고 일반적이다.
15　行きけむ：도읍을 기점으로 하는 표현이다. 그 당시 來와 行의 구별은 그렇게 엄밀하지 않았다.
16　鳥が鳴く：닭이 우는 아침---해가 뜨는 동방, 그 나라로 이어진다.
17　恐きや：두려워해야 할. 'や'는 영탄을 나타낸다.
18　神の御坂：足柄峠를 가리킨다. 4402번가 참조.
19　和靈：원문의 '靈'을 '膚'의 오자라고 하는 설이 있지만 확실하지 않다. 和靈(荒靈의 반대)를 싸는 옷이라는 뜻인가.
20　ぬばたまの：열매가 검은 상태를 '髮(머리카락)'에 연결시켰다.
21　家：나라 아래의 작은 단위이다. 있는 곳이다.

아시가라(足柄) 고개를 지나 죽은 사람을 보고 지은 노래 1수

1800 담장의 안의/ 삼베 널어 말려서/ 그대 아내가/ 만들어서 입혔을/ (시로타헤노)/ 띠도 풀지를 않고/ 한 겹을 묶을/ 띠 세 겹 될 정도로/ 괴로운데도/ 임무 다해 섬기고/ 지금이라도/ 고향에 돌아가서/ 부모님도요/ 아내도 만나려고/ 생각하면서/ 돌아왔을 그대는/ (토리가 나크)/ 아즈마(東)의 나라의/ 무시무시한/ 신이 있는 고개에/ 좋은 영을 싼/ 옷도 추울 정도로/ (누바타마노)/ 머리 헝클어져서/ 고향 물어도/ 고향 말하지 않고/ 집을 물어도/ 집도 말하지 않고/ 용감한 남자/ 고향 그리는 맘에/ 여기에 누워 있네

해설

　　담장 안의 삼베를 널어 말려서 아내가 만들어서 입혔을 것인 흰 옷의 띠도 풀지를 않고, 한 겹으로 묶을 것인 띠를 세 겹으로 묶어야 할 정도로 야위어서 몸이 괴로운데도, 대군에 대한 임무를 다해서 섬기고, 지금까지는 어찌되었든 이제부터라도 고향에 돌아가서 부모님도 아내도 만나려고 생각하면서 돌아왔을 그대는, 닭이 우는 동쪽 나라의, 무서운 신이 있는 고개에 부드러운 영을 싼 옷도 추울 정도로, 범부채 열매처럼 새까만 머리카락도 헝클어져서, 고향이 어디인지 물어도 어디라고 말을 하지 않고, 집이 어디인지 물어도 대답을 하지 않고, 용감한 남자가 고향 그리워하는 격렬한 마음에 여기에 누워 있네라는 내용이다.

　　'妹なね'를 大系에서는, '여동생이나 누나가. 'なね'는 'なのえ(나의 年長)'라는 변화에 의해 생겨난 말인가. 형을 말하는데도, 누나를 말하는데도 사용한다'고 하였다『萬葉集』2, p.412].

　　'仕へ奉りて'에 대해 全集에서는, '보통 봉사한다는 뜻이지만 여기에서는 徭役의 근무를 마친 것을 말한다. 당시 正丁(성년 남자)은 1년에 10일간 도읍으로 올라가 노역을 할 의무가 있었다. 그러나 庸(물건을 바침)으로 대신할 수도 있어서 먼 곳의 사람들은 많이 이렇게 하였다. 이 노래의 경우는 드문 예외일 것이다. 혹은 3년 근무의 仕丁 종류인 것인가'라고 하였다『萬葉集』2, p.435].

　　'東の國'에 대해 全集에서는, '아즈마는 『만엽집』에서는 三河(愛知縣 동부)보다 먼 東海道 및 東山道・陸奧를 가리킨 것 같다. 그러나 『고사기』에서는 足柄坂에, 『일본서기』에서는 碓氷峠에, 야마토타케루노 미코토(倭建命)가 서서, 물에 빠져 죽은 아내인 오토타치바나히메(弟橘媛)를 그리워하여 '아즈마하야'라고 말했기 때문이라고 하는 지명기원 설화가 보이며, 주로 오늘날의 관동지방을 가리켰다고 생각된다'고 하였다『萬葉集』2, p.435].

　　大系에서는 '和靈'을 '和膚'로 보고, '부드러운 피부의. 膚의 虍는 고사본에서는 雨처럼 쓰므로 膚를 靈으로 잘못 쓴 것은 아닐까'라고 하였다『萬葉集』2, p.412].

　　'此處に臥せる'에 대해 全集에서는, '和銅 5년(712) 정월의 조칙에 여러 지역에서 온 부역하는 사람들이 고향으로 돌아가는 길에 식량 부족으로 죽는 자가 많다고 들었는데 國司는 이들을 불쌍히 여겨 매장하라고 한 것이 참고가 된다'고 하였다『萬葉集』2, p.435].

をかきつの　あさをひきほし　いもなねが　つくりきせけむ　しろたへの　ひもをもとかず
ひとへゆふ　おびをみへゆひ　くるしきに　つかへまつりて　いまだにも　くににまかりて
ちちははも　つまをもみむと　おもひつつ　ゆきけむきみは　とりがなく　あづまのくにの
かしこきや　かみのみさかに　にきたまの　ころもさむらに　ぬばたまの　かみはみだれて
くにとへど　くにをものらず　いへとへど　いへをもいはず　ますらをの　いきのすすみに
ここにこやせる

---

22 **大夫の** : 용감한 남자라는 뜻이다.

23 **行のすすみに** : 'すすみ'는 'すさぶ', 'すすしきほひ' 등과 같은 어근이다. 단번에 고향을 향하여 간 마음의 격렬함에.

24 **此處に臥せる** : 'こやす'는 엎드리는 것의 경어이다. 공경의 뜻을 보인 것은 죽은 사람이기 때문이다.

私注에서는, '田邊福麿 가집의 노래로 그의 작품일 것이다. 福麿는 天平 20년, 橘 諸兄의 使者로 越中으로 간 것이 권제18에 보이므로, 같을 일로 東國에도 갔을 것이다. 足柄坂은 東國과의 교통의 요충지로 힘든 곳이므로 이러한 일도 만났을 것이다. くにとへど云云은 권제2의 人麿의 挽歌에 '家知らば 行きても告げむ 妻知らば 來も問はましを'(220)라고 한 것과 비슷하지만, 그것은 자연스러운데 이 작품은 말 못하는 죽은 사람에게 묻는 것이므로 이상하게 들리는 것은 단순히 억지로 말하고 있는 것만은 아니다. 福麿의 역량은 앞에서도 말했지만 말뿐인 작품이어서 그러한 부자연스러움이 두드러지므로 근본은 2,3구의 표현법의 문제가 아닌 것이 되는 것이다'고 하였다『萬葉集私注』 5, p.142].

注釋에서는, '비교적 시대가 새로운 작품이지만 長歌뿐이며 反歌가 없다'고 하였다『萬葉集注釋』 9, p.233].

권제2의 人麿의 작품이 사누끼(讚岐)의 항구의 유래와 아름다움, 그리고 시야를 넓게 하여 넓은 바다와 파도치는 모습 등을 묘사하고 나서는, 해안에서 발견한 죽은 사람을 보고 그 사람 자체보다는 집에서 기다리고 있을 그 사람의 아내를 안타까워하는 내용을 담고 있다.

그에 비해 福麿의 이 작품은, 앞부분에서는 나라에 대한 임무를 다한 용감한 남성임을 말하고, 뒷부분에서는 죽은 사람의 모습을 말하고 있다. 결국 작자의 시선은 죽은 사람에게만 집중되어 있다. 첫 부분이 '담장 안의'로 시작하는 것에서 느껴지듯 좁은 공간 감각이다.

이것은 人麿의 작품이 바닷가에서 지은 것이고 福麿의 이 작품은 고개에서 지은 것이기 때문이기도 하겠지만, 私注에서 말한 人麿와 福麿의 역량의 차이 외에, 人麿는 자신의 아내에 대한 그리움을 노래한 작품이 많은 것으로 미루어 보면 人麿의 아내에 대한 사랑의 마음이 죽은 사람을 본 경우에도 마찬가지로 적용이 되었던 것이라 생각된다.

過葦屋處女[1]墓時作謌一首并短謌

1801 古之 益荒丁子 各競 妻問爲祁牟 葦屋乃 菟名日處女乃 奧城矣 吾立見者 永世乃 語尒爲乍 後人 偲尒世武等 玉桙乃 道邊近 磐構 作冢矣 天雲乃 退部乃限 此道矣 去人每 行因 射立嘆日 或人者 啼尒毛哭乍 語嗣 偲継來 處女等賀 奧城所 吾共 見者悲喪 古思者

古の ますら壯士の[2] 相競ひ 妻問しけむ 葦屋の うなひ處女の[3] 奧津城[4]を わが立ち見れば 永き世の 語りにしつつ 後人の 思ひにせむと 玉桙の[5] 道の邊近く 磐構へ 作れる[6]塚を 天雲の そくへの限り[7] この道を 行く人ごとに 行き寄りて い立ち嘆かひ ある人は[8] 哭にも泣きつつ 語り繼ぎ 思ひ繼ぎ來る 處女らが 奧津城どころ われさへに[9] 見れば悲しも 古思へば

いにしへの　ますらをのこの　あひきほひ　つまどひしけむ　あしのやの　うなひをとめの
おくつきを　わがたちみれば　ながきよの　かたりにしつつ　のちひとの　しのひにせむと
たまほこの　みちのへちかく　いはかまへ　つくれるつかを　あまくもの　そくへのかぎり
このみちを　ゆくひとごとに　ゆきよりて　いたちなげかひ　あるひとは　ねにもなきつつ
かたりつぎ　しのひつぎくる　をとめらが　おくつきどころ　われさへに　みればかなしも
いにしへおもへば

---

1 葦屋處女 : 두 남자에게 사랑을 받은 슬픈 이야기로 高橋蟲麻呂(1809번가 이하), 大伴家持(4211번가 이하)도 노래를 지었다. 현재 그 무덤이라고 전해지는 것이 神戸市에 4기가 있다.
2 ますら壯士の : 反歌의 시노다男(치누男이라고도 한다)과 우하라男(우나히男이라고도 한다)의 두 사람이다.
3 うなひ處女の : 처녀는 菟原(우하라)郡에 살고 있었으므로 지명에 의해 우하라 처녀라고도 불리어졌겠지만 한편 우나히髮의 처녀로 전승되었다고 보인다. 우나히는 우나이와 같은 것으로 머리카락을 늘어뜨린다는 뜻이다. 8세 무렵의 머리카락으로 이것을 묶으면 적령에 달한 것이 되므로, 매우 나이가 어린 소녀라는 뜻일 것이다.
4 奧津城 : 무덤을 말한다.
5 玉桙の : 길을 상투적으로 수식하는 枕詞이다.
6 作れる : 1809번가에 의하면 유족인가.
7 そくへの限り : 사람들.
8 ある人は : 원문의 或은 惑을 간단히 한 것이기도 하고, 'わびひと(와비히토)'의 훈도 생각할 수 있다.
9 われさへに : 사람들에다 나까지라는 뜻이다.

아시야노 오토메(蘆屋처녀)의 무덤을 지날 때 지은 노래 1수와 短歌

1801 그 먼 옛날의/ 용감한 대장부들/ 서로 다투어/ 구혼하려고 했던/ 아시노야(蘆屋)의/ 우나
히(菟原) 아가씨가/ 잠든 무덤을/ 내가 멈춰 서 보니/ 영원하도록/ 이야기 거리 삼아/ 후세
사람들/ 생각하게 하려고/ (타마호코노)/ 길가에 가깝도록/ 돌을 쌓아서/ 만들었는 무덤에
/ 하늘 구름의/ 멀리 끝까지라도/ 이 무덤가를/ 가는 사람 모두가/ 잠시 들러서/ 멈추어
탄식하고/ 어떤 사람은/ 소리까지 내 울며/ 이야기 전해/ 애달파 하여 왔던/ 그 아가씨의/
무덤 있는 그곳을/ 나까지도요/ 보니 슬퍼만지네/ 옛날을 생각하면은

🌸 **해설**

그 먼 옛날의 용감한 남자들이 서로 다투어서 구혼을 하려고 했던 아시노야(蘆屋)의 우나히(菟原) 아가
씨가 잠들어 있는 무덤을, 내가 멈추어 서서 보니 오래도록 이야기 거리로 삼아서 후세 사람들이 생각을
하게 하려고 길가에 가깝도록 돌을 쌓아서 만든 무덤에, 하늘의 구름이 흘러가는 먼 끝 쪽의 사람들까지,
이 무덤가의 길을 가는 사람들은 모두가 다 잠시 들러서는 탄식을 하고, 어떤 사람은 소리까지 내어서
울기도 하며, 이야기를 전하며 슬퍼하여 왔네. 그 아가씨와 남자들의 무덤이 있는 그곳은, 나까지도 보니
슬퍼만지네. 옛날을 생각하면이라는 내용이다.

'玉桙の'를 中西 進은 "玉은 美稱. 창 모양으로 된 것을 길에 세운 것에 의한 표현'이라고 하였다. 大系에서
는 '玉桙の'를, '현재는 각 지방에서 庚申塔이나 道祖神 등으로 이름이 바뀌고 모양도 바뀌었지만 대부분
삼거리에 세워져 있는 石神 가운데는, 옛날에는 陽石 모양을 한 것이 적지 않았던 것 같다. 동북지방
笠島의 道祖神과 그 외에도 그와 같은 예가 적지 않다. '타마'는 영혼의 '타마'이고 '호코'는 프로이드 류로
해석을 하면 陽石이었던 것이 아닐까. 그것을 삼거리나 마을 입구에 세워서 사악한 것의 침입을 막으려고
하는 미개한 농경사회의 습속이 당시에 아직도 많이 남아 있었던 것은 아닐까. 타마호코가, 길을 수식할
뿐만 아니라, 예가 한 곳에 보일 뿐이지만 마을(里)을 수식하고 있는 예(권11, 2598)가 있는 것은 주목해야
만 한다. 이와 같은 陽石을 마을 입구에 세우는 풍속은 세계 각지의 농경을 위주로 하는 미개사회에서
볼 수 있는 것이다'고 하였다『萬葉集』 1, 補注 79, p.339].

菟原處女를 大系에서는, '蘆屋은 菟原郡에 있었으므로 이렇게 불렀다'고 하였다『萬葉集』 2, p.413].

私注에서는, '福麿의 작품이다. 福麿에게는 권제6에도 敏馬 포구를 지날 때의 작품이 있다. 이것도 같은
때의 작품으로 天平 16년 무렵의 작품인가'라고 하였다『萬葉集私注』 5, p.144].

注釋에서는, '이 작품은 赤人의 勝鹿의 眞間娘子를 노래한 작품을 모방한 것으로 생각된다'고 하였다『萬
葉集注釋』 9, p.237].

反謌

1802　古乃　小竹田丁子乃　妻問石　菟會處女乃　奧城粲此

　　　古の　小竹田壯子[1]の　妻問ひし　うなひ處女の　奧津城ぞこれ

　　　いにしへの　しのだをとこの　つまどひし　うなひをとめの　おくつきぞこれ

1803　語繼　可良仁文幾許　戀布矣　直目尓見兼　古丁子

　　　語りつぐ　からにも[2]幾許[3]　戀しきを[4]　直目に見けむ[5]　古壯士

　　　かたりつぐ　からにもここだ　こほしきを　ただめにみけむ　いにしへをとこ

1　小竹田壯子 : 和泉國의 信太(시노다)男. 1809번가의 血沼壯士와 같다. 다른 곳에서 온 남자(한 사람은 같은
　고향의 남자)만을 노래한 것은, 그가 異鄕 구혼담의 주역이기 때문이다.
2　からにも : 역접을 나타낸다. 157번가 참조.
3　幾許 : 매우.
4　戀しきを : 역접을 나타낸다.
5　直目に見けむ : 경험하다. 처녀와 무덤을 본 것은 아니다.

反歌

1802　그 먼 옛날의/ 시노다(小竹田) 대장부가/ 구혼을 했던/ 우나히 아가씨의/ 무덤이네 이것은

❀ 해설

　　옛날의 시노다(小竹田) 대장부가 결혼하려고 구혼을 했던 우나히 아가씨의 무덤이네. 이것은이라는 내용이다.

　　小竹田壯子에 대해 大系에서는, '血沼壯士(1809번가). 和名抄에 和泉國 和泉郡 信太鄕으로 보이는 곳(현재, 大阪府 泉北郡 信太村)에 있었으므로 부른 호칭이다'고 하였다『萬葉集』 2, p.414].

　　注釋에서는, '이 작품도 赤人의 작품(권제3의 432번가)을 모방한 것으로 생각된다'고 하였다『萬葉集注釋』 9, p.238].

1803　이야기하는/ 것만으로도 이리/ 사랑스런데/ 직접 눈으로 봤던/ 옛날의 대장부여

❀ 해설

　　이야기하여 전하는 것만으로도 이렇게 심히 사랑스러운데 직접 눈으로 보았던 옛날의 대장부여. 얼마나 사랑스러움을 느꼈을까라는 내용이다.

　　古壯士에 대해 全集에서는, '이 壯士는 小竹田壯士와 菟原壯士 중에서 누구를 가리키는지 명확하지 않지만, 앞의 노래에 小竹田壯士의 이름이 있고 또 그쪽이 菟原壯士보다도 주역인 것처럼 전해지고 있으므로 小竹田壯士에 중점이 있다고 생각된다'고 하였다『萬葉集』 2, p.437]. 私注에서도 시누다男子를 가리키고 있는 것으로 보았다『萬葉集私注』 5, p.145].

<h2>哀弟¹死去作謌一首幷短謌</h2>

1804　父母賀　成乃任尓　箸向　弟乃命者　朝露乃　銷易杵壽　神之共　荒競不勝而　葦原乃　水穗之國尓　家無哉　又還不來　遠津國　黄泉乃界丹　蔓都多乃　各々向々　天雲乃　別石徃者　闇夜成　思迷匐匐　所射十六乃　意矣痛　葦垣之　思亂而　春鳥能　啼耳鳴乍　味澤相　宵晝不知　蜻蜓火之　心所燎管　悲悽別焉

父母が　成し²のまにまに　箸向ふ³　弟の命⁴は　朝露の　消やすき⁵命　神の共⁶　爭ひかねて　葦原の　瑞穗の國に⁷　家無みや　また還り來ぬ　遠つ國　黄泉の界に⁸　はふ蔦の⁹　各が向き向き¹⁰　天雲の　別れし行けば　闇夜なす　思ひ迷はひ　射ゆ猪鹿の¹¹　心を痛み　葦垣の¹²　思ひ亂れて　春鳥の　音のみ泣きつつ　味さはふ¹³　夜晝知らず　かぎろひの¹⁴　心燃えつつ　悲しび別る

ちちははが　なしのまにまに　はしむかふ　おとのみことは　あさつゆの　けやすきいのち　かみのむた　あらそひかねて　あしはらの　みづほのくにに　いへなみや　またかへりこぬ　とほつくに　よみのさかひに　はふつたの　おのがむきむき　あまくもの　わかれしゆけば　やみよなす　おもひまとはひ　いゆししの　こころをいたみ　あしかきの　おもひみだれて　はるとりの　ねのみなきつつ　あぢさはふ　よるひるしらず　かぎろひの　こころもえつつ　かなしびわかる

---

1 弟 : ‘おと’는 年少하다는 뜻으로 ‘え(형)’와 반대이다. 복합어로서 사용되는 경우가 많다.
2 成し : ‘成る(태어나다)’의 타동사이다. 형제 관계의 발생을 말한다.
3 箸向ふ : 식사를 함께 하는 친밀한 관계를 나타낸다.
4 弟の命 : 命은 敬稱이다. 挽歌에 많이 사용된다.
5 消やすき : ‘消(け)’는 ‘きえ’의 축약형이다.
6 神の共 : ‘むた’는 함께라는 뜻이다. 신의 의지에 의해, 그래서 다음 구와 같은 내용이다.
7 瑞穗の國に : 挽歌的인 표현이다.
8 黄泉の界に : 사후의 세계이다. ‘さかひ’는 지역이다.
9 はふ蔦の : 이하 16구에서 5음구는 모두 다음 구를 형용하는 것이다. 의례가의 형식을 답습한 것이지만 특이하게 많다.
10 各が向き向き : 자신과 동생이 제각각의 방향으로. 幽明의 경계를 달리한다는 뜻이다.
11 射ゆ猪鹿の : ‘しし’는 猪·鹿을 대표로 하는 짐승이다.
12 葦垣の : 갈대가 ‘亂れて’에 연결된다. 928번가 참조.
13 味さはふ : 오리가 모여 서로 의지하는 것. ‘め(群)’에 이어지는 것이 많다.
14 かぎろひの : 빛나는 것 일반을 말한다. 불꽃, 햇빛 등.

남동생이 사망한 것을 슬퍼하여 지은 노래 1수와 短歌

1804 부모님이요/ 낳아주신 그대로/ 저를 마주한/ 남동생이 말이죠/ (아사츠유노)/ 꺼지기 쉬운 목숨/ 신과 더불어/ 다툴 수가 없어서/ 아시하라(葦原)의/ 미즈호(瑞穗)의 나라에/ 집 없어 인가/ 다시 돌아오잖네/ 멀고먼 나라/ 황천 지역으로요/ (하후츠타노)/ 제각각 방향으로/ (아마쿠모노)/ 헤어져 갔으므로/ (야미요나스)/ 생각이 혼미하여/ (이유시시노)/ 마음 슬프게 하고/ (아시카키노)/ 생각 혼란스러워/ (하루토리노)/ 소리 내어 울면서/ (아지사하후)/ 밤낮 구별 못하고/ (카기로히노)/ 마음 계속 태우며/ 슬프게 헤어졌네

해설

부모님이 동생으로 낳은 대로 밥상에 마주 앉아서 젓가락질을 하며 자란 남동생이 마치 아침 이슬처럼 사라지기 쉬운 목숨을, 신과 더불어 다투어서 신의 마음을 거역할 수가 없고, 아시하라(葦原)의 미즈호(瑞穗)의 나라, 즉 일본에 집이 없기 때문인가. 다시는 돌아오지를 않네. 머나먼 죽음의 나라인 황천 세계로 줄기를 뻗치는 담쟁이처럼 제각각의 방향으로, 하늘의 구름처럼 헤어져서 갔으므로, 나는 어두운 밤처럼 생각이 혼미하고, 화살을 맞은 짐승처럼 마음을 슬프게 하고, 흐트러진 갈대 울타리처럼 생각이 혼란스러워서 봄의 새처럼 소리를 내어 울면서 오리떼가 밤낮을 구별하지 못하고 불꽃을 이루며 마음도 계속 타고, 슬픔 속에 헤어진 것이네라는 내용이다.

남동생이 사망한 것을 슬퍼한 노래인데 枕詞를 무척 많이 사용하였다.

大系에서는 '箸向ふ'를 '枕詞. 弟를 수식한다. 마주하여 식사를 하므로 젓가락이 마주한다는 뜻에서'라고 하였고, '神の共 爭ひかねて'에 대해서는 '신과 더불어 싸우기가 힘들어서―신과 싸웠지만 져버려서. かねて 는 무엇을 하려고 하지만 힘이 미치지 않는 것'이라고 하였다『萬葉集』 2, p.414]. 또 '瑞穗の國'은 '일본의 옛 명칭으로 싱싱한 벼이삭의 나라'라고 하였다『萬葉集』 2, p.414]. 그리고 所射十六乃에 대해서는, '十六은 四四十六이라고 하는 곱셈의 구구단에 의한 것이다. 그 당시 이미 그러한 구구단이 행해지고 있었던 것을 알 수 있다. 그 외에 し를 二二, とお를 二五, くく를 八十一로 쓰는 것 등이 있다'고 하였다『萬葉集』 2, p.415]. '春鳥の'에 대해서는, '枕詞. 봄의 새소리는 신음하는 것처럼 들렸다'고 하였다『萬葉集』 2, p.415].

私注에서는, '福麿의 작품이지만 序, 枕詞의 사용이 지나치게 많고 『만엽집』 중에서 나쁜 작품의 예. 혹은 다른 사람을 위한 代作으로 감동이 없는데 무리하게 지은 것인지도 모른다'고 하였다『萬葉集私注』 5, p.147]. 全注에서는, '작자 田邊福麿에게 남동생이 있었는지는 명확하지 않다. 이 노래는 福麿에게 挽歌 작성을 의뢰한 인물의 동생일 가능성도 있다'고 하였다『萬葉集全注』 9, pp.256~257].

反謌

1805　別而裳　復毛可遭　所念者　心亂　吾戀目八方 [一云, 意盡而]

　　　別れても　またも逢ふべく　思ほえば　心亂れて　われ戀ひめやも¹ [一は云はく, 心つくして]

　　　わかれても　またもあふべく　おもほえば　こころみだれて　われこひめやも [あるはいはく,
　　　こころつくして]

1806　蘆檜木笑　荒山中尒　送置而　還良布見者　情苦喪

　　　あしひきの²　荒山中に³　送り置きて⁴　歸らふ⁵見れば　情苦しも⁶

　　　あしひきの　あらやまなかに　おくりおきて　かへらふみれば　こころぐるしも

　　　左注　右七首, 田邊福麻呂之歌集出.

---

1 **われ戀ひめやも** : 'やも'는 강한 부정을 동반한 의문을 나타낸다.
2 **あしひきの** : 갈대와 회목이 나 있는.
3 **荒山中に** : 가끔 죽은 사람이 있는 곳은 '荒'으로 표현된다.
4 **送り置きて** : 매장해서.
5 **歸らふ** : 'ふ'는 계속을 나타낸다.
6 **情苦しも** : '苦し'는 바라는 바가 아닌 것을 말한다. 그렇게 하고 싶지 않은 마음을 말한다.

反歌

1805 헤어져서도/ 다시 만날 수 있다/ 생각한다면/ 마음 혼란스러워/ 내가 그리워할깨혹은
말하기를, 마음을 다하여서]

🌸 해설

　헤어졌지만 다시 만날 수가 있다고 믿을 수가 있다면 마음이 혼란스럽게 내가 그리워하는 일이 어떻게
있을 수 있겠는개혹은 말하기를, 마음을 다하여서]라는 내용이다.
　다시는 만날 수가 없기 때문에 마음 혼란스럽게 그리워한다는 것이다.

1806 (아시히키노)/ 황량한 산 속으로/ 보내어 놓고서/ 돌아오는 것 보면/ 마음이 괴롭네요

🌸 해설

　황량한 산 속으로 사망한 자를 보내어 놓고서 사람들이 이어서 돌아오는 것을 보면 마음이 괴롭네요라
는 내용이다.
　사망한 사람을 매장하고 돌아오는 사람들을 보는 것이 괴로운 것을 말한 것이다.
　'あしひきの'는 산을 상투적으로 수식하는 枕詞이다. 권제2의 107번가에서는 '足日木乃'로 되어 있다.
어떤 뜻에서 산을 수식하게 되었는지 알 수 없다. 1088번가 등의 '足引之'의 글자로 보면, 험한 산길을
걸어가다 보니 힘이 들고 피곤하여 다리가 아파서 다리를 끌듯이 가게 되는 험한 산길이라는 뜻에서
그렇게 수식하게 되었는지도 모르겠다. 이것은 1262번가에서 'あしひきの'를 '足病之'로 쓴 것을 보면 더욱
그렇게 추정을 할 수가 있겠다. 그런데 이 작품의 원문에서는 '蘆檜木笑'라고 표기하였다. 이 표기로 보면
풀과 나무가 울창해서 가기가 힘든 험한 산이라는 뜻임을 알 수 있다. 여러 가지 의미에서 산을 수식하게
된 것임을 알 수 있다.

　　좌주　위의 7수는, 타나베노 사키마로(田邊福麻呂)의 가집에 나온다.

詠勝鹿[1]眞間娘子謌一首[2]幷短謌

1807 鷄鳴 吾妻乃國尒 古昔尒 有家留事登 至今 不絶言來 勝壯鹿乃 眞間乃手兒奈我 麻衣尒 靑衿着 直佐麻乎 裳者織服而 髮谷母 搔者不梳 履乎谷 不着雖行 錦綾之 中丹裹有 齋兒毛 妹尒將及哉 望月之 滿有面輪二 如花 咲而立有者 夏蟲乃 入火之 如 水門入尒 船己具如久 歸香具礼 人乃言時 幾時毛 不生物呼 何爲跡歟 身乎田名 知而 浪音乃 驟湊之 奧津城尒 妹之臥勢流 遠代尒 有家類事乎 昨日霜 將見我其登 毛 所念可聞

鷄が鳴く[3] 東の國に 古に ありける事と 今までに 絶えず言ひ來る 勝鹿の 眞間の手兒 奈[4]が 麻衣に 靑衿[5]着け 直さ麻[6]を 裳[7]には織り着て 髮だにも[8] 搔きは梳らず 履をだ に[9] 穿かず行けども 錦綾の[10] 中につつめる 齋兒も[11] 妹に如かめや[12] 望月[13]の 滿れる面 わに 花の如 笑みて立てれば[14] 夏蟲の 火に入るが如[15] 水門入りに 船漕ぐ如く[16] 行きかぐれ[17] 人のいふ[18]時 いくばくも[19] 生けらじ[20]ものを 何すとか 身をたな知りて[21] 波の音の 騷く湊の 奧津城に 妹が臥せる[22] 遠き代に ありける事を 昨日しも[23] 見けむ が如も 思ほゆるかも

---

1 勝鹿 : 下總國 眞間은 國府가 있는 곳이다. 國府의 땅이다.
2 眞間娘子謌一首 : 赤人도 노래하였다. 431번가 이하.
3 鷄が鳴く : 닭이 우는 아침---해가 뜨는 동방, 그 나라로 이어진다.
4 眞間の手兒奈 : 'てこ(테코)'는 손으로 하는 노동에 종사하는 여성이다. 'な'는 美稱이다. 통칭으로 개인성을 밝히지 않는다. 國府에 징발되어 베를 짜는 일을 한 여성 중에 전설상의 미녀가 있었던 것인가. 3384·3385번 가 참조.
5 靑衿 : '衿'은 옷의 목 쪽의 깃 부분.
6 直さ麻 : 直은 다른 것을 섞지 않는 것이다. 'さ'는 접두어이다.
7 裳 : 下衣이다.
8 髮だにも : 당연히 빗어야만 하는 머리카락조차도.
9 履をだに : 보통이라면 신고 있어야 할 신조차 신지 않고. 3399번가 참조. 이상에서 가난한 서민의 모습을 말하여, 다음의 부유한 계층과 대조시킨다.
10 錦綾の : 錦織도 綾織도 도래 기술에 의한 견직물이다.
11 齋兒も : 소중하게 보호하는 아이이다.
12 妹に如かめや : 'や'는 강한 부정을 동반한 의문을 나타낸다.
13 望月 : 15일 밤의 달이다. 167번가 참조. 豊頰한 미녀를 표현한 것이다.
14 笑みて立てれば : 원문의 咲는 笑의 俗字. 1738번가에도 같은 표현이 보였다.

카즈시카(勝鹿)의 마마노 오토메(眞間娘子)를 노래한 1수와 短歌

1807 (토리가나크)/ 아즈마(東)의 나라에/ 그 먼 옛날에/ 있었던 일이라고/ 오늘까지도/ 계속
해 전해오는/ 카즈시카(勝鹿)의/ 마마노 테코나(眞間 手兒奈)는/ 삼베옷에다/ 푸른 깃 달
고/ 삼베만으로/ 치마를 짜서 입고/ 머리조차도/ 빗으로 빗지 않고/ 신발조차도/ 신지
않고 가지만/ 고급한 비단의/ 속에 감싸고 있는/ 귀한 아이도/ 그녀에 미칠 건가/ 보름달처
럼/ 풍만한 얼굴에다/ 꽃과 같이도/ 미소 짓고 섰으면/ 여름 벌레가/ 불에 들어가듯이/
항구에 들어갈/ 배를 저어 오듯이/ 모여 와서는/ 사람들 말을 할 때/ 얼마 정도도/ 살아
있지 않을 걸/ 무엇 때문에/ 운명을 알고서는/ 파도 소리가/ 시끄러운 항구의/ 무덤 있는
데/ 그녀가 누워 있네/ 그 먼 옛날에/ 있었다 하는 일이/ 바로 어제 막/ 보았는 것과 같이/
생각되는 것이네

🌸 해설

　　닭이 울어서 날이 새게 하는 東國 땅에, 옛날에 있었던 일로 오늘까지 끊어지는 일이 없이 계속 말하여
전해져 왔네. 카즈시카(勝鹿)의 마마노 테코나(眞間 手兒奈)는, 삼베옷에다 푸른 깃을 달고, 다른 것을
섞지 않고 삼베만으로 짠 치마를 입고, 머리조차도 빗으로 빗지를 않고, 신발조차도 신지 않고 가는 것이지
만, 반대로 매우 좋은 비단 속에 싸여서 소중하게 자라난 아이라도 手兒奈에게는 미치지 못하네. 보름달처
럼 둥근 얼굴에다 꽃처럼 미소를 짓고 서 있으면, 여름 벌레가 불에 날아드는 것처럼, 항구에 들어가야
할 배를 저어 오는 것처럼 남자들은 모여 와서 말을 걸었네. 그 때 인간이라는 것은 얼마 정도도 살아
있지 않을 것을, 手兒奈는 무엇 때문일까. 자기 운명을 완전히 알아버리고, 파도 소리가 시끄러운 항구의
무덤 있는 곳에 手兒奈는 잠들어 누워 있게 되었네. 먼 옛날에 있었다고 하는 일이 마치 바로 어제 본
것처럼 생각되는 것이네라는 내용이다.
　　이 작품에서는 마마노 테코나(眞間 手兒奈)의 자살의 원인에 대해서는 말하지 않고 있다.
　　私注에서는, '蟲麿와 常陸國守 藤原宇合과의 종속 관계를 인정한다면, 宇合이 安房・上總・下總 三國의
안찰사였던 養老 3, 4년경의 작품으로 볼 수 있을까'라고 하였다『萬葉集私注』 5, p.151].
　　川村悅磨는 東歌 2수는 手兒奈를 회상한 것이 아니고 전설 속의 노래라고 생각되므로 赤人의 노래,
蟲麻呂 가집의 노래보다도 오래된 것이라고 말해도 좋을 것이라고 하지만, 회상한 것이 새로운 것이고
그렇지 않은 것이 오래된 것이라고 하는 논리는 없다. 하물며 東歌도 역시 과거의 존재로서 手兒奈를
보고 있는 것이므로 무리하게 그것을 다른 2종류보다 오래 되었다고 단정할 수 없다고 하고, '眞間手兒奈전
설은 미인출생전설이며, 아내쟁취전설이며, 투신전설이며, 또 처녀무덤전설인 것은 『만엽집』의 전후의
7수의 노래로 알 수 있다. 『만엽집』에 있는 것으로는 菟原處女의 전설은 이 4요소가 모두 합치하고 있고
櫻兒, 縵兒전설도 적어도 2요소가 일치하고 있다'고 하였다[西村眞次, 『萬葉集傳說歌謠의 硏究』, 第一書房,
1943, p.73에서 재인용].

とりがなく　あづまのくにに　いにしへに　ありけることと　いままでに　たえずいひくる
かつしかの　ままのてこなが　あさぎぬに　あをくびつけ　ひたさをを　もにはおりきて　かみ
だにも　かきはけづらず　くつをだに　はかずゆけども　にしきあやの　なかにつつめる　いは
ひごも　いもにしかめや　もちづきの　たれるおもわに　はなのごと　ゑみてたてれば　なつむ
しの　ひにいるがごと　みなといりに　ふねこぐごとく　ゆきかぐれ　ひとのいふとき　いくば
くも　いけらじものを　なにすとか　みをたなしりて　なみのとの　さわくみなとの　おくつき
に　いもがこやせる　とほきよに　ありけることを　きのふしも　みけむがごとも　おもほゆる
かも

反謌

1808　勝壯鹿之　眞間之井乎見者　立平之　水挹家武　手兒名之所念
　　　　勝鹿の　眞間の井[24]を見れば　立ち平し　水汲ましけむ　手兒奈し思ほゆ
　　　　かづしかの　ままのゐをみれば　たちならし　みづくましけむ　てこなしおもほゆ

15　火に入るが如：蛾(나방)를 火蟲이라고 한다.
16　船漕ぐ如く：항구를 바라본 풍경이다.
17　行きかぐれ：모인다는 뜻이다. 1759번가 참조. かが·かげ·かぐ는 빛과 향기가 나는 모양으로 화려한 모양
　　을 말하는 것인가. '行きかぐれ 人のいふ時'도 와글와글 모이는 상태를 말한다.
18　人のいふ：구혼한다는 뜻이다.
19　いくばくも：그렇게 길지는.
20　生けらじ：'生けり'는 '生きあり'의 축약형이다.
21　身をたな知りて：작자의 상투어이다. 1739번가에서는 '身はたな知らず'를 사용하였다. 'たな知りて入水
　　し 今臥す'라고 하는 서술의 入水를 생략한 것이다. 죽음을 피한 표현이다.
22　妹が臥せる：'こやす'는 'こゆ'의 敬語이다.
23　昨日しも：昨日을 강조한 것이다.
24　眞間の井：'まま'는 崖의 뜻으로 지금 國府台로 불리는 台地의 벼랑가일 것이다.

그러나 西村眞次는, '手兒奈의 가요에 있어서는 처녀무덤식 아내쟁취전설의 요소가 명료하지 않다. 단지 우리들은 그것에 대한 후대의 전설에 의해 手兒奈가 아내 쟁취전설의 여주인공이라고 하는 것을 알 수 있을 뿐이다'고 하였다(西村眞次, 위의 책, p.73].

그리고 眞間은 지명임이 틀림없지만 手兒奈는 고유명사로도 보통명사로도 생각할 수 있다고 하고, '내 생각에는 테코나는 그리이스어의 테코나와 일치하고 있으므로 양자 사이에는 무슨 관계가 없어서는 안 된다. 테코나는 단수로는 테코브이며 아이라는 뜻을 가지고 있고, 산스크리트의 남자아이를 의미하는 턱과 같은 어원이다. 우리나라에서는 옛날부터 인형을 조종하는 광대를 테크라고 하는데, 그 테크는 아마도 이 츠쿠와 같은 어원일 것이다. (중략) 그래서 나는 飛鳥寧樂시대의 테코나가, 평안시대의 傀儡女가 되었다고 생각한다. 통구스계인 보통의 주민과 다른 계통의 종족이 오래 전에 인도의 문화를 가지고 우리나라에 들어와서 오랫동안 유랑생활을 하고 있었는데 이것을 고대 일본인은 자신들과 구별하여 쿠구츠라고 불렀다. 평안시대의 쿠구츠의 성격은 알려져 있고, 남자는 활통을 메고 사냥에 종사하였고, 또 마술을 잘 하였을 뿐만 아니라 인형을 잘 조종하였는데 그들과 함께 한 여자가 곧 쿠구츠 여자로, (중략) 내 생각으로는 이 쿠구츠는 飛鳥寧樂시대에도 있었지만 역시 그 무렵부터 남성은 광대 노릇을, 여성은 웃음을 팔고 있었다. 그 여성을 당시 사람들은 테고, 혹은 테코나라고 하였으므로 그리이스어의 테코나에서 유래한 것이 의심의 여지가 없다고 한다면 그 본뜻은 아이, 혹은 변하여 인형이었다고 생각해도 좋다. 다만 인형, 즉 데크의 어원인 범어 츠쿠는 남자아이, 그리이스어 테쿠놓, 또는 테쿠네이스도 남성과 관계가 있으므로 부적합하다고 할 수 있을지도 모른다. 일본어에서도 본래 남성에 한정하였던 코가 여성에게도 사용되게 된 것처럼 인도와 그리스에서도 같은 뜻의 변화는 있을 수 있는데, 무리하게 그렇게 주장하지 않고 테쿠다와 같은 어원이라고 보면 지장이 없다'고 하였다(西村眞次, 위의 책, pp.81~83].

그 외에도 手兒奈를 '손에 있는 아이' 즉, 여자아이라고 하는 설, 인간의 손은 활동과 노동을 의미하므로 노동에 종사하는 여성의 의미라는 설, 신 앞에서 봉사하는 여성이라는 뜻이라는 설 등이 있다.

反歌

1808 카즈시카(勝鹿)의/ 마마(眞間)의 우물을 보면/ 계속 와서는/ 물을 길었을 것인/ 테코나 (手兒奈)가 생각나네

🌸 해설

카즈시카(勝鹿)에 있는 마마(眞間)의 우물을 보면, 그곳에 계속 와서 물을 길었을 것인 테코나(手兒奈)가 생각나네라는 내용이다.

'立ち平し'를 全集에서는, '쉬지 않고 왔다갔다 하므로 길이 평평하게 되는 것'이라고 하였다(『萬葉集』 2, p.440].

見菟原處女[1]墓謌一首并短謌

1809 葦屋之 菟名負處女之 八年兒之 片生之時從 小放尒 髮多久麻弖尒 並居 家尒毛不所
見 虛木綿乃 牢而座在者 見而師香跡 悒憤時之 垣廬成 人之誂時 智弩壯士 宇奈比
壯士乃 廬八燎 須酒師競 相結婚 爲家類時者 燒大刀乃 手穎押祢利 白檀弓 靫取負
而 入水 火尒毛將入跡 立向 競時尒 吾妹子之 母尒語久 倭文手纏 賤吾之故
大夫之 荒爭見者 雖生 應合有哉 宍串呂 黃泉尒將待跡 隱沼乃 下延置而 打歎
妹之去者 血沼壯士 其夜夢見 取次寸 追去祁礼婆 後有 菟原壯士伊 仰天 叩叩於良
妣 蹋地 牙喫建怒而 如己男尒 負而者不有跡 懸佩之 小釖取佩 冬蕷葙都良 尋去祁礼
婆 親族共 射歸集 永代尒 標將爲跡 遐代尒 語將継常 處女墓 中尒造置 壯士墓
此方彼方二 造置有 故緣聞而 雖不知 新喪之如毛 哭泣鶴鴨

葦屋の　うなひ處女の　八年兒[2]の　片生[3]の時ゆ[4]　小放髮に　髮たく[5]までに　竝び居る
家にも見えず　虛木綿の[6]　隱りてませ[7]ば　見てしか[8]と　悒憤む時の[9]　垣ほなす　人の誂ふ時
血沼壯士　うなひ壯士[10]の　廬屋燒く[11]　すすし[12]競ひ　相結婚ひ　しける時は　燒太刀[13]の
手柄押[14]しねり　白檀弓[15]　靫取り[16]負ひて　水に入り　火にも入らむと　立ち向ひ　競ひし時

---

1 菟原處女 : 攝津國에 菟原郡이 있다. 그 葦屋에 있던 비련의 주인공이다. 우나이 처녀(우나이 머리의 소녀)
　라 통칭하였다. 1801번가 참조.
2 八年兒の : 우나이는 8세 정도의 머리 모양이다.
3 片生 : 반은 성인이 된 상태를 말한다.
4 時ゆ : 그때부터 계속. '見えず'에 걸린다.
5 髮たく : 'はなり'는 좌우에 묶어서 늘어뜨린 머리이다. 'たく'는 묶는 것이다. 완전히 묶으면 성인이 된다.
　'うなひはなり'는 이 중간의 머리 형태를 한 소녀를 말한다. 3822번가 참조.
6 虛木綿の : 'うづ'는 '멋진, 훌륭한'이라는 뜻이다. 멋진 천으로 감쌌던 것인가. '隱り'에 이어진다. '虛木綿の眞
　幸き國'이 잠자리가 둥글게 원으로 꼬리를 접은 모습이라고 한다(『일본서기』 神武천황조).
7 隱りてませ : 敬語이다. 虛木綿이라고 하고, 특수한 여성을 상상하게 한다.
8 見てしか : 만나고 싶다는 뜻이다.
9 悒憤む時の : 'の'는 다음의 時와 동격이다.
10 うなひ壯士 : 아래의 글에서처럼 원래 'うはら壯士'라고 해야만 하는 것이다. うなひ處女가 지명처럼 생각
　되어서 이 이름이 생긴 것인가.
11 廬屋燒く : 廬屋은 수확 시기에 밭에 세운, 임시로 거처하기 위한 초라한 움막이다. 뒤에 이것을 태운다.
　그 불의 모양을 'すすし'로 연결시킨다.
12 すすし : 스스시쿠인가. 'すす'는 'すさぶ'와 같은 어근이다.
13 燒太刀 : 예리하게 벼린 큰 칼이다.

우하라노 오토메(菟原처녀)의 무덤을 본 노래 1수와 短歌

1809 아시노야(葦屋)의/ 우나히 아가씨가/ 여덟 살 정도/ 어린아이 무렵부터/ 좌우 두 갈래/ 머리 묶을 때까지/ 나란히 있는/ 집에도 보이잖고/ (우츠유후노)/ 집안에만 있으니/ 보고 싶어서/ 애간장 태우면서/ 몰려들 와서/ 구혼을 했을 때에/ 치누(茅渟) 대장부/ 우나히(菟原) 대장부가/ 움집 태우듯/ 앞을 다투어서/ 함께 구혼을/ 하였을 때에는/ 만든 큰 칼의/ 손잡이 꽉 붙잡고/ (시라마유미)/ 화살 통 둘러메고/ 물에 들어가/ 불에도 들어가려/ 맞붙어 서서/ 서로 다투었을 때/ 이 아가씨가/ 모친께 말하기를/ (시츠타마키)/ 대단찮은 나 때문에/ 대장부들이/ 다투는 것 보니까/ 살아 있어도/ 결혼할 수 있을까/ (시시쿠시로)/ 저승서 기다리죠/ (코모리누노)/ 가만히 생각하고/ 슬프게 울며/ 그녀가 죽고 나니/ 치누(茅渟) 대장부/ 그날 밤 꿈에 보고/ 바로 이어서/ 뒤를 따라 죽으니/ 뒤에 남게 된/ 우나히(菟原) 대장부는/ 하늘 우러러/ 소리치며 울고/ 발을 구르고/ 이를 부득 갈면서/ 그 녀석에게/ 져서는 아니 된다고/ 허리에 차는/ 작은 칼 몸에 차고/ (토코로즈라)/ 뒤를 따라 죽으니/ 친척들이랑/ 모두 다 모여서/ 영원하도록/ 기념으로 하려고/ 먼먼 앞날에/ 이야기 전하려고/ 아가씨 무덤/ 가운데 만들어 놓고/ 대장부 무덤/ 이쪽과 저쪽에다/ 만들어 놓았던/ 사연을 듣고 나서/ 잘은 몰라도/ 상을 막 당한 듯이/ 소리내어 울었네

🌸 해설

　아시노야(葦屋)의 우나히(菟原) 아가씨가 여덟 살 정도의 아이 무렵부터 머리를 좌우 양쪽으로 묶을 때까지, 나란히 이웃하여 사는 집에도 얼굴을 보이지 않고 멋진 천에 둘러싸이듯이 집안에만 있었으므로, 어떻게든 결혼을 하고 싶다고 애간장을 태우면서, 둘러싼 담장처럼 사람들이 몰려와서 구혼을 했을 때, 그 중에서 특히 치누(血沼) 대장부와 우나히 대장부가, 수확 시기에 거처하기 위해 임시로 만든 허름한 오두막을 다 사용한 후에 태우는 불처럼 그렇게 격렬하게 다투어서 구혼하였을 때에는, 그들은 예리하게 만든 큰 칼의 손잡이를 꽉 붙잡고, 흰 박달나무로 만든 활을 잡고 화살 통을 둘러메고, 물에라도 들어갈듯이 불에라도 들어갈듯이 맞붙어 서서 서로 싸웠는데, 그 때 처녀가 자기 어머니에게 말하기를 "일본 문양이 들어간 천으로 만든 팔찌처럼 보잘 것 없는 나 때문에 남자들이 다투고 있는 것을 보니, 비록 살아 있다고 해도 누구와도 결혼을 할 수가 있을까요. 저승에서 기다리지요"라고 하였다. 그렇게 물이 흘러나갈 곳이 없는 늪처럼 몰래 생각하고 운명을 탄식하며 슬프게 울면서 처녀가 죽고 나니, 치누(血沼) 대장부는 그날 밤 꿈에서 처녀를 보고 곧 이어서 뒤를 따라 죽었으므로, 뒤에 남은 우나히(菟原) 대장부는 하늘을 쳐다보고

に 吾妹子¹⁷が 母に語らく 倭文手纏¹⁸ 賤しきわがゆゑ 大夫¹⁹の 爭ふ見れば 生けり²⁰とも 逢ふべくあれや²¹ ししくしろ²² 黄泉²³に待たむと 隱沼の²⁴ 下延へ置きて うち嘆き 妹が去ぬれば²⁵ 血沼壯士 その夜夢²⁶に見 取り續き²⁷ 追ひ行きければ 後れたる 菟原壯士い²⁸ 天仰ぎ 叫びおらび 足ずりし²⁹ 牙喫み建びて 如己男に³⁰ 負けてはあらじと 懸佩の³¹ 小劍取り佩き 冬蕷蔓 尋め行きければ 親族どち³² い行き集ひ 永き代に 標にせむと 遠き代に 語り繼がむと 處女墓 中に造り置き 壯士墓 此方彼方に³³ 造り置ける 故緣聞きて 知ら³⁴ねども 新喪の如も 哭泣きつるかも

あしのやの うなひをとめの やとせごの かたおひのときゆ をはなりに かみたくまでに ならびをる いへにもみえず うつゆふの こもりてませば みてしかと いぶせむときの かきほなす ひとのとふとき ちぬをとこ うなひをとこの ふせややく すすしきほひ あひ よばひ しけるときは やきたちの たがみおしねり しらまゆみ ゆぎとりおひて みづにいり ひにもいらむと たちむかひ きほひしときに わぎもこが ははにかたらく しづたまき いやしきわがゆゑ ますらをの あらそふみれば いけりとも あふべくあれや ししくしろ よみにまたむと こもりぬの したはへおきて うちなげき いもがいぬれば ちぬをとこ そのよいめにみ とりつつき おひゆきければ おくれたる うなひをとこい あめあふぎ さけびおらび あしずりし きかみたけびて もころをに まけてはあらじと かけはきの をだ ちとりはき ところづら とめゆきければ うがらどち いゆきつどひ ながきよに しるしに せむと とほきよに かたりつがむと をとめづか なかにつくりおき をとこづか こなたか なたに つくりおける ゆゑよしききて しらねども にひものごとも ねなきつるかも

---

14 手柄押 : 큰 칼의 손잡이이다.

15 白檀弓 : 흰 박달나무로 만든 활이다.

16 靫取り : '靫'는 화살을 넣는 통이다. 등에 짊어진다.

17 吾妹子 : 菟原處女이다.

18 倭文手纏 : 일본식 문양을 넣어서 짠 천으로 만든, 팔에 감는 장신구이다. 倭文織은 옛날부터의 직물로 고급은 아니었다.

19 大夫 : 용감한 남자를 말한다.

20 生けり : '生きあり'의 축약형이다.

21 逢ふべくあれや : 'や'는 강한 부정을 동반한 의문을 나타낸다.

22 ししくしろ : 肉(しし) 串ろ이다. 吉味(요미)에 이어진다.

23 黄泉 : 사후의 세계이다.

24 隱沼の : 흘러서 나가는 곳이 없는 늪이다. 지하로 흘러가는 뜻으로 이어진다.

크게 소리치며 울고, 땅을 차고 이를 부득 부득 갈면서, 후루이타치 그 녀석에게 져서는 아니 된다고, 허리에 차는 작은 칼을 빼어서 차고 뒤를 따라 죽었으므로, 친척들이랑 모두 다 모여서 영원하도록 표시로 삼으려고, 오래도록 이야기가 전해지도록 하려고 처녀 무덤을 가운데에 만들어 놓고 대장부들의 무덤을 처녀 무덤 양쪽에 만들어 놓았다고 하는 사연을 듣고 나서, 나와 관계가 없는 일이지만 막 상을 당한 듯이 소리를 내어서 울었던 것이다는 내용이다.

血沼壯士를 大系에서는, '1802번가의 小竹田壯士와 같다. 치누(茅渟)에 있었으므로 이렇게 말한다. 茅渟은 옛 지명으로, 지금의 大阪府 堺市에서 岸和田市까지 걸쳐 있었다'고 하였고 菟原壯士에 대해서는, '攝津國 菟原郡(明治 29년 兵庫縣 武庫郡에 들어갔다)에 있었으므로 붙여진 이름'이라고 하였다 [『萬葉集』 2, p.417].

'知らねども'를 大系에서는, '일이 있었던 그때 일은 알 수 없지만'으로 해석하였다[『萬葉集』 2, p.420]. 全集에서는, '사실은 모르지만'으로 해석하였다[『萬葉集』 2, p.441].

25 妹が去ぬれば : 여자의 죽음에 의해 해결하는 유형이다. 3786·3788번가 참조.
26 その夜夢 : 꿈은 나타나는 사람(여기에서는 처녀)의 의지가 보이는 것이라고 보통 생각했다. 처녀는 血沼를 사랑했던 것인가. 제2 反歌 참조.
27 取り續き : '妹'에게
28 菟原壯士い : 'い'는 격조사이다. 조선어와 관계가 있는 것인가.
29 足ずりし : 원문의 蹴은 발을 동동 구르는 것이다.
30 如己男に : 'もこ(ろ)'는 如와 같다. 동년배이다.
31 懸佩の : 끈을 달아 허리에 차는 것이다.
32 親族どち : 양쪽의 친족들이다.
33 此方彼方に : '兩邊'에 이 訓이 있다. 단순하게 이쪽저쪽이라고 말하는 것이 아니다.
34 知ら : '知る'는 관계한다는 뜻이다.

反謌

1810　葦屋之　宇奈比處女之　奧槨乎　徃來跡見者　哭耳之所泣

葦屋の　うなひ處女の　奧津城¹を　往き來と²見れば　哭のみし泣かゆ

あしのやの　うなひをとめの　おくつきを　ゆきくとみれば　ねのみしなかゆ

1811　墓上之　木枝靡有　如聞　陳努壯士尓之　依家良信母

墓の上の　木の枝³靡けり⁴　聞きし如　血沼壯士にし　寄り⁵にけらしも

はかのうへの　このえなびけり　ききしごと　ちぬをとこにし　よりにけらしも

> **左注**　右五首, 高橋連蟲麻呂之謌集中出.

---

1 **奧津城** : 무덤이다.
2 **往き來と** : 가고 오는 것이다.
3 **木の枝** : 빗을 꽂았더니 나무가 되었다고 전해진다. 4211번가 참조.
4 **靡けり** : 치누(血沼)의 무덤 쪽으로 기울어졌다.
5 **寄り** : 치누(血沼)가 주역인 느낌이 있다. 1802번가에는 치누(血沼 : 小竹田)壯士가 구혼했다고 하였다.

反歌

1810 아시노야(葦屋)의/ 우나히(菟原)아가씨의/ 무덤 있는 곳/ 오고가며 보면은/ 소리내 울게 되네

해설

아시노야(葦屋)의 우나히(菟原)아가씨의 무덤이 있는 곳을 오면서 가면서 보면 슬퍼서 소리를 내어서 울게 되네라는 내용이다.

1811 무덤의 위의요/ 나뭇가지 쏠리네/ 들은 바대로/ 치누(茅渟) 대장부에게/ 마음 끌렸던가봐

해설

무덤 위에 나 있는 나뭇가지가 기울어 있네. 들은 것처럼 우나히(菟原) 아가씨는 치누(茅渟) 대장부에게 마음이 끌렸던 것인가 보다라는 내용이다.

우나히(菟原) 아가씨의 무덤 위에 나 있는 나뭇가지가 치누(茅渟) 대장부 무덤 쪽으로 기울어져 있는 것으로 미루어 우나히(菟原) 아가씨는 치누(茅渟) 대장부에게 마음이 끌렸던 것이라고 본 것이다.

좌주 위의 5수는, 타카하시노 므라지 무시마로(高橋連蟲麻呂)의 가집 속에 나온다.
高橋連蟲麻呂에 대해 大系에서는, '奈良 시대 초기의 가인. 養老 연간 常陸國守이었던 藤原宇合의 부하로 『常陸國風土記』의 편찬에 종사하였다고 전해진다. 天平 4년(732) 宇合이 절도사였을 때 보낸 長短歌 (권제6의 971 · 972번가) 외에는 '高橋連蟲麻呂謌集に出づ(또는 歌の中に出づ)'로 『만엽집』에 수록되어 있는 노래가 그의 작품이다. 전설, 여행과 관련한 작품이 많고 長歌를 잘 지었다'고 하였다[『萬葉集』 2, p.421].

이연숙 李妍淑

  부산대학교 국어국문학과를 졸업하고 동대학원 국어국문학과 석·박사과정(문학박사)과 동경대학교 석사·박사과정을 수료하였다. 현재 동의대학교 국어국문학과 교수로 있으며, 한일문화교류기금에 의한 일본 오오사카여자대학 객원교수(1999.9~2000.8)를 지낸 바 있다.

  저서로는 『新羅鄕歌文學硏究』(박이정출판사, 1999), 『韓日 古代文學 比較硏究』(박이정출판사, 2002 : 2003년도 문화관광부 추천 우수학술도서 선정), 『일본고대 한인작가연구』(박이정출판사, 2003), 『향가와 『만엽집』 작품의 비교 연구』(제이앤씨, 2009 : 2010년도 대한민국학술원 우수학술도서 선정) 등이 있으며 논문으로는 「고대 동아시아 문화 속의 향가」 외 다수가 있다.

한국어역 **만엽집** 7
- 만엽집 권 제9 -

초판 인쇄 2014년 11월 24일 | **초판 발행** 2014년 12월 2일
역해 이연숙 | **펴낸이** 박찬익
펴낸곳 도서출판 **박이정** | **주소** 서울시 동대문구 용두동 129-162
전화 02) 922-1192~3 | **팩스** 02) 928-4683
홈페이지 www.pjbook.com | **이메일** pijbook@naver.com
등록 1991년 3월 12일 제1-1182호
ISBN 978-89-6292-757-3 (93830)

* 책값은 뒤표지에 있습니다.